Profil

Traduit de l'anglais
par Guillaume Fournier

Cet ouvrage a été réalisé par les éditions Milan,
avec la collaboration de Claire Debout.
Mise en pages : Pascale Darrigrand
Création graphique : Bruno Douin

Titre original : *The Future of Us*

Published by the Penguin Group
Penguin Young Readers Group
345 Hudson Street, New York, New York 10014, U.S.A.

Pour l'édition française :

300, rue Léon-Joulin, 31101 Toulouse Cedex 9, France
Loi 49-956 du 16 juillet 1949
sur les publications destinées à la jeunesse
ISBN : 978-2-7459-5724-5
www.editionsmilan.com

Profil

Jay Asher
Carolyn Mackler

MiLAN

Carolyn Mackler
À Jonas, Miles et Leif Rideout

Jay Asher
À JoanMarie et Isaiah Asher

Notre passé, notre présent et notre avenir

En 1996, *moins de la moitié des lycéens*
américains ont accès à Internet.
Facebook *ne sera pas inventé*
avant plusieurs années.
Emma et Josh *sont sur le point*
de se connecter à leur avenir…

DIMANCHE

1://Emma

Je n'ai pas le courage de rompre avec Graham aujourd'hui, même si j'ai dit aux copains que je le ferais la prochaine fois que je le verrais. Alors je préfère me cacher dans ma chambre, et brancher mon nouvel ordinateur, pendant qu'il joue au Frisbee dans le parc d'en face.

L'ordinateur, c'est un cadeau de mon père pour se sentir moins coupable. L'été dernier, avant de quitter la Pennsylvanie pour la Floride, avec ma belle-mère, il m'a remis les clés de sa vieille Honda et hop ! il est parti démarrer sa nouvelle vie. Là, ils viennent d'avoir leur premier enfant, alors j'ai droit à un ordinateur avec Windows 95 et un écran couleurs.

Je suis en train de passer en revue les différents écrans de veille quand on sonne à la porte. Je laisse Maman répondre pendant que j'hésite entre un mur de briques et un fouillis de canalisations. J'espère que ce n'est pas Graham.

– Emma ! me crie Maman. Josh est là !

Alors ça, c'est une surprise. Josh Templeton est le voisin. Enfants, on allait constamment l'un chez l'autre. On campait derrière chez nous, on se construisait des forts, et le samedi matin il arrivait avec son bol de céréales pour regarder des dessins animés sur notre canapé. Au lycée, on traînait tout le temps ensemble. Mais en novembre dernier, tout a changé. Même si on continue de déjeuner avec notre petit groupe d'amis, il n'est plus passé à la maison depuis six mois.

J'opte pour le mur de briques et je descends. Josh m'attend sous le porche, en tapotant le chambranle avec le bout de sa tennis. Il a un an de moins que moi, ce qui veut dire qu'il est en deuxième année. Il a toujours ses cheveux blond-roux et son sourire timide, mais il a pris une bonne dizaine de centimètres cette année.

Maman est en train de sortir de l'allée en marche arrière. Elle donne un coup de Klaxon et me salue de la main avant de s'éloigner dans la rue.

– Ta mère m'a dit que tu n'as pas mis le nez dehors de toute la journée ? me dit Josh.

– J'installe mon ordi. Il est trop chouette !

Je préfère ne pas mentionner Graham.

– La prochaine fois que ta belle-mère tombe enceinte, tu devrais convaincre ton père de t'acheter un téléphone portable.

– Bonne idée.

Avant novembre dernier, Josh et moi ne serions pas restés plantés là comme deux idiots. Maman l'aurait fait entrer, et il serait monté directement dans ma chambre.

– Ma mère m'a dit de te donner ça, dit-il en me tendant un CD-Rom. America Online propose une centaine d'heures de connexion gratuite à ses nouveaux adhérents. On l'a reçu au courrier la semaine dernière.

Notre amie Kellan est chez AOL depuis peu. Elle pousse un petit cri de joie chaque fois qu'elle reçoit un message. Elle passe des heures penchée sur son clavier à discuter avec des inconnus qui, si ça se trouve, ne vont même pas à Lake Forest.

– Vous n'en voulez pas ?

Josh secoue la tête.

– Mes parents sont contre Internet. Ils trouvent que c'est une perte de temps, et ma mère est convaincue que les forums de discussion grouillent de pervers.

Je ris.

– Alors elle a pensé que c'était bien pour moi ?

Josh hausse les épaules.

– J'en ai parlé à ta mère. Elle est d'accord pour que tu t'abonnes, à condition que Martin et elle puissent avoir des adresses mail eux aussi.

Je ne peux toujours pas entendre le nom de Martin sans lever les yeux au ciel. Ma mère l'a épousé l'été dernier, en m'assurant que cette fois elle avait trouvé le grand amour. Mais elle avait dit la même chose pour Erik, et ça n'a duré que deux ans.

Je prends le CD-Rom et Josh enfonce les mains dans les poches arrière de son jean.

– Il paraît que ça peut prendre un moment à télécharger, me prévient-il.

– Maman a dit combien de temps elle partait ? C'est peut-être le bon moment pour monopoliser la ligne.

– Elle passe prendre Martin et ils font un saut à Pittsburgh pour jeter un coup d'œil sur les vasques.

Je n'étais pas une grande fan de mon beau-père précédent, mais au moins Erik ne retournait pas la maison sens dessus dessous. Son truc, c'était l'élevage des oiseaux, si bien que mes premières années de lycée se sont déroulées au milieu du gazouillis des perruches. Martin, lui, a convaincu Maman d'entamer une rénovation de fond en comble. Ça sent la sciure et la peinture partout dans la maison. Ils viennent de terminer la cuisine et la moquette, et maintenant, ils s'attaquent à la salle de bains du rez-de-chaussée.

Pour meubler le silence, je propose :

– Si tu veux, tu n'auras qu'à passer de temps en temps, on essaiera AOL ensemble.

Josh écarte la mèche de cheveux qui lui tombe dans les yeux.

– Tyson dit que c'est super. Paraît que ça change la vie.

– Pour Tyson, chaque épisode de *Friends* est une expérience qui change la vie.

Josh sourit et s'en va. Sa tête effleure le carillon que Martin a suspendu sous le porche. Je n'arrive pas à croire qu'il frôle le mètre quatre-vingts maintenant. Certains jours, de loin, je le reconnais à peine.

*

Je glisse le CD-Rom dans le lecteur et l'ordinateur se met à ronronner. Je passe les messages d'introduction et j'appuie sur Entrée pour commencer le téléchargement. La barre de progression bleue à l'écran m'indique que ça va prendre quatre-vingt-dix-sept minutes. Je jette un regard mélancolique vers la splendide journée de mai visible par la fenêtre. Après un hiver glacial, suivi d'un printemps où il a plu tout le temps, l'été s'annonce enfin.

J'ai une rencontre d'athlétisme demain, mais je ne me suis pas entraînée depuis trois jours. Je sais que c'est ridicule d'avoir peur de tomber sur Graham. Wagner Park est immense. Il longe le centre-ville jusqu'aux nouveaux lotissements. Graham et ses copains peuvent être n'importe où. Sauf que s'il me voit, il me prendra par l'épaule pour m'emmener dans un coin tranquille. Au bal du lycée, le week-end dernier, il ne m'a pas lâchée de la soirée. Je n'ai même pas pu danser la *Macarena* avec Kellan, Ruby et les autres.

J'hésite à interrompre le téléchargement pour appeler chez Graham et vérifier s'il est rentré. S'il répond, je n'aurai qu'à raccrocher. Mais Kellan m'a parlé d'un nouveau service qui permet au téléphone d'afficher le numéro d'appel. Non, je suis une grande fille. Je ne peux pas me cacher indéfiniment dans ma chambre. Si je repère Graham dans le parc, je lui ferai signe de loin et je lui crierai que j'ai besoin de courir.

J'enfile un short, un soutien-gorge de jogging et un T-shirt, et je m'attache les cheveux avec un élastique. Je fixe mon Discman à mon bras avec une bande Velcro et je sors m'étirer sur la pelouse. La porte du garage de Josh s'ouvre. L'instant d'après, je le vois débouler sur son skate.

Quand il m'aperçoit, il s'arrête au bord de son allée.

– Tu as lancé le téléchargement ?

– Oui, mais ça va prendre des plombes. Tu vas où ?

– Au *Skaterats*, dit-il. Il me faut des nouvelles roulettes.

– Amuse-toi bien.

Il s'éloigne dans la rue.

À une époque, Josh et moi aurions bavardé plus longtemps, mais ça remonte à un moment. Je rejoins le trottoir en petites foulées et je prends à gauche. Au bout du pâté de maisons, je traverse et je m'engage sur la piste pavée qui mène au parc. J'enfonce le bouton Marche de mon Discman. C'est Kellan qui m'a gravé ce CD pour courir, avec Alanis Morissette pour commencer, ensuite Pearl Jam, et pour finir, Dave Matthews.

Je cours les cinq kilomètres de la boucle en me donnant à fond, sans voir aucune partie de Frisbee à l'horizon. Alors que je reviens vers la maison, les premiers accords de « *Crash into Me* » résonnent à mes oreilles.

Lost for you, fais-je avec les lèvres, *I'm so lost for you*. Ces paroles me font toujours penser à Cody Grainger. Il est dans l'équipe d'athlétisme avec moi. Il est en dernière année, et c'est un sprinter incroyable, classé dans les vingt premiers de l'État. Au printemps dernier, au retour d'une rencontre, il s'est assis à côté de moi dans le car et m'a parlé de tous les recruteurs universitaires qui l'avaient contacté. Ensuite, quand il m'a vue bâiller, il m'a laissée m'appuyer contre son épaule. J'ai fermé les yeux et j'ai fait semblant de m'endormir, mais je n'arrêtais pas de penser : *D'accord, je ne crois pas au grand amour, mais je pourrais faire une exception pour Cody.*

Kellan dit que je me monte le bourrichon, mais elle ferait mieux de se regarder. Quand elle s'est mise avec Tyson l'été dernier, on aurait cru qu'elle venait d'inventer l'amour. Alors qu'elle a le QI d'un génie et qu'elle écrit des éditos du tonnerre dans le journal du lycée, il n'y en avait plus que pour Tyson par-ci, Tyson par-là. Et quand il a rompu après les vacances de Noël, ça lui a fichu un tel coup au moral qu'elle n'est pas venue en cours pendant deux semaines.

J'en pince peut-être pour Cody, mais ça ne m'empêche pas de vivre ma vie. Je sors avec Graham Wilde depuis deux mois. On est tous les deux dans l'orchestre. Il joue des percussions et moi du saxophone. Je le trouve sexy, avec ses cheveux blonds jusqu'aux épaules, mais la façon dont il m'a collée au bal ne m'a pas plu. Je vais casser bientôt, c'est sûr. À moins que je ne laisse les choses se déliter toutes seules pendant l'été.

*

La barre de progression continuait à clignoter.

J'ai pris une douche et puis je me suis installée dans ma chaise de lune pour relire mes notes en vue de l'examen de SVT. Je collectionne les A cette année ; c'est vraiment la matière qui me réussit le mieux. Kellan voudrait me convaincre de m'inscrire avec elle à un cours de sciences à l'université, l'automne prochain, mais ça ne me dit rien. J'ai envie de passer une dernière année de lycée tranquille.

Le téléchargement se termine enfin ! Je referme mon manuel et je redémarre l'ordinateur. Quand je lance AOL, le modem se met à crépiter et grésiller. Une fois connectée, j'essaie de me créer un compte *EmmaNelson@aol.com*, mais l'adresse est déjà prise. Même chose pour *EmmaMarieNelson*. Finalement, je me décide pour *EmmaNelson4Ever*. Comme mot de passe, j'hésite avant de taper *Millicent*. L'été dernier, quand Kellan et Tyson étaient toujours fourrés ensemble, Josh et moi nous moquions d'eux en nous présentant comme deux quadras fous amoureux l'un de l'autre : Millicent et Clarence, qui passaient leur temps à se goinfrer de plats déshydratés Hamburger Helper et à tourner en ville dans un vieux camion de glaces brinquebalant. Kellan et Tyson ne voyaient pas ce qu'il y avait de drôle là-dedans, mais avec Josh on rigolait comme des bossus.

J'appuie sur Entrée et la page AOL, la même que j'ai déjà vue sur l'ordinateur de Kellan, s'affiche sur mon écran.

« Bienvenue ! » pépie une voix électronique.

Je suis sur le point d'écrire mon premier e-mail à Kellan quand une lumière bleue illumine l'écran. Une fenêtre blanche à bordure bleue s'ouvre et me redemande mon adresse et mon mot de passe.

Je tape *EmmaNelson4Ever@aol.com*, et *Millicent*.

Pendant une vingtaine de secondes, l'ordinateur se fige. Puis la fenêtre se réduit à un minuscule point bleu et une nouvelle page s'ouvre. Elle est coiffée d'une bannière bleue sur laquelle on peut lire *Facebook*. Une colonne centrale intitulée *Fil d'actualité* présente de minuscules photos de gens que je ne connais pas. Chaque photo est assortie de quelques mots.

Jason Holt
J'adore NYC. J'en suis déjà à mon deuxième cupcake Magnolia !!!
J'aime • Commenter • Il y a 3 heures

Kerry Dean Mets-en un de côté pour moi !
Je le veux avec du nappage au chocolat
et des grains de sucre.
J'aime • Il y a 2 heures

Mandy Reese
Je viens de traverser une toile d'araignée
et je n'ai même pas eu peur. Yi-aaaa !
J'aime • Commenter • Il y a 17 heures

Je promène ma souris sur l'écran, intriguée par ce fatras de mots et d'images. Je ne comprends rien à tout ce bazar, ces *Statut*, *Rechercher des amis* et autres *Pokes*.

Et puis, juste sous la bannière bleue, un détail me fait frémir. La photo en réduction d'une femme assise sur la plage, avec une légende qui dit *Emma Nelson Jones*. La femme a une trentaine d'années, des boucles châtains et les yeux marron. Et je sens mon estomac qui se noue, parce qu'elle a comme un air familier.

Trop familier.

Quand je passe la souris sur le nom, la petite flèche se transforme en main. Je clique, et une autre page se charge, lentement. Cette fois, la photo est plus grande, et complétée par une flopée d'informations. Je ne sais même pas par où commencer. Dans la colonne centrale, à côté d'une version réduite de la même photo, je peux lire :

Emma Nelson Jones
Envisage de se faire des mèches.
J'aime • Commenter • Il y a 4 heures

La page indique qu'Emma Nelson Jones est allée au lycée de Lake Forest. Qu'elle a épousé un certain Jordan Jones Jr, et qu'elle est née le 24 juillet. L'année n'est pas précisée, mais c'est le même jour que moi.

Je me prends la tête à deux mains et je respire profondément. Par la fenêtre ouverte, j'entends Josh qui revient. Les roulettes de son skate claquent contre les fissures du trottoir. Je dévale l'escalier et je jaillis sous le porche, en plissant les yeux dans le soleil.

Je l'appelle :

– Josh ?

Il remonte son allée, et d'un coup de pied, fait sauter son skate dans sa main.

Je me tiens à la rambarde de mon porche pour éviter de chanceler.

– Il s'est passé un truc bizarre quand j'ai lancé AOL.

Josh se tourne vers moi. Le carillon tinte doucement dans le vent.

– Tu ne voudrais pas monter une seconde ?

Il baisse les yeux sans dire un mot. J'insiste.

– S'il te plaît.

Son skate à la main, Josh m'accompagne à l'intérieur.

2://Josh

Je suis Emma dans l'escalier et je compte sur mes doigts. Novembre à mai : six mois que je ne suis plus entré chez elle. Avant, c'était comme ma deuxième maison. Mais au retour de cette soirée où nous avions été voir *Toy Story* tous ensemble, j'ai mal interprété les signaux et j'ai cru qu'elle voulait qu'on soit plus que des amis.

Je me suis gouré.

En arrivant dans sa chambre, Emma m'indique son ordinateur d'un geste vague.

– Voilà la bêtc.

Le moniteur affiche un écran de veille qui donne l'impression qu'on se déplace dans un labyrinthe en briques. J'appuie mon skate contre sa commode et je dis :

– Joli. On l'entend à peine tourner.

Sa chambre n'a pas changé, à part les roses blanches en train de faner dans un vase sur la commode. Des lampions en papier rouge pendent au plafond. Deux panneaux de liège au-dessus de son lit disparaissent sous les photos, et les billets de cinéma et de spectacles de danse.

Emma secoue la tête.

– Je suis désolée, s'excuse-t-elle avec un rire gêné. C'est ridicule.

– Qu'est-ce qui est ridicule ?

Je repousse mes cheveux en sueur. Avec mes nouvelles roulettes, j'ai retrouvé Tyson sur le parking de l'église baptiste. Entre le service du matin et celui du soir, il n'y a pas un chat, et il y a des bosses du tonnerre dans l'asphalte. Emma reste debout devant son bureau et m'avance le fauteuil.

– Installe-toi une minute, d'accord ?

Je m'assieds et Emma me fait pivoter face à l'écran.

– Bouge la souris, dit-elle, et dis-moi ce que tu vois.

Je ne sais pas si c'est le fait de me retrouver dans sa chambre ou sa façon de se comporter, mais je commence à me sentir mal à l'aise.

– Je t'en prie, dit-elle.

Et elle va se planter devant sa fenêtre.

Je déplace la souris. Le mur de briques se fige puis disparaît. Un site web apparaît, chargé de mots et de photos minuscules qu'on dirait balancées au hasard, comme dans un kaléidoscope. Je me demande bien ce que je suis censé voir. Je remarque la photo d'une jeune femme.

– Eh, on dirait toi ! C'est cool !

Je jette un coup d'œil vers Emma mais elle regarde dehors. Sa fenêtre est en façade, comme celle de ma salle de bains à l'étage.

– Enfin, pas tout à fait toi. Mais une version de toi plus âgée.

– Qu'est-ce que tu remarques d'autre ? demande Emma.

– Elle a le même prénom que toi, sauf qu'elle s'appelle Jones.

Le site s'intitule *Facebook*. Un vrai fouillis, avec des graphiques et des bouts de texte partout.

– C'est pas toi qui as fait ça, je suppose ?

Je suis un cours d'initiation à l'informatique cette année, consacré à la création, la modification et la sauvegarde de fichiers. Mais Emma a une année d'avance sur moi.

Elle se tourne vers moi en haussant les sourcils. Je m'empresse d'ajouter :

– Même si je sais bien que tu en es capable, bien sûr.

On dirait qu'Emma a créé cette page web pour un devoir scolaire, en imaginant son avenir de toutes pièces. Ça dit qu'Emma Nelson Jones a suivi sa scolarité dans notre lycée, qu'elle vit actuellement en Floride et qu'elle a épousé un certain Jordan Jones Jr. Le nom de son mari sonne faux, mais au moins, elle ne s'est pas rebaptisée Emma Nelson Grainger, comme ce type de l'équipe d'athlétisme. Ou Emma Nelson Wilde, nom de son flirt du moment. Et d'ailleurs, elle n'était pas censée rompre avec Graham ?

Emma s'assied sur son lit, les mains serrées entre ses cuisses.

– Qu'est-ce que tu en dis ? me demande-t-elle.

– Je ne vois pas très bien où tu veux en venir.

– Pardon ?

– Je veux dire, où est la blague ?

– *Quelle* blague ?

Emma s'approche et fixe l'écran en se tapotant les lèvres du bout des doigts. Avec ses cheveux trempés qui dégoulinent sur son T-shirt, les petites étoiles multicolores de son soutien-gorge apparaissent. J'essaie de ne pas regarder.

– Josh, sois franc, dit-elle. Comment tu as fait ça ?

– *Moi ?*

– C'est bien toi qui m'as refilé ce CD-Rom ! (Elle se penche et elle appuie sur le bouton d'éjection du lecteur de disque.) Tu m'as dit qu'il venait d'AOL.

– C'est la vérité ! (J'indique l'écran.) Tu crois que je saurais faire un truc comme ça ?

– Tu as plein de photos de moi. Tu as très bien pu en scanner une au lycée, et...

– Et la retoucher pour te faire paraître plus âgée ? J'en serais complètement incapable.

J'ai les mains moites. Si ce n'est pas Emma qui a fait ça, alors...

Je m'essuie les paumes sur les genoux. Une moitié de mon cerveau me souffle qu'il pourrait bien s'agir d'un site web du futur. L'autre moitié lui hurle d'arrêter son délire.

Sur l'écran, Emma Nelson Jones sourit. Ça lui fait des petits plis au coin des yeux.

Emma indique l'écran d'un geste vague.

– Tu crois que ça pourrait être un virus ? demande-t-elle.

– Ou un canular.

Je sors le CD-Rom pour l'examiner. Peut-être que quelqu'un, au lycée, a appris qu'Emma allait avoir un nouvel ordinateur, et qu'il a créé un CD-Rom parfaitement réaliste… pour le glisser dans ma boîte aux lettres ?

À l'écran, une série de phrases courtes s'organisent en colonne au centre de la page. Elles sont écrites par Emma Nelson Jones, avec d'autres personnes qui répondent.

Emma Nelson Jones

Envisage de se faire des mèches.

J'aime • Commenter • Il y a 4 heures

> **Mark Elliot** Ne change rien, E !
>
> J'aime • Il y a 57 minutes
>
> **Sondra McAdams** Faisons ça toutes les deux !!! :)
>
> J'aime • Il y a 43 minutes

– Si c'est un canular, je ne vois pas ce qu'il y a de drôle, grogne Emma. Qu'est-ce que ça veut dire ?

– Visiblement, ça se rapporte à ton avenir. (Je pouffe.) Tu vas peut-être devenir célèbre !

Emma se déride.

– C'est sûrement ça. Mais comment ? Grâce au saxo ? À l'athlétisme ? Ou en devenant une patineuse de renommée mondiale ?

J'embraye sur le même ton.

– Peut-être que le rollerblade va devenir une discipline olympique ?

Emma pousse un petit cri et tape dans ses mains.

– Peut-être que Cody va se qualifier en athlétisme et qu'on ira aux Jeux olympiques *tous les deux* ?

Je déteste sa manie de ramener sans arrêt Cody Grainger dans la conversation.

Elle montre un commentaire au bas de la page.

– Et ça ?

Emma Nelson Jones

Qui veut essayer de deviner où mon cher et tendre a passé son week-end ?

J'aime • Commenter • Il y a 20 heures

Sous le texte, mangé par le bas de l'écran, on aperçoit une photo. On y voit un bout d'océan. Je pointe la souris dessus.

– Tu veux que…

– Non ! m'interrompt Emma. N'y touche pas. Et s'il s'agit d'un virus, et que plus on ouvre le site, plus ça empire ? Je n'ai pas envie de bousiller mon ordi tout neuf !

Elle attrape le CD-Rom et le balance dans le tiroir de son bureau.

Je fais pivoter le fauteuil vers elle.

– Arrête. Même si c'est un canular, t'as pas envie de voir qui tu es censée épouser ?

Emma réfléchit une seconde.

– D'accord, vas-y, dit-elle.

Je clique sur la photo et une nouvelle page s'ouvre. Le grand carré au centre se remplit lentement depuis le sommet. Il y a d'abord les vagues de l'océan. Puis le visage d'un homme. Il porte des lunettes de soleil. Puis on voit ses mains, qui serrent la tête d'un grand espadon. Quand la photo a fini de se charger, l'homme se tient à l'avant d'un bateau de pêche.

– Tu as vu la taille de ce poisson ? Je me demande où il est. En Floride, j'imagine.

– Il est canon ! s'exclame Emma. Pour un vieux. Je voudrais bien savoir d'où sort cette photo.

Quelques coups brefs frappés à la porte nous font sursauter. La mère d'Emma entre dans la chambre.

– Alors, ton nouvel ordinateur te plaît ? demande-t-elle. Vous surfez sur la Toile ?

Emma vient se placer devant l'écran.

– On fait des recherches sur les espadons, répond-elle.

J'ajoute :

– Et sur les futurs époux.

Ce qui me vaut un méchant pincement sur le bras.

– Vous continuerez plus tard, d'accord ? dit la mère d'Emma. Marty doit appeler un client et il ne peut pas le faire tant que vous êtes sur Internet.

– Mais on n'a pas encore fini, proteste Emma. Et je ne sais pas si je pourrai retrouver ce site.

Elle a raison. Et si on ne retrouvait jamais ces pages ? Même s'il s'agit d'un canular, il y a encore tellement de points à vérifier. Pourvu qu'Emma trouve le bon argument pour qu'on puisse rester connectés.

– Nous n'avons qu'une seule ligne, Emma, lui rappelle sa mère. Tu n'as qu'à noter le nom de ton site. Tu y retourneras plus tard. Si cet Internet doit devenir un problème…

– Il n'y aura pas de problème, Maman, répond Emma.

Elle attrape la souris, pousse un soupir, et se déconnecte.

La voix électronique nous lance un « au revoir ! » joyeux.

– Merci, dit la mère d'Emma. (Puis elle tourne la tête vers moi.) C'est chouette de te revoir ici, Josh. Tu restes dîner avec nous ?

Je me lève et j'attrape mon skate, en évitant le regard d'Emma.

– Je ne peux pas. J'ai des devoirs, et puis mes parents...

Je n'achève pas. Je sens que je rougis.

Nous redescendons tous les trois. La mère d'Emma rejoint Martin dans la salle de bains où il range des sacs en plastique du magasin de bricolage. Emma me raccompagne à la porte et se penche à mon oreille.

– J'essaierai de me reconnecter plus tard, me souffle-t-elle.

Je baisse les yeux sur mon skate.

– D'accord. Appelle-moi si tu as besoin de quelque chose.

3://Emma

Pendant tout le dîner, je n'ai qu'une idée en tête – Emma Nelson Jones.

– On ne dirait vraiment pas que c'est du fromage allégé, s'attendrit Maman en mordillant dans sa pizza. Et des poires à la place des pepperonis ? Délicieux.

– Je suis bien d'accord, approuve Martin.

Nous mangeons sur des plateaux-repas tout en regardant *Seinfeld*. Ils l'enregistrent tous les jeudis sur le magnétoscope pour le regarder le dimanche soir. Je me sers une nouvelle part de pizza.

– Attention avec ça, me rappelle Martin.

– La moquette neuve… précise ma mère.

L'émission est interrompue par un spot de pub. Au lieu d'appuyer sur Avance rapide, Martin se rapproche de Maman et lui caresse le bras. Je ne veux pas voir ça. Je pose mon assiette en équilibre sur une main, j'attrape mon verre de lait de l'autre, et je monte dans ma chambre.

Je m'assieds en tailleur sur mon lit et je mange ma pizza en fixant l'écran de veille de mon ordinateur. Et si ce n'était ni un canular ni un virus ? Et si elle existait vraiment, cette femme d'une trentaine d'années du nom d'Emma Nelson Jones ? Elle serait allée au lycée de Lake Forest des années plus tôt et elle aurait simplement la même date d'anniversaire que moi. D'accord, admettons toutes ces coïncidences, mais que vient-elle faire dans mon ordinateur ?

Je décroche le téléphone et je compose le numéro de Josh. Je le connais si bien que je n'ai même pas besoin de jeter un coup d'œil à la liste épinglée sur mon panneau de liège. Mais je raccroche avant que ça sonne. Josh n'a pas envie d'être mêlé à ça. Il a saisi le premier prétexte pour filer.

J'essaie Kellan, mais sa ligne est occupée, et j'hésite à joindre Papa. Quand il vivait encore à Lake Forest avec Cynthia, on se voyait tout le temps. On partait courir ensemble, et quand il jouait du sax dans son groupe de jazz, je montais souvent sur scène pour un bœuf avec eux.

Mais maintenant, chaque fois que j'appelle, j'ai l'impression d'empiéter sur le temps qu'ils consacrent au bébé. Je ne suis descendue le voir que deux fois depuis son déménagement, une semaine à Noël et quatre jours aux vacances de printemps.

Je termine ma pizza et je vais à la salle de bains. Comme celle du rez-de-chaussée est en travaux, je dois traverser la chambre de Maman et Martin chaque fois que j'ai envie de pisser. Je me regarde dans le miroir et je pense à Emma Nelson Jones et à ses mèches.

J'ai toujours aimé ma couleur de cheveux, surtout en été, quand je vaporise de l'éclaircissant dessus avant de m'allonger dans le jardin. Mais peut-être qu'un jour je serais tentée par des mèches, moi aussi.

Je retourne devant mon ordinateur et je déplace la souris. Quand je lance AOL, je tombe sur la page d'accueil habituelle. Mais ensuite je regarde le menu déroulant des favoris, où je sais que Kellan sauvegarde les liens de tous ses sites préférés.

Et je le vois. *Facebook*. Quand je clique dessus, la fenêtre s'ouvre pour me réclamer mon e-mail et mon mot de passe, que je m'empresse de taper.

Joy Renault

Est en train de regarder les Harmony Alley Carjackers pour la première fois depuis l'université. Ça fiche un coup de vieux !!!

J'aime • Commenter • Il y a 17 heures

Gordon Anderson

Je me sens toujours un peu bête quand je commande un jus de pomme, maintenant que je suis adulte, comme si je devais le prononcer « zus d'pom ».

J'aime • Commenter • Il y a 4 heures

> **Doug Fleiss** Hé, hé… Oui, ça rappelle l'haleine des bébés.
>
> J'aime • Commenter • Il y a 2 heures

Dans le coin supérieur, au-dessus de la mention *Emma Nelson Jones*, la photo a changé. Quand je clique sur le nom, une page s'ouvre avec une version agrandie de la même photo. La jeune femme est superbe avec son chapeau à large bord et ses lunettes de soleil.

Sous la photo, je clique sur *Infos*.

Lycée Lake Forest High School, promotion 1997

1997 ? C'est l'année où je décrocherai mon diplôme. C'est l'année prochaine !

Je détache les yeux de cette date encore à venir et je fais défiler l'écran vers le haut. Emma Nelson Jones a créé une liste de ses films, musiques et livres favoris.

Films : American Beauty, Titanic, Toy Story 3

Les deux premiers ne me disent rien, même si je suis contente de voir qu'apparemment *Toy Story* a donné lieu à deux suites, mais c'est surtout la liste des livres qui m'arrête.

Livres : La Source enchantée, Harry Potter, La Couleur des sentiments.

Je ne connais pas *Harry Potter* ni *La Couleur des sentiments*, mais Josh m'a offert *La Source enchantée* pour mon onzième anniversaire. Je me rappelle encore la scène où Tuck emmène Winnie faire un tour en barque sur le lac. La barque se coince dans des racines et Tuck explique que l'eau qui passe de part et d'autre est pareille au temps qui s'écoule sans eux. Sur le moment, j'avais trouvé ça très profond, drôlement philosophique.

Je reviens sur la page où Emma Nelson Jones parlait de se faire des mèches, sauf que je ne retrouve plus le commentaire en question. On y lit toujours qu'elle est mariée à Jordan Jones Jr, mais il n'y a plus sa photo avec le poisson. C'est bizarre. Comment tout ce que j'ai vu la dernière fois a pu changer comme ça ?

Emma Nelson Jones
Le jeudi 19 mai est un jour qui restera dans l'histoire.
Mais dans un sens favorable ou défavorable ?
Je vais y réfléchir en préparant le dîner.
J'aime • Commenter • Il y a 2 heures

Le 19 mai, c'est aujourd'hui ! Ce qui veut dire que tout ça est en train de se dérouler maintenant. Sauf qu'on est dimanche, et pas jeudi.

Trois personnes ont répondu à Emma, pour lui demander ce qu'elle préparait. Curieusement, elle répond par l'un de mes plats favoris.

Emma Nelson Jones

Macaronis au fromage. J'ai besoin d'un truc qui me réconforte.

J'aime • Il y a environ 1 heure

D'autres ont ajouté des commentaires, pour dire qu'ils adorent ça eux aussi. Et puis, tout en bas, Emma a écrit un truc il y a douze minutes à peine. J'en ai la chair de poule en le lisant.

4://Josh

Mes parents rentrent tard, si bien que c'est œufs-brouillés-et-hot-dog pour tout le monde chez les Templeton. D'habitude, je me régalerais, sauf que ce soir j'ai la tête ailleurs. J'ai essayé d'appeler Emma avant de passer à table mais sa ligne était occupée.

– Tu es bien calme, dis donc, remarque Papa.

Il penche la poêle au-dessus de mon assiette pour me resservir.

Le téléphone sonne. Pendant que Papa sort répondre dans le hall, je joue avec mes œufs du bout de ma fourchette. Ce site web sur l'ordinateur d'Emma n'a aucun sens. C'est forcément un canular, sauf que je ne vois pas ce qu'il y a de drôle. Si je voulais charrier quelqu'un sur son avenir, je lui prédirais des trucs délirants, comme de gagner à la loterie ou d'hériter d'un château en Écosse. Pourquoi se donner tant de mal pour parler de coloration et de parties de pêche ?

Papa revient à table.

– C'était Emma. Je lui ai dit que tu la rappellerais après le dîner.

– Comment va-t-elle ? demande Maman. Elle a pris le CD d'AOL ?

– C'était un CD-Rom, dis-je en engloutissant une bouchée de hot dog pour éluder le reste de la question.

– Sheila est d'accord pour qu'elle aille sur Internet ?

Je fais oui de la tête et je continue de m'empiffrer. Pourquoi Emma a-t-elle appelé ? Elle sait que mes parents détestent recevoir des coups de téléphone pendant le repas. A-t-elle relevé une incohérence, un détail qui prouve que ce site est un faux ? À moins qu'elle n'ait découvert qui en est l'auteur !

– Tout change si vite à l'adolescence, dit Papa, en arrosant ses œufs de sauce piquante. Emma et toi étiez tellement proches. L'été dernier, avec ta mère, on commençait à se dire qu'il faudrait peut-être que tu passes plus de temps avec d'autres personnes.

Je proteste :

– Je suis tout le temps avec Tyson.

– D'autres filles, précise Papa.

– Au moins, Emma, on la connaît, observe Maman. (Elle se tourne vers Papa et rit.) Tu te rappelles quand David allait chez cette Jessica tous les soirs, après le lycée, sans jamais nous la ramener à la maison ? On a insisté pour qu'ils viennent réviser ici, et tu as vu le résultat.

– Il a rompu avec elle le lendemain, dit Papa.

David est mon frère aîné. Mes parents pensaient qu'il ferait ses études à l'université d'État d'Hemlock, où ils enseignent la sociologie tous les deux. Mais il a préféré déménager à Seattle, à plus de 3 200 kilomètres d'ici. Parfois, je me demande s'il n'a pas choisi l'université de Washington pour tenir nos parents à l'écart de sa vie privée. Il y passe même l'été en internat. J'ai dû y aller en avion pendant les vacances de printemps pour le voir.

Le téléphone sonne encore une fois. Papa regarde sa montre en secouant la tête, mais la sonnerie s'arrête presque aussitôt.

– Je crois que je n'ai plus faim, dis-je.

Je m'essuie les mains sur ma serviette et je la roule en boule dans mon assiette.

– Tu es sûr ? insiste Maman. Il en reste encore plein.

– Non merci, j'ai un peu mal au ventre.

Ce n'est pas vraiment un mensonge. Je me sens un peu nerveux de savoir qu'Emma essaie de me joindre. Je ramène mon assiette dans la cuisine, je la pose dans l'évier, puis je passe dans le hall d'entrée. Le téléphone est posé sur un guéridon au pied de l'escalier. Je décroche, je compose le numéro d'Emma et je tire le cordon le plus loin possible pour être hors de portée d'oreille de mes parents.

Emma répond à la première sonnerie.

– Josh ?

Elle a l'air essoufflée.

– Qu'est-ce qu'il y a ? C'est toi qui as appelé tout à l'...

– Je ne sais pas par où commencer, dit-elle, la voix serrée. Je suis retournée sur le site, seulement...

– Il était toujours là ? Tu l'as retrouvé comment ?

Je me sens excité malgré moi.

– Écoute, tu veux bien venir ? (Elle donne l'impression d'avoir pleuré.) Maman et Martin sont sortis se promener, alors tu n'auras qu'à utiliser la clé de secours.

– Tu ne préfères pas me dire d'abord ce qu'il y a ?

– J'ai l'impression que ce site est bien réel, dit Emma. Et je ne suis pas heureuse.

– Je vois ça. Mais pourquoi ?

– Non, dit-elle, je te parle de mon avenir. Je ne serai *jamais* heureuse.

5://Emma

– Coucou, dit Josh en poussant ma porte.

Je lève la tête depuis mon lit. Il se tient sur le seuil, avec à la main la clé que nous cachons sous une pierre, à côté du garage. Elle est accrochée à un porte-clés Scoubidou qui s'allume quand on lui presse le nez.

– Désolé d'avoir mis tout ce temps. Mes parents m'ont fait remplir le lave-vaisselle. (Il enfonce ses mains dans ses poches.) Alors, c'est quoi le problème ?

J'ai peur de me remettre à pleurer si je lui explique. Josh a déjà l'air suffisamment mal à l'aise. C'est moche, d'ailleurs, parce que jusqu'à maintenant on avait toujours pu compter l'un sur l'autre. Combien de fois est-il venu se promener en vélo avec moi quand mes parents étaient en train de se séparer ? Ça remonte à l'école primaire. Et quand il s'est cassé la jambe en faisant du skate, je lui tenais compagnie dans son jardin alors que tous nos amis allaient nager au lac Crown. Et au mariage de ma mère, en septembre dernier, il était assis à côté de moi et me pinçait le bras chaque fois que je commençais à glousser un peu trop fort.

À le voir comme ça, j'ai l'impression que plus rien ne sera jamais comme avant.

– J'ai réussi à retourner sur le site, dis-je en me frottant les yeux. Seulement, il a un peu changé.

Je vois Josh glisser un coup d'œil vers les roses fanées sur ma commode. C'est Graham qui me les a offertes avant le bal du lycée, quand nous sommes sortis dans le jardin faire des photos. Je me promets de les flanquer à la poubelle aussitôt que Josh sera parti.

– Ça dit encore qu'Emma Nelson Jones a suivi sa scolarité au lycée de Lake Forest, et on lit toujours « Facebook » en bannière.

– Tu crois que c'est le nom de sa société ? demande Josh.

– Peut-être.

Mais là n'est pas l'important. L'important, c'est ce que raconte le site à propos d'elle. Rien que d'y penser, j'ai comme un pincement au cœur.

– Emma, tu ne sais pas ce que c'est que ce truc, tu ne sais même pas si c'est réel, me rappelle Josh. Si ça se trouve, c'est juste quelqu'un qui s'amuse à...

– Non ! (Je me redresse sur mon lit et je lui montre mon collier.) Emma Nelson Jones portait le même collier sur sa photo.

Josh baisse les yeux sur la chaîne en or que je ne quitte jamais, avec le *E* en pendentif.

– Elle s'appelle *Emma*, souligne Josh. Quelle autre lettre tu t'attendrais à voir sur son collier ?

– Elle a dit que c'était le jeudi 19 mai.

Josh plisse le front, perplexe.

– Aujourd'hui, on est le dimanche 19 mai. Ce qui veut dire qu'elle écrit ça depuis une autre année où le 19 mai tombe un jeudi.

Josh secoue la tête.

– Si on essaie de te faire marcher, normal qu'on ait pensé à ce genre de détails.

– Mais *tout* a changé. J'ai vérifié tout à l'heure, la photo d'Emma était complètement différente. Et les gens qui postaient des commentaires n'étaient plus les mêmes. Tu crois que ça pourrait venir d'un CD-Rom corrompu ? Tu ne comprends pas. Ce truc, ce Facebook ou je ne sais quoi... ça vient du futur !

Josh pose le porte-clés sur mon bureau et s'assied. Quand il déplace la souris, le mur de briques disparaît et je retrouve la page comme je l'avais laissée, avec Emma Nelson Jones qui parle de ses macaronis au fromage.

– Pourquoi ça raconte qu'elle a trois cent vingt amis ? bougonne Josh. Qui a autant d'amis ?

– Regarde tout en bas, dis-je en me penchant par-dessus son épaule.

Emma Nelson Jones
Vous savez pourquoi j'ai besoin de réconfort ? Ça fait trois jours que JJJ n'est pas rentré. Au départ, il devait s'absenter une seule journée. Je ne sais plus quoi faire.
J'aime • Il y a 12 minutes

Josh lève la tête vers moi.

– Qui est JJJ ?

– Mon mari. Jordan Jones Jr. Le type avec le poisson. Je ne dis nulle part pourquoi il n'est pas rentré, mais visiblement, il y a anguille sous roche. Quand j'ai lu ça, ça m'a rendue malade.

Josh se frotte le front du bout des doigts.

– Peut-être qu'il est tout bêtement retourné pêcher ?

– Continue à lire, dis-je en me penchant au-dessus de lui pour déplacer la souris.

Emma Nelson Jones
Pointe au chômage depuis six mois. Il paraît que c'est la crise, mais je commence à croire que ça vient de moi. Trente et un ans, ça fait jeune pour avoir raté sa carrière.
J'aime • Commenter • Mardi à 09:21

– Trente et un ans, dit Josh. Donc c'est supposé se passer dans quinze ans.

J'indique le commentaire suivant.

Emma Nelson Jones
N'a même pas les moyens de se payer
un thérapeute digne de ce nom.
J'aime • Commenter • Lundi à 20:37

Josh se retourne vers moi.

– Je n'arrive pas à croire qu'elle écrive ça.

– Pas « elle ». « Moi ».

– Pourquoi irait-on balancer des trucs aussi personnels sur Internet ? C'est n'importe quoi !

– Exactement, dis-je. Dans quinze ans, je serai bonne à enfermer et c'est ça qui fera découcher mon mari.

Josh se renverse en arrière dans le fauteuil et croise les bras. Quand il fait ça, c'est le portrait de son frère. Je n'ai pas revu David depuis l'année dernière, mais c'était vraiment un gars sympa. Très marrant. Les garçons auraient tous voulu l'avoir comme grand frère et toutes les filles en pinçaient pour lui.

– Écoute, Emma. Je crois que... commence Josh, avant de s'interrompre.

– Dis-le.

Il indique l'écran.

– On ne sait pas exactement d'où sort cette Emma Nelson Jones ni ce que c'est que ce site. Mais même si tout ça est bien réel, je trouve que tu lis beaucoup entre les lignes.

La porte d'entrée se referme bruyamment. Josh et moi sursautons devant l'ordinateur.

– Emma ? appelle Maman. Marty est sûr d'avoir fermé à clé derrière nous, mais...

Je lui crie :

– Ne t'inquiète pas. Josh est là, c'est tout.

– Tu vas pouvoir nous créer des adresses mail ?

– Dans une minute, d'accord ? Josh m'aide à faire une recherche... pour un devoir.

– Parfait, répond Maman. (J'entends son pas dans l'escalier.) Mais dépêchez-vous. Il y a cours, demain.

Il ne faut pas qu'elle voie ça. Je tends le bras et je clique sur le X dans le coin supérieur droit de la fenêtre. La voix joyeuse me lance « au revoir ».

Maman passe dans le couloir, en nous adressant un petit signe.

Josh ramasse le porte-clés Scoubidou. Il s'arrête sur le seuil et se retourne vers moi.

– Quoi ? dis-je en le voyant hésiter.

– Je crois que tu ne devrais pas regarder ce truc toute seule. Soit c'est vraiment une sale blague, soit...

Je sens que je vais me remettre à pleurnicher.

– Je propose qu'on n'aille pas sur ce site l'un sans l'autre, dit-il.

– Ça veut dire que tu comptes revenir ? Ça ne t'ennuie pas ?

Josh contemple le porte-clés au creux de sa main, en pressant sur la truffe de Scoubidou pour l'allumer et l'éteindre.

– Non, du tout.

– Que dirais-tu de demain ? Après ma compétition.

– Ça me va, dit Josh. On passera peut-être t'encourager, Tyson et moi.

Je souris pour la première fois de la soirée. L'année dernière, Josh assistait à toutes mes compétitions à domicile. Je suis tentée d'être honnête et de lui raconter ce que j'ai découvert d'autre sur le site avant son arrivée. Mais je n'arrive pas à m'y résoudre. Ce que j'ai vu risque de rendre les choses encore plus embarrassantes. Et, ne serait-ce qu'une nuit, j'ai envie de croire que tout pourrait revenir à la normale entre nous.

– Quoi ? demande Josh.

Il faudra bien que je le lui dise.

– Demain, dis-je, on regardera si tu as une page web à ton nom, toi aussi.

LUNDI

6://Josh

Alors que je presse le tube de dentifrice, j'entends Emma refermer la portière de sa voiture et démarrer. En me réveillant ce matin, j'ai hésité à lui demander de m'emmener pour pouvoir discuter avec elle, mais il vaut mieux que je garde mes distances. Se prendre un râteau n'est jamais agréable, mais c'est encore pire quand ça vient de votre meilleure amie.

Emma coupe son moteur. Je jette un coup d'œil par la fenêtre. Je la vois retourner dans sa maison. Comme la fenêtre de sa chambre se trouve juste en face, je la vois sortir son étui de saxophone de son placard. Quand j'étais petit, j'écrivais des messages au feutre et je les collais à la fenêtre pour qu'Emma puisse les lire avec ses jumelles roses. J'ai toujours ma boîte de feutres, mais je suis sûr qu'elle a vendu ses jumelles à l'un des vide-greniers que les Nelson organisent régulièrement.

Je me rince la bouche et je recrache, en écoutant Emma redémarrer son moteur. Quelques secondes plus tard, elle recoupe le contact. Cette fois, elle claque la portière. Ça m'ennuie pour Emma, mais je ne peux pas m'empêcher de sourire. Elle est convaincue que ce qu'on a vu sur son ordinateur décrit vraiment sa vie dans une quinzaine d'années. Même si j'aimerais bien y croire, l'un de nous deux doit garder la tête froide.

Je ferme le robinet et je regarde par la fenêtre. Emma a ouvert le coffre de sa voiture et jette ses chaussures de sport argentées sur son étui de saxophone. Elle referme le coffre d'un coup sec, mais il se rouvre tout seul dès qu'elle a le dos tourné.

*

Je frappe à la vitre de la voiture côté passager.

– Tu m'emmènes ?

Elle se penche pour déverrouiller la portière. Je dois me courber pour monter, chose que je n'avais pas besoin de faire quand Emma a obtenu son permis. Je coince mon skate entre mes genoux et je boucle ma ceinture.

Emma enclenche la marche arrière.

– Merci d'être descendu.

– Mal dormi ?

Elle hoche la tête.

– Disons que je ne suis pas d'humeur à voir certaines personnes aujourd'hui.

Je me demande si elle fait allusion à Graham. Il a son casier près du mien, alors tous les matins, j'ai la chance de le voir convier Emma à une séance de tripotage.

C'est toujours un spectacle qui me comble de joie.

Je propose :

– Tu veux faire un crochet par *Sunshine Donuts* ?

Emma met son clignotant.

– Oh, que oui !

Deux kilomètres après Wagner Park, Emma s'arrête devant le haut-parleur orange et commande un café crème avec du sucre et un donut à la cannelle. Pour moi, je prends un donut glacé et un chocolat chaud.

– Je ne comprends pas, bougonne Emma en avançant au pas. (Il y a deux voitures entre nous et le guichet.) Pourquoi est-ce que ça m'arrive à moi ?

– Écoute, je ne crois pas à ces histoires de futur, mais je ne vois pas qui voudrait t'inventer un avenir aussi pourri. Tu es très intelligente, et…

– C'est gentil, m'interrompt Emma. Mais je ne parlais pas de mon avenir. Je parlais du site en général. Comment est-il possible de lire des commentaires sur des choses qui ne se sont pas encore produites ?

La voiture qui nous précède s'arrête au guichet. Je fouille dans ma poche arrière et je tends à Emma quelques dollars froissés, mais elle refuse mon argent.

– J'ai d'abord cru que ça venait du CD-Rom, dit-elle, mais c'est peut-être la connexion téléphonique qui a déclenché un truc pendant le téléchargement. Tu te rappelles quand on a fait venir un électricien ?

– Tu crois qu'il aurait pu vous brancher sur le futur par accident ? (Je me retiens de pouffer.) De toute façon, ça remonte à des mois.

– Oui, mais je n'avais pas encore Internet à ce moment-là. On devrait peut-être transporter mon ordi chez toi pour voir si le site y apparaît aussi.

Pas question. On ne va pas recommencer à faire la navette entre nos deux maisons.

– Mais ça n'expliquerait pas *pourquoi* ça m'arrive, continue Emma. Ni comment ça peut concerner des événements qui auront lieu dans quinze ans.

J'indique les voitures qui passent dans la rue à côté de nous.

– D'accord, tu veux une théorie ? En voilà une. Tu sais que le vice-président Gore a qualifié Internet d'« autoroute de l'information » ? Disons que tout le monde roule dans la même direction sur cette autoroute. Le voyage dans le temps serait un moyen de sauter certains tronçons.

La voiture devant nous s'éloigne. Emma avance jusqu'au guichet et paye l'employée du Sunshine.

– Tu penses que ce site serait une sorte de raccourci ?

La femme tend nos boissons à Emma, qui me les passe. Je glisse son café dans le porte-gobelet pour lui permettre d'attraper le sac de donuts.

– Honnêtement, je disais ça pour rire. Je crois plutôt que c'est un canular.

Nous roulons jusqu'au lycée sans échanger un mot. Quand elle se gare sur le parking, je consulte ma montre. Il reste trois minutes avant la sonnerie.

– Je sais que c'est moi qui suis venue te chercher, dit-elle en se tournant vers moi sur son siège, mais je trouve que tu pourrais prendre les choses un peu plus au sérieux. Je me demande comment tu réagirais si c'était *ton* avenir que tu voyais partir en sucette comme ça.

– Sauf que cc n'est pas vrai. (Je froisse le sac de donuts et je le fourre dans mon gobelet vide.) On se retrouve après ta compétition et on reprendra tout depuis le début, d'accord ? Peut-être que quelqu'un a mal orthographié ton nom, ou s'est trompé sur une date. On va tirer ça au clair.

– Pourquoi tiens-tu tellement à ce qu'il s'agisse d'un canular ?

– Pour que tu arrêtes de t'inquiéter. Je suis sûr que tu vas avoir une vie super.

Emma jette un coup d'œil dans le rétroviseur, puis se tourne vers moi.

– Josh, avant que tu repasses chez moi hier soir, j'ai trouvé autre chose sur le site.

Son regard me donne froid dans le dos.

– Je peux te dire que si c'est une blague, dit-elle, elle te concerne aussi.

7://Emma

– Moi ?

Josh plisse les yeux d'un air perplexe.

Sa page web est l'une des nombreuses choses qui m'ont empêchée de dormir la nuit dernière. J'aurais dû lui en parler à la minute où il est entré dans ma chambre.

– Emma ? dit Josh, pour me ramener à la réalité. De quoi est-ce que tu parles ?

– Hier soir, avant que tu viennes, j'étais sur le site. Tu te rappelles les trois cent vingt amis que je suis censée avoir ? (J'exhale tout l'air que j'ai dans les poumons.) Tu es dans la liste.

Un grand silence s'abat dans la voiture.

– C'est marqué *Josh Templeton*, avec une photo de toi. Plus âgé.

Josh se tapote le genou avec son gobelet Sunshine Donuts. Il n'a pas envie de croire à cette histoire. Il voudrait bien que ce soit une blague.

– Tu as les cheveux courts, comme David, dis-je. Et tu portes des lunettes.

– Mes yeux vont très bien, proteste Josh.

– Pas dans le futur, apparemment.

Josh raye son gobelet avec l'ongle de son pouce.

– Est-ce que tu as vu autre chose ? Quand tu as cliqué sur la photo d'Emma Nelson Jones, ça t'a emmenée sur une autre page. Est-ce que c'est pareil pour moi ?

Je fais oui de la tête.

– Ton anniversaire est bien le 5 avril, et il est écrit que tu es allé à l'université de Washington.

– Comme David, dit Josh.
– Et que tu es revenu vivre ici.
– À Lake Forest ?
Je me demande ce qu'il en pense. Personnellement je suis bien décidée à vivre ailleurs. Lake Forest, tu parles ! Pour la forêt, il faut sortir de la ville, et quant au lac, il se trouve à quinze kilomètres. En plus il est bordé de propriétés luxueuses. Le centre-ville s'étend sur trois rues à peine, et on ne peut pas y faire un pas sans que tout le monde soit au courant. Mais Josh est plus relax que moi. Il a l'air de parfaitement se plaire à Lake Forest.
– Où est-ce que j'habite ? demande-t-il. Ils ne me font pas encore vivre chez mes parents à plus de trente ans, au moins ?
Je secoue la tête.
– Je crois que ta maison est au bord du lac. Il y a une photo de toi dans ton jardin et on voit un ponton à l'arrière-plan, avec un hors-bord attaché tout au bout.
– Cool ! s'exclame Josh. Ils m'ont fait riche, alors.
Je lève les yeux au ciel.
– Pourquoi dis-tu « ils » sans arrêt ? De qui est-ce que tu parles ?
– De ceux qui ont créé ce site, tiens ! Tout à l'heure je ferai un saut à la salle d'informatique pour voir si quelqu'un a scanné des photos de…
– Tu ne veux toujours pas comprendre, hein ? C'est *nous* qui avons créé ce site. Dans le futur. Je ne sais pas exactement en quoi ça consiste, mais ça ressemble à un réseau de pages personnelles sur lesquelles les gens publient leurs photos et parlent de tout ce qui leur arrive dans la vie : s'ils ont trouvé une place de parking, ce qu'ils ont pris au petit déjeuner, ce genre de choses.

– Mais pour quoi faire ? demande Josh.

La sonnerie retentit. Graham va se demander où j'ai traîné ce matin. D'habitude, on se retrouve devant son casier.

J'attrape mon sac et je fais mine d'ouvrir la portière.

– Une minute, dit Josh en faisant tourner l'une des roulettes de son skate. Ton truc, là, Facebook… Est-ce que ça dit si je suis marié ?

Je cherche la clé du coffre sur mon trousseau.

– Oui, tu es marié.

Josh blêmit.

– Et, heu… avec qui ?

– Tu as dit que tu ne croyais pas à toutes ces salades.

– J'ai quand même envie de savoir. C'est *mon* avenir après tout. Non ?

– Tu l'auras voulu, dis-je. Tu es marié à Sydney Mills.

Josh est scié.

J'ouvre ma portière.

– On va être en retard.

8://Josh

Je me représente Sydney Mills debout devant moi. Ses longs cheveux châtains sont retenus par un serre-tête blanc, et ses yeux ont la couleur du caramel tendre. Elle m'ouvre ses bras et je l'attire contre moi pour l'embrasser. Je sens ses seins fermes s'écraser contre mon torse.

Et puis j'ouvre les yeux, j'attrape mon skate et je rejoins Emma devant le coffre de sa voiture.

– Sydney Mills ? C'est ridicule !

Emma fourre ses chaussures de course argentées dans son sac à dos.

– Tu aimerais bien que ce soit vrai, hein ?

– Tu crois vraiment que j'irais gober des bobards pareils ?

En même temps, je suis presque tenté de demander à Emma de nous ramener chez elle pour vérifier par moi-même. Mais si nous arrivons en retard en cours, la secrétaire laissera un message sur le répondeur de nos parents.

Sydney Mills a un an de plus que moi. Elle est incroyablement sexy, c'est l'une des meilleures athlètes du lycée, et ses parents roulent sur l'or. Je ne vois pas qui peut nous imaginer l'un avec l'autre, même pour blaguer. On suit le même cours de Vie collective depuis le mois de janvier et on n'a pas échangé un seul mot.

– Regarde-toi, se moque Emma en me donnant un coup de poing dans le bras. Tu es amoureux, ma parole !

Elle tend le bras pour m'ébouriffer les cheveux, mais je me dérobe. Je balance mon sac à dos sur une épaule et je pars vers le lycée.

– Attendez-moi, m'sieu Mills ! me lance Emma.

Je m'arrête et je me retourne.

– Je comprends, tu sais, dit-elle. Moi aussi, tu me verrais partir comme une folle si j'apprenais que Cody et moi étions mariés et en vacances à Waikiki.

Waikiki ?

– Ça n'a rien à voir. C'est juste que je déteste quand tu... enfin... quand tu me passes la main dans les cheveux et tout ça.

– Désolée.

Je sais qu'elle est sincère. Elle tient vraiment à notre amitié. C'est pour ça qu'elle m'a laissé prendre un peu de distance ces six derniers mois.

Emma me montre une décapotable.

– Tiens, la voiture de Sydney. Tu devrais lui glisser un poème d'amour sous les essuie-glaces. Ou un haïku ! Par contre, évite de chercher à rimer.

À la fête de fin d'année de notre école, je me suis couvert de ridicule en essayant de rapper. Je pensais devenir le premier rappeur roux. Je m'étais rebaptisé RedSauce. Emma se fait un plaisir de me le rappeler régulièrement. C'est toujours mieux que mon frère, qui me le ressert chaque fois qu'on se parle.

– Ça veut dire que Sydney et moi allons à Waikiki ? dis-je.

Nous passons la porte du lycée. Emma se penche vers moi.

– Ton moi futur n'est pas aussi indiscret que le mien, dit-elle, en me soufflant au visage son haleine parfumée à la cannelle. Tu ne donnes aucun détail croustillant sur ce que Sydney et toi faites sur la plage, alors pas la peine de rougir comme ça.

Emma me fait un petit signe de la main puis disparaît dans la foule des élèves.

– Jalouse ! dis-je.
Mais elle ne m’a pas entendu.

9://Emma

Je suis complètement à côté de la plaque à la répétition de l'orchestre. Quand je rate mon entrée pour la quatrième fois consécutive, M. Markowitz pointe sa baguette vers notre section des cuivres et propose :

– Et si tout le monde prenait cinq minutes de pause ? Les flûtes, venez me voir pour qu'on discute du solo.

Je jette un coup d'œil vers les percussions mais Graham est en retard. Il est parfois retenu par le professeur de natation, ce qui me convient parfaitement. Je ne suis pas du tout pressée de le voir. Je pose mon instrument et je vais boire à la fontaine. En me penchant sur le jet arrondi, je repense à mon ordinateur. Ça paraît moins réel aujourd'hui, surtout le mariage de Josh et de Sydney Mills. Un peu comme si on me disait que j'allais épouser Leonardo DiCaprio.

– Qui c'est ? demande Graham en me posant une main sur les yeux tout en m'attrapant par la taille.

Je m'essuie la bouche et je me retourne. Je manque me décrocher la mâchoire. Il s'est rasé la tête ! Ses beaux cheveux blonds ont disparu, remplacés par un crâne nu et pâle.

– Qu'est-ce qui t'a pris ? dis-je.

Il sourit et se passe la main sur la tête.

– Greg et Matt sont passés à la maison après notre partie de Frisbee et on s'est fait la boule à zéro. Tu aimes ?

Je me contente de le dévisager avec des yeux ronds.

– Avoue, dit Graham en glissant ses doigts dans les miens. Tu aimerais passer la main sur mon beau crâne lisse.

Je ne suis pas d'humeur. Quand il se colle contre moi, je me dérobe.

– Qu'est-ce qui ne va pas ? demande-t-il.

– Je ne sais pas.

Puis on se tait tous les deux. Par moments, j'ai l'impression que si on ne sortait pas ensemble, nous n'aurions rien à faire l'un avec l'autre.

*

– Il est vraiment temps que j'arrête avec Graham, dis-je en baissant les yeux sur le sac en papier de mon déjeuner.

Nous sommes à la cafétéria pour permettre à Kellan de s'envoyer son régime quotidien, frites et Sprite. Elle fait trois centimètres de moins que moi, avec des cheveux noirs et une peau parfaite. Et elle peut se gaver de frites sans prendre un gramme.

– Tu ne devais pas le larguer hier au parc ? s'étonne-t-elle.

Je souris à un groupe de filles qui nous croise.

– Je ne l'ai pas vu.

– Eh bien, qu'est-ce qui t'empêche de le faire aujourd'hui ? (Kellan paye et se dirige vers le plateau des condiments.) Au cas où tu n'aurais pas remarqué, c'est pas moi qui te retiens.

– Tu as vu ce qu'il a fait à ses cheveux ?

Kellan secoue la tête.

– Il s'est rasé, dis-je. Lui, Greg et toute l'équipe de natation. Hier. Je te jure, quand ils sont en groupe, les garçons deviennent capables des pires débilités.

– Comme de faire la guerre, dit Kellan en empilant des serviettes en papier et des sachets de ketchup sur son plateau.

– Ou de sauter d'un toit.

– Ou de mettre le feu à leurs pets.

Je ris.

– Tu connais quelqu'un qui a fait ça ?

– Tyson, répond-elle. À côté de la benne à ordures derrière le *GoodTimez*, quand tu étais chez ton père l'hiver dernier.

Le père de Tyson est le propriétaire du *GoodTimez*, un restaurant spécialisé dans les fêtes d'anniversaire et les pizzas à pâte épaisse. Juste à côté de la galerie marchande et de son parking, idéal pour faire du skate. Josh et Tyson peuvent y traîner pendant des heures.

– Josh était là ?

Kellan réfléchit.

– En fait, il tenait la caméra. Mais lui n'a mis le feu à rien.

– Tant mieux. Sinon, je le lui aurais rappelé toute sa vie.

En sortant de la cafétéria, Kellan me demande :

– Alors, comment il est, ton Graham, sans ses boucles blondes ?

– Franchement ? Ses cheveux étaient le seul truc sexy chez lui. Maintenant, il a l'air d'une grosse sucette à la pêche.

Il fait beau dehors, encore plus chaud qu'hier. Nous traversons le campus en direction du coin où nous avons l'habitude de déjeuner, et je me tourne vers Kellan.

– Est-ce que je peux te poser une question de physique ?

Son visage s'éclaire. Elle suit des cours de physique à Hemlock les mardi et jeudi après-midi. Ça fait partie du programme complémentaire qu'elle aimerait bien me voir suivre aussi, pour qu'on puisse s'inscrire ensemble en biologie à l'automne prochain.

Je fais passer mon sac en papier dans l'autre main et je demande, le plus naturellement possible :

– Qu'est-ce que les scientifiques pensent du voyage dans le temps ?

Elle soulève son plateau à hauteur de son menton et attrape une frite avec ses dents.

– Pourquoi ?

– Simple curiosité. Ils repassaient *Retour vers le futur* sur le câble hier soir.

Kellan se lance alors dans une grande explication à propos de dilatation temporelle et de relativité spéciale. J'essaie de suivre, mais je décroche quand elle aborde les trous de vers.

– En gros, résume Kellan, on ne peut rien prouver. Mais on ne peut rien exclure non plus. À mon avis, c'est possible mais je n'aurais pas envie de le faire.

– Pourquoi pas ?

Elle hausse les épaules.

– Le passé est derrière nous. C'est bon pour les livres d'histoire. Et imagine que dans le futur on soit de nouveau en guerre, ou qu'on n'ait toujours pas élu un Black ou une femme à la présidence ? Ou que les Rolling Stones traînent encore leurs vieux culs flasques sur scène ? Je serais trop déprimée.

– Moi, j'espère que le futur sera mieux que le présent, dis-je.

Même si je n'en suis vraiment pas certaine.

– Tu te souviens de ce gars mignon comme tout qui est dans mon cours de physique ? demande Kellan. Je suis encore tombée sur lui hier en ville. Sérieusement, Emma, tu devrais t'inscrire en bio avec moi. Si tu voyais les garçons à Hemlock ! C'est des *hommes*.

– Donc, tu es en train de me dire que je devrais m'inscrire en biologie à la fac... pour les garçons ?

Kellan secoue la tête.

– Tu devrais t'inscrire en biologie à la fac parce que tu es intelligente et qu'il n'y a pas assez de femmes dans les filières scientifiques. Mais toi et moi pouvons changer ça. Les garçons, c'est la cerise sur le gâteau.

– Peut-être bien, dis-je.

En fait, je pense surtout à ce qu'elle m'a expliqué à propos du voyage dans le temps. Si c'était totalement impossible, elle me l'aurait dit. Mais elle n'a pas dit ça.

– Je ne veux pas me contenter d'améliorer le ratio de femmes dans les milieux scientifiques, dit Kellan, je tiens aussi à ce que tu tombes amoureuse avant qu'on décroche notre diplôme. Je considère ça comme un objectif personnel.

– Tu connais mon opinion sur l'amour. C'est un truc qu'on a inventé pour vendre des gâteaux de mariage. Et des vacances à Waikiki.

– Mes parents sont amoureux depuis dix-neuf ans, rétorque Kellan. Et regarde Tyson et moi. On était probablement les deux plus…

– Il t'a brisé le cœur ! Comment peux-tu encore parler d'amour après tout le mal qu'il t'a fait ?

Kellan gobe une autre frite.

– C'était de l'amour parce que ça en valait la peine.

10://Josh

J'arrive le premier sous le chêne où nous avons l'habitude de nous retrouver pour déjeuner, au bout du campus. Je pose mon repas dans l'herbe, puis j'enlève mon sweat et je le fourre dans mon sac à dos ; et je cale ce dernier contre le tronc pour m'en servir comme coussin.

Mes sandwichs au beurre de cacahuètes et à la confiture sont un peu ramollis après avoir mariné des heures au fond de mon sac. Je n'ai pas très faim de toute façon. Ma dernière discussion avec Emma à propos de ce site web me rend nerveux. Impossible désormais de regarder Sydney Mills sans l'imaginer en train d'émerger des vagues sur une plage hawaïenne, dans un bikini minimaliste.

Ce n'est *pas* le genre d'image à promener sous le nez d'un garçon !

Sydney Mills et moi suivons deux orbites complètement différentes. Elle, c'est Mercure, chaude comme la braise avec le soleil en plein visage. Moi, c'est Pluton. Bien sûr, j'ai des bons amis, mais je suis à la limite de disparaître aux confins du système solaire.

– Chaud devant !

Un énorme sandwich Subway fend les airs avant de s'écraser dans l'herbe à mes pieds. Tous les jours, Tyson balance son déjeuner comme ça, même si je n'ai jamais compris pourquoi. Kellan dit que c'est parce que son père l'a élevé seul, sans la moindre présence féminine pour le civiliser.

– Abruti ! dis-je.

– Alors, tu l'as vue aujourd'hui ? demande Tyson en déchirant l'emballage de son sandwich.

Mon pouls s'emballe. Est-ce qu'Emma lui aurait parlé de Sydney ?

– Je sais qu'elle raconte des saloperies sur moi, continue-t-il. Devant moi, elle joue les gentilles. Mais dès que j'ai le dos tourné…

Il parle de Kellan.

– Non, je ne l'ai pas encore vue.

Tyson et Kellan ont deux caractères tellement opposés qu'Emma et moi n'aurions jamais imaginé qu'ils pourraient se mettre ensemble. On est amis depuis toujours, nous quatre, mais en juillet dernier ils ont commencé à flirter comme des malades sans crier gare. Ça a duré tout l'été, et puis le jour de la rentrée, Tyson y a mis le holà. Et puis ils sont ressortis ensemble, et Tyson l'a encore jetée. On aurait dit deux aimants qui n'arrivaient pas à choisir entre s'attirer ou se repousser. Après leur dernière rupture, Kellan était si mal qu'elle n'est pas venue au lycée pendant deux semaines. Et pourtant, bizarrement, on est tous restés amis.

– Elle ne m'a jamais dit de mal de toi, dis-je en attaquant mon deuxième sandwich.

Tyson sort un morceau de dinde de son sandwich et se le jette dans la bouche.

– C'est parce qu'elle sait que tu me le répéterais.

J'aperçois Emma et Kellan qui arrivent en échangeant des messes basses.

– Tu vois ? dit Tyson. Je suis sûr qu'elles parlent de moi.

Les filles s'approchent en souriant et s'assoient. Kellan arrose ses frites de ketchup pendant qu'Emma enlève le couvercle de son Tupperware.

– Aloha, dit Emma en m'adressant un sourire malicieux. (Elle pique sa fourchette en plastique dans une tranche de concombre.) Alors, tu l'as vue ?

– Qui ça ? demande Kellan.

– Apparemment, notre Josh craque pour Sydney Mills, explique Emma.

Pourquoi fait-elle ça ?

– Comme tout le monde, grommelle Tyson, la bouche pleine de dinde et de fromage.

Je proteste :

– Je n'ai jamais dit que je craquais pour elle !

Kellan jette un regard noir à Tyson.

– *Tout le monde* craque pour elle ? Vraiment ? Tu parles d'un cliché ! Sydney Mills est une sale garce pourrie de fric.

– Relax, les copains, intervient Emma. Je ne voulais pas provoquer une dispute.

– Je ne la connais même pas, dis-je. Je sais qui c'est, bien sûr, mais je n'ai jamais...

Tyson m'ignore et foudroie Kellan du regard.

– Oui, mademoiselle Je-vaux-mieux-que-tout-le-monde, je craque pour Sydney Mills. Au cas où tu ne l'aurais pas remarqué, elle est torride.

– Seulement si on aime les garces, réplique Kellan.

Elle plonge une paille dans son Sprite et aspire une longue gorgée.

Emma croise mon regard et forme le mot *désolée* avec les lèvres.

Je mords dans mon sandwich en tâchant de prendre un air indifférent. Après tout, ce site web n'est qu'une blague.

*

Je jette un coup d'œil anxieux à l'intérieur de la salle de classe. Sydney Mills n'est pas encore là.

Je me dirige droit vers ma chaise. Je tambourine du bout des doigts sur mon pupitre pendant que les autres élèves arrivent l'un après l'autre. Chaque fois qu'il y en a un qui entre, le rythme de mes doigts et de mon cœur s'accélère.

En voyant Rebecca Alvarez, je lui adresse un bref sourire. Je suis sorti avec elle pendant cinq mois en première année, un record. On se parle encore de temps en temps, au lycée, mais on ne s'appelle plus ni rien.

Depuis son siège à l'autre bout de la classe, elle forme avec les lèvres : *Qu'est-ce que tu regardes comme ça ?*

Je me tourne vers la porte. Et voilà Sydney !

J'agrippe mon pupitre à deux mains, incapable de détourner les yeux. Ses cheveux châtains tombent en cascade sur ses épaules et ruissellent dans son dos. Son chandail vert, ouvert aux deux premiers boutons, épouse les courbes de sa poitrine. Elle porte un collier en or rehaussé de minuscules diamants. Elle remonte vers moi entre les pupitres, en glissant son téléphone dans la poche arrière de son jean moulant. Rien qu'à la voir, j'en ai les mains moites.

Sydney me regarde et, pendant une seconde, j'ai l'impression qu'elle va me sourire, mais elle hausse les sourcils. Je dois vraiment faire une drôle de tête.

Dans son sillage, des effluves de noix de coco tranchent les fils délicats qui tenaient mon cœur en place.

*

Tyson et moi posons nos skates contre le premier gradin face à la piste. Je sirote un granité Slurpee à la cerise tandis que Tyson se glace la cervelle au parfum framboise bleue. À nos pieds, notre boîte à pizza est vide. Le père de Tyson étant propriétaire du *GoodTimez*, on a toutes les pizzas gratuites dont on rêve. En échange, il m'arrive de donner un coup de main dans les fêtes d'anniversaire, en surveillant la boum pour que tout se passe bien, par exemple, ou en me déguisant en tranche de pizza géante pour distribuer des sachets de bonbons.

L'année dernière, Tyson et moi débarquions avec une pizza à chaque compétition à domicile. Les épreuves elles-mêmes ne nous passionnaient pas vraiment, mais c'était important pour Emma de savoir que nous étions là. Cette année, la première fois, j'ai dit à Tyson que j'avais trop de devoirs; la deuxième, que je devais aider mon père à nettoyer la gouttière. Au bout d'un moment, Tyson a cessé de me proposer de venir. Mais ce soir, je tiens à me faire raccompagner par Emma pour qu'elle me montre ce qu'elle a vu sur son site web.

L'équipe entre sur le stade. Nous crions :

– Allez, Emma !

Dès qu'elle nous a vus, nous attrapons nos skates et nous filons sur le parking. À côté des râteliers à vélos, il y a deux places neutralisées par des petits blocs en béton. Nous empoignons un des blocs, chacun par un côté.

– Soulève ! dis-je.

Nous transportons les deux blocs l'un après l'autre au centre du parking. Après quoi, Tyson sort un pain de cire Sex Wax de son sac à dos et me le lance. Les surfeurs s'en servent comme antidérapant, mais les skateurs l'adorent, eux aussi. Surtout Tyson, que le nom fait glousser chaque fois qu'il en utilise. J'en enduis le sommet des deux blocs puis je me recule. Tyson pose sa planche en travers, glisse sur toute sa longueur, puis roule jusqu'au bloc suivant et effectue un *grind* sur les deux essieux.

– En parlant de Sex Wax, dit Tyson avec un grand sourire, c'est vrai que t'as l'intention de sortir avec Sydney Mills ?

Je m'éloigne de quelques pas et je pose mon skate par terre.

– Je ne sais même pas pourquoi Emma a dit ça.

Je roule jusqu'au premier bloc et j'effectue un *grind* sur l'essieu arrière. Au deuxième passage, je tente un *nosegrind* mais je n'ai pas pris suffisamment d'élan.

– Tu es avec elle en Vie collective, non ? demande Tyson.

– Avec Sydney Mills ? Oui, pourquoi ?

Tyson lance son skate loin devant lui, le rattrape au pas de course et saute dessus.

– Eh bien, quand vous avez abordé l'éducation sexuelle, tu l'as probablement entendue prononcer le mot *vagin*.

Je ris.

– Qu'est-ce que ça vient faire là-dedans ?

Il roule jusqu'au bloc et s'arrête net.

– Je trouve ça mignon, une fille qui n'a pas peur d'utiliser le bon vocabulaire.

– Désolé de te décevoir, dis-je en faisant sauter d'un coup de pied mon skate dans ma main, mais elle n'a jamais prononcé ce mot devant moi.

Tyson hausse les sourcils d'un air suggestif.

– Peut-être qu'elle le ferait si tu lui proposais de sortir avec toi.

Dans le stade, quelqu'un a dû passer la ligne d'arrivée parce qu'un tonnerre d'applaudissements monte des gradins.

11://Emma

Cody a établi un nouveau record du lycée au 100 mètres, et mené les Cheetahs de Lake Forest à la victoire. Moi, par contre, je suis arrivée quatrième au 1 600 mètres et avant-dernière de mon relais. Je ne suis pas aussi mauvaise d'habitude, mais je n'ai pratiquement pas dormi de la nuit et j'ai la cervelle en compote. Avant hier soir, je n'avais encore jamais entendu parler de Jordan Jones Jr, et voilà que mon mariage avec lui bat déjà de l'aile.

Ça m'a fait du bien de voir Josh et Tyson dans les gradins, m'applaudir et me faire des signes. Je sais bien qu'ils ne restent pas pour assister aux épreuves mais je suis quand même contente qu'ils soient venus. Ils sont sûrement en train de faire du skate sur ces blocs de béton dans le parking.

La compétition est terminée et l'équipe visiteuse regagne les bus. Je suis assise dans l'herbe, à siroter un Gatorade en regardant Cody tailler une bavette avec une fille de l'équipe adverse. Elle est grande, la peau bronzée, et ils se tiennent tout près l'un de l'autre, à rire et à se toucher le bras. Je me demande s'il s'est déjà passé un truc entre eux ou si c'est pour bientôt. À en croire son équipe, Cody serait un vrai tombeur.

En ce qui me concerne, je n'ai encore jamais couché avec un garçon. Ce n'est pas que j'attende le grand amour, parce que Dieu sait si je le rencontrerai un jour, mais j'ai toujours eu l'impression que ce serait donner une trop grande part de moi-même. Prenez Graham, par exemple. Ce n'est certainement pas à lui que j'irais offrir ma virginité. Cody, c'est différent. Si nous sortions ensemble, je ne sais pas si j'aurais la force de le repousser. Il est quand même drôlement appétissant.

– La rencontre est finie ? demande Graham en se laissant tomber à côté de moi.

Il porte le short bleu et le T-shirt blanc qu'il met toujours pour ses séances de musculation. Et il transpire, ce qui fait briller son crâne lisse.

– Ça vient de se terminer, dis-je. (J'étire mes jambes devant moi et je me penche en avant jusqu'à toucher mes genoux avec le front.) On a gagné.

– Tu es drôlement souple, admire-t-il. Ça pourrait me donner des idées.

Il a mal choisi son moment. Je me redresse brusquement et je grogne hargneusement :

– Pourquoi faut-il *toujours* que tu en reviennes à ça ?

– À quoi ?

– Tu sais bien.

Graham hausse les épaules.

– Eh, les copains se réunissent sur le terrain de base-ball. On va les rejoindre ?

Je cherche des yeux Josh et Tyson, dans l'espoir de les voir venir à mon secours. Je n'ai rien prévu mais je me disais que je pourrais retrouver Josh après la rencontre pour rentrer chez moi consulter mon ordinateur.

Je jette un coup d'œil en direction de Cody. Il est toujours avec cette fille, mais cette fois il inscrit quelque chose dans un petit carnet. Il déchire la page et la lui tend. Elle sourit, et quand elle se colle à lui pour lui faire la bise, sa main s'attarde au creux de son dos. Ils vont coucher ensemble, c'est sûr.

– D'accord, dis-je à Graham. (J'attrape mon sac de gym et je me lève d'un coup.) Allons-y.

*

Le temps d'arriver sur le terrain de base-ball, les amis de Graham sont partis. Nous nous installons donc sur un banc dans la tranchée, moi avec la tête sur ses genoux, et lui avec les doigts sous mon maillot, pour essayer de défaire mon soutien-gorge. Je chasse sa main d'une petite tape.

– Je suis tout en sueur, dis-je.

– Ça ne me dérange pas. Je te trouve sexy après tes compétitions.

Je chasse sa main encore une fois. Je porte mon top en résille orange avec le guépard sur le devant, et un short noir. Une tenue fripée, délavée, que d'innombrables Cheetahs se sont refilée au fil des ans.

Je me sens tout sauf sexy, à vrai dire. Peut-être que c'est simplement la fatigue après la nuit que j'ai passée. Ou parce que je n'arrête pas de repenser à Emma Nelson Jones, en me demandant si je suis vraiment condamnée à devenir une épouse délaissée dont le mari ne rentre pas à la maison.

Graham fait remonter sa main sous l'étoffe.

– J'adore ton ventre. Et ton nombril… trop mignon !

Et si c'était ce que je pouvais espérer de mieux ?

Cette fois, quand les doigts de Graham atteignent mon soutien-gorge, je ne le repousse pas. Je m'assieds, je me penche vers lui et nous commençons à nous embrasser. Sa main se referme sur un de mes seins et je tourne la tête pour m'assurer que personne ne nous voit.

C'est là que je remarque Josh. Il est figé comme une statue au niveau de la deuxième base. Je me détache de Graham et je rajuste mon débardeur, mais Josh a déjà filé.

12://Josh

Tout ça, c'est la faute de Tyson ! Il m'a tellement soûlé avec Sydney Mills que je n'avais plus qu'une envie, retrouver Emma et son ordinateur. Alors j'ai laissé mon skate à cet imbécile et je suis parti à la recherche d'Emma. Elle n'était plus au stade mais Ruby Jenkins m'a dit qu'elle l'avait vue partir en direction du terrain de base-ball.

Elle n'a pas précisé qu'Emma était avec *Graham*. Si elle me l'avait dit, je ne me serais jamais pointé là-bas.

Au lieu de quoi, je m'amène comme une fleur en la cherchant des yeux. Je la trouve dans la tranchée. Elle est allongée sur le banc, la tête sur les genoux de Graham. Il est penché sur elle, visiblement en train de lui parler, et l'espace d'un instant je me dis qu'elle s'est enfin décidée à le larguer.

Et puis Emma s'assied, commence à l'embrasser, et il glisse la main sous son maillot.

Qu'est-ce que ça veut dire ? C'est comme ça qu'elle jette un garçon ? Parce que ce n'est pas comme ça qu'elle m'a jeté, moi !

Elle m'aperçoit avant que je puisse m'éclipser. Nos regards se croisent. Je ne sais pas ce qui lui passe par la tête, mais pour ma part je suis dégoûté, complètement écœuré.

Je pique un sprint à travers le terrain. Je voudrais shooter dans quelque chose, ou hurler, ou foutre une pâtée à Graham.

– Alors ? me demande Ruby quand je la croise sur la piste.

– Pas trouvée !

J'arrive hors d'haleine sur le parking. Tyson est assis sur l'un des blocs en béton, en train d'admirer mon dernier graf de Marvin le Martien sur mon skate.

– Alors, tu rentres avec Emma ? me lance-t-il.

– Non. Tirons-nous, dis-je.

Tyson me tend la main et je l'aide à se relever.

– Tu ne voudrais pas m'en peindre un de ce genre sur mon skate ? me demande-t-il. Yosemite Sam, par exemple ?

J'attrape l'un des blocs en béton et je commence à le traîner sur l'asphalte.

– Tu me donnes un coup de main ?

Tyson soulève le bloc par l'autre bout. Nous le remettons en place.

– Il y a une question que je me pose, me confie Tyson. Et peut-être qu'un de ces jours, tu seras en position d'y répondre.

– Aide-moi juste à replacer l'autre, d'accord ?

Nous soulevons le deuxième bloc et le remettons en place.

– Ce que je voudrais bien savoir, continue Tyson en s'époussetant les mains, et je compte sur toi pour le découvrir, c'est : est-ce que les seins de Sydney sont d'origine, ou est-ce que ses parents les lui ont payés ? Ils me plaisent dans les deux cas. Je suis seulement curieux.

Si nous n'avions pas déjà reposé le bloc, je le lui aurais volontiers lâché sur le pied.

13://Emma

Je rentre chez moi en écoutant le nouveau Dave Matthews à plein volume. Ma voiture n'a pas de lecteur CD, alors j'ai acheté la cassette quand il est sorti le mois dernier. Mais Dave a beau chanter « *Crash into Me* », je n'arrive pas à oublier ce qui vient de se passer sur le terrain de base-ball. Josh a vu Graham me peloter. Graham n'a rien compris, bien sûr. Il s'est passé la main sur le crâne en grommelant :

– Ce n'est quand même pas la première fois qu'il voit un gars et une fille s'embrasser.

Je l'ai quitté sans un mot, j'ai couru jusqu'à mon casier pour récupérer mon sac et mes affaires, puis je suis sortie sur le parking à la recherche de Josh et de Tyson.

Ils étaient partis.

En me garant dans mon allée, je jette un coup d'œil vers la maison de Josh. Même s'il est rentré, je ne vais certainement pas aller le chercher chez lui. Je sais bien qu'on avait prévu de se retrouver après le stade, mais tout est gâché maintenant.

Je pose mon saxophone dans l'entrée au pied de l'escalier et je vais dans la cuisine pour me passer de l'eau sur le visage. Maman m'a laissé un Post-it à côté de l'évier pour me demander de préchauffer le four et d'y mettre le plat de macaronis au fromage. En tournant les boutons, je repère un autre Post-it sur le plan de travail, sur lequel il est écrit *MrsMartinNichols@aol.com*. Je suppose que c'est l'adresse mail qu'elle veut. Elle a choisi « EmmaMarie » comme mot de passe.

Je glisse les macaronis au four et je monte dans ma chambre. Une fois connectée, je crée l'adresse mail de Maman. Ensuite, je regarde si je peux accéder au site de Facebook depuis son compte mais je ne le vois pas dans ses favoris.

Soulagée, je me déconnecte et je m'affale dans mon fauteuil. Notre secret ne risque rien. Mais ça ne me dit toujours pas d'où sort ce site, ni comment je vais pouvoir en savoir plus si Josh ne vient pas.

Car il ne viendra pas.

Je m'enfonce dans ma chaise de lune pour faire mes devoirs. Une odeur délicieuse commence à monter de la cuisine. J'entends Maman et Martin rentrer à la maison. Quelques minutes plus tard, Maman m'appelle pour le dîner.

J'ai toujours considéré les macaronis au fromage comme la nourriture de réconfort par excellence. Apparemment, ce sera encore le cas dans quinze ans. Mais aujourd'hui, les pâtes me restent en travers de la gorge. Peut-être parce qu'elles sont au blé complet, comme Maman l'explique fièrement à Martin. Ou peut-être parce que rien ne peut me réconforter en ce moment ?

*

Après le repas, Maman et Martin continuent à démolir la salle de bains du rez-de-chaussée. Ils passent Led Zeppelin à fond et cassent le carrelage au marteau et au burin. Je me sers un verre d'eau, je remonte et je m'allonge sur mon lit.

Je suis bien embêtée que Josh ait vu Graham me peloter, mais après tout, j'ai le droit d'embrasser qui je veux. Et je sors avec Graham, alors je ne vois pas où est le mal. Quand même, ça m'ennuie. Surtout quand je repense à ce qui s'est passé en novembre dernier.

C'était le soir de la sortie de *Toy Story*. Nous étions allés le voir en groupe et nous occupions toute une rangée. Je m'étais assise à côté de Josh, et pendant les scènes avec les jouets horribles de Sid, je me cachais le visage au creux de son épaule. J'ai toujours aimé l'odeur de Josh. Elle me rappelle le lac et les cabanes dans les arbres. La plupart de nos copains sont rentrés chez eux après le cinéma mais Kellan, Tyson, Josh et moi avons fait un détour par le cimetière, pour nous recueillir sur la tombe de la mère de Tyson. Elle est morte quand il était encore bébé, et depuis que je le connais, je l'ai toujours vu y passer pour déposer des fleurs ou simplement dire un petit mot. Puis Kellan et Tyson se sont éloignés de leur côté et Josh et moi sommes partis à la recherche de Clarence et Millicent. Ce sont les prénoms que nous avions découverts sur la pierre tombale d'un couple. Clarence et Millicent sont morts le même jour à plus de quatre-vingt-dix ans tous les deux. L'idée qu'aucun n'avait eu à survivre à l'autre nous plaisait bien. C'est d'eux que venaient les noms de notre couple amateur de Hamburger Helper, et aussi mon mot de passe.

Nous étions plantés devant les tombes de Clarence et Millicent quand Josh a déclaré :

– Je t'aime vraiment, tu sais, Emma.

J'ai souri.

– Moi aussi.

– Tant mieux, a-t-il dit.

Et il s'est avancé, comme pour m'embrasser.

J'ai reculé d'un pas.

– Non ! (J'ai secoué la tête.) Tu es… *Josh*.

À peine avais-je dit ça que j'ai compris à quel point je l'avais blessé.

Je le pensais vraiment. Josh était la seule et unique personne sur laquelle j'avais toujours pu compter. Si nous étions sortis ensemble et que ça n'avait pas collé, j'étais sûre de le perdre. Je voulais nous protéger. Mais je l'ai perdu quand même.

Je ferme les yeux, et pour la première fois de la journée, je me laisse envahir par la fatigue.

Peu après, la voix de Maman me réveille en sursaut.

– Emma ? crie-t-elle dans l'escalier. Tu m'entends ?

– Oui.

Je m'assieds en me frottant les yeux.

– Josh est là. Je le fais monter.

14://Josh

Avant d'entrer dans sa chambre, je respire à fond pour me calmer, mais j'ai les poings serrés. La dernière fois que j'ai vu Emma, elle était en train de se faire peloter. J'ai hésité à venir, mais j'avais trop besoin de voir ce qu'elle avait lu sur moi. Je veux lui prouver que tout ça n'est qu'une mauvaise blague, et lui dire de passer à autre chose.

Emma est assise au bord de son lit, toujours avec son top orange et son short noir. Elle a les cheveux gras, et la joue fripée comme si elle venait de se réveiller. Elle m'adresse un sourire timide mais je vois bien qu'elle a du mal à me regarder en face.

Elle secoue la tête.

– Écoute, je suis désolée si...

– Je m'en fiche. Oublions ça, tu veux bien ?

– Je suis sûre que ça t'a fait du mal, et je voulais que tu saches que...

– Ça ne m'a rien fait du tout. J'ai été surpris, c'est tout, parce que je croyais que tu voulais rompre avec lui.

– Ça ne te regarde pas, dit Emma, mais j'ai l'intention de le faire bientôt.

– Ah, d'accord. Tu avais juste envie de te faire tripoter une dernière fois.

Les yeux d'Emma brillent de colère. Je comprends que je suis allé trop loin.

– Tu as de la chance que je sois gentille, dit-elle, parce que je vais faire comme si je n'avais rien entendu. Je sais ce qui t'a fait dire ça, mais...

– Vraiment ? Et c'est quoi, d'après toi ?

Je veux l'entendre me dire que je suis jaloux de Graham, pour pouvoir lui rire au nez.

– Josh, si tu tiens à ce que je te montre ce site web, tu as drôlement intérêt à la boucler.

Elle marche jusqu'à son bureau d'un pas rageur. C'est agréable de constater que je ne suis pas le seul à fulminer.

Le mur de briques de son écran de veille est toujours là. Emma déplace la souris. Je la regarde entrer *EmmaNelson4Ever@aol.com* puis commencer à taper *M-i-l-l-i-c...*

– Ne me dis pas que tu as pris Millicent comme mot de passe ?

Emma lève la tête vers moi.

– Comment le sais-tu ?

– J'ai vu les premières lettres, et... Tu veux entendre un truc marrant ?

Elle hausse les épaules mais ne dit rien.

– Sur le compte mail qu'on nous a donné au lycée, mon mot de passe est Clarence.

– C'est vrai ? s'exclame Emma. Notre petit couple de quadragénaires...

– Amateur de plats déshydratés Hamburger Helper...

– Qui roule dans un vieux camion de marchand de glaces.

– Lui-même, dis-je.

Et pendant un instant, nous échangeons un regard complice, comme si nous étions redevenus les meilleurs amis du monde.

Emma appuie sur Entrée et son ordinateur grésille et crachote en se connectant à AOL.

– Tu as vu Sydney aujourd'hui ? me demande-t-elle, en pivotant sur son fauteuil.

– On a Vie collective ensemble.

Emma sourit.

– Tu lui as parlé ?

– Pas besoin. Mon expression débile était suffisamment éloquente.

Emma pointe son index vers moi, pouce relevé, comme si elle me braquait avec un pistolet.

– Tu disais que tout ça n'était qu'une blague.

– Oh, je continue à le penser. Même si ce serait formidable de pouvoir jeter un coup d'œil sur mon avenir – surtout un avenir pareil –, ça reste quand même difficile à croire.

« Bienvenue ! » gazouille la voix électronique.

Emma se retourne vers son ordinateur et pianote sur son clavier.

– C'est marrant de te voir jouer les sceptiques. Avant, tu croyais au Bigfoot et aux ovnis. Et tu te souviens de l'Homme-chèvre du Maryland ?

– Je n'ai jamais cru à l'Homme-chèvre. Je le trouvais intéressant, c'est tout.

Emma double-clique sur *Facebook* et une fenêtre blanche s'ouvre au milieu de l'écran. Elle retape son adresse mail et son mot de passe, mais au lieu d'appuyer sur Entrée, elle se tourne vers moi.

– J'ai toujours imaginé le voyage dans le temps comme une aventure fascinante, un truc qui change la vie, dit-elle. Comme dans *Un raccourci dans le temps* ou *Retour vers le futur*. Mais là, on dirait que la seule chose qui intéresse tous ces gens, c'est de publier leurs photos de vacances et de discuter de trucs sans importance.

Je me retiens de dire : comme d'épouser la plus belle fille du lycée.

– À ton avis, pourquoi ils écrivent tous ces commentaires sur les cupcakes et sur n'importe quoi ?

– Ils ne sont pas tous comme ça, se défend Emma. Moi, j'aborde des vrais problèmes, mais uniquement parce que je n'ai pas peur de reconnaître quand ça ne va pas. (Elle lâche un petit rire amer.) Et visiblement, ça craint pour moi en ce moment.

Au sommet de l'écran, on peut lire *Emma Nelson Jones*. Sa photo n'est pas grande, mais je vois tout de suite que ce n'est plus la même qu'hier. Emma clique dessus pour l'agrandir. Mme Jones se tient debout devant un mur blanchi à la chaux, les mains sur les hanches. Elle porte un chandail jaune et un collier en or avec la lettre *E*.

Emma Nelson Jones
Les lasagnes d'hier soir étaient bonnes,
mais ce boulot commence à me porter sur le système.
J'aime • Commenter • Il y a 2 heures

– Curieux, s'étonne Emma. Hier, je parlais de macaronis au fromage. Je me demande… (Elle se tourne vers moi, les yeux écarquillés.) Je te parie que c'est le dîner de ce soir qui m'en a dégoûtée à vie !

J'essaie d'effacer mon petit sourire supérieur. Elle pousse le bouchon un peu loin.

Je me penche sur l'écran.

– Si le boulot commence à te porter sur le système, ça veut dire que tu en as un. Hier, tu étais au chômage. Il y a du mieux, non ?

– Tu as raison. (Emma touche l'écran et suit les commentaires avec son doigt.) Tout a changé. Rien n'était pareil hier.

– Je disais ça pour rire. C'est une blague, Emma.

– Non, tu te trompes. S'il s'agissait d'une blague, rien n'aurait changé entre hier et aujourd'hui. Mais tout ce que j'ai fait aujourd'hui a engendré de minuscules perturbations dans le futur. Ma mauvaise humeur de ce matin, à cause de ce site, a modifié ma façon d'être au lycée. Et quinze ans plus tard...

Je pouffe.

– De minuscules perturbations ?

– C'est un truc dont Kellan m'a parlé.

– Tu as tout raconté à *Kellan* ?

– Bien sûr que non, proteste Emma. Je l'ai simplement interrogée sur le voyage dans le temps d'un point de vue scientifique.

– Donc, tu as fait quelque chose aujourd'hui qui t'a évité de perdre ton boulot dans le futur. Et t'a convaincue de cuisiner des lasagnes plutôt que des macaronis au fromage. J'ai pigé. (J'indique vaguement l'écran.) Alors peut-être que tu n'es plus mariée avec Qui-c'est-ce-gars-là ?

Emma regarde l'écran et lit :

Mariée à : Jordan Jones Jr.

– Malheureusement, dit-elle, ces perturbations n'ont pas dégénéré en tempête.

– L'ouragan Emma. Ça risque de faire des dégâts.

– Je sais que tu voudrais croire que tout ça est bidon, mais tu ne m'as pas dit que tu avais pris une expression débile devant Sydney Mills aujourd'hui ?

– Et alors ?

Emma hausse les sourcils.

– Alors, tu ne l'aurais pas fait si je ne t'avais pas parlé de ton avenir. Je me demande quels dégâts l'ouragan Joshua a déjà causés.

Emma pointe la flèche sur un groupe de photos intitulé *Amis*.

– Maintenant, j'ai quatre cent six amis. Cool ! J'ai sûrement fait plein de nouvelles rencontres au boulot.

Je m'accroupis à côté d'elle.

– Je suis dans le lot ?

Emma m'adresse un sourire narquois.

– Tu n'as pas dit que tu n'y croyais pas ?

– Non, mais c'est drôle.

Emma déplace la flèche sur *Amis (406)* et clique dessus. Une nouvelle page apparaît, chargée de photos minuscules et de noms. Je me retiens de lui demander de se dépêcher. Je ne veux surtout pas donner l'impression de croire à la possibilité d'un mariage entre Sydney Mills et moi. Parce que cette possibilité est nulle.

La liste est organisée par ordre alphabétique des prénoms. Quand elle en arrive aux *J*, Emma ralentit. Me voilà :

Josh Templeton

Mon pouls s'accélère. Je ne sais pas quoi dire. Au cas extrêmement improbable où ce serait vrai, je ne sais pas quoi penser de ce que je vais découvrir.

Emma place la flèche sur mon nom.

– Josh, annonce-t-elle sur un ton théâtral, te voilà tel que tu seras dans quinze ans !

Une nouvelle page se charge lentement. La petite photo contient une grappe de ballons de couleurs. Tout en bas, on voit le visage d'un homme aux cheveux roux et portant des lunettes. Je n'ai pas besoin de demander si c'est censé être moi. À côté de la photo, on peut lire qu'il a son anniversaire le

5 avril, qu'il est allé à l'université de Washington et qu'il travaille dans une boîte du nom d'Electra Design.

Josh Templeton
Toute la famille vient de rentrer d'Acapulco. C'était extra ! J'ai mis les photos sur mon blog.
J'aime • Commenter • 15 mai, 16:36

– C'est quoi un blog ?

– Aucune idée, répond Emma. Mais je me demande pourquoi vous avez modifié votre destination. Sûrement pas à cause de la tête que tu as faite devant Sydney. Peut-être que vous deviez aller à Waikiki, mais que tu préférais Acapulco, et que tu en as parlé à Sydney au moment de planifier vos vacances.

Josh Templeton
Aujourd'hui, j'ai aidé le fiston à assembler une maquette du système solaire.
J'aime • Commenter • 8 mai, 20:26

Terry Fernandez On a fait ça l'an dernier avec le mien. Ça m'a donné la nostalgie de Pluton. C'était ma planète préférée.
J'aime • 9 mai, 08:07

Josh Templeton Pauvre Pluton ! :-(
J'aime • 9 mai, 09:13

Je grimace.

– Qu'est-ce qui a bien pu arriver à Pluton ?

Emma hausse les épaules.

– Ça, au moins, ça ne peut pas être notre faute.

Je me balance en arrière sur les talons.

– Où est-ce qu'on peut voir si… tu sais… si je suis marié ?
Emma m'indique le haut de l'écran.

Marié à : Sydney Templeton

– Comment sais-tu que c'est censé être Sydney Mills ?
Emma me dévisage bien en face.
– Arrête de répéter des trucs comme « censé être ». Ça devient énervant.
– D'accord. Comment sais-tu que c'est Sydney Mills ?
Emma clique sur *Sydney Templeton.*
Une nouvelle page web apparaît. Cette fois, la photo montre un couple et ses trois enfants assis sur une pelouse. Le fils aîné a les cheveux roux. Les filles, deux jumelles, ont les mêmes cheveux châtains que leur maman, ridiculement belle.
Je recule jusqu'à la chaise de lune et je me laisse tomber dedans.
– Toujours sceptique ? me demande Emma.
– Bah, c'est juste que… je voudrais…
Je voudrais être sceptique. J'en ai *besoin.* Mais cette accumulation d'informations, c'est trop pour moi.
– Jordan Jones Junior, dit Emma. Rien que le nom est stupide. Maintenant que j'ai un boulot, on dirait que Jordan dépense tout l'argent que je gagne. Écoute ça : « J'ai touché mon chèque jeudi et JJJ m'a déjà "emprunté" jusqu'au dernier dollar pour s'acheter un iPad. Les hommes et leurs gadgets ! » J'ai mis « emprunté » entre guillemets, ce qui veut probablement dire que je peux faire une croix sur ma paie.
– C'est quoi, un iPad ?
– On s'en fiche ! L'important, c'est que j'ai donné tout mon argent à mon mari pour qu'il s'en achète un. (Elle promène sa

souris sur la page.) On vit en Floride mais il est de Chico, en Californie. Chico ? Où ça peut être, ça ?

– Aucune idée. Comment sais-tu d'où il vient ?

– J'ai cliqué sur son nom. Sa page ne dit pas grand-chose, mais il a l'air d'un vrai trou du cul.

– Tu ne le connais pas et tu le traites de *trou du cul* ?

– Ça se sent tout de suite, dit Emma.

Je me sens ridicule d'oser envisager que cette histoire puisse avoir un fond de vérité, mais c'était bien Sydney Mills et moi sur cette photo. Plus âgés, d'accord, mais la ressemblance était criante.

– Regarde ça ! s'exclame Emma.

Je m'arrache de mon siège.

– Ces photos étaient liées à mon site, dit Emma en m'indiquant l'écran. Apparemment, chacune d'elles conduit à d'autres photos, un peu comme des albums.

Photos du profil	**12 photos**
Mon 30e anniversaire	**37 photos**
Souvenirs du lycée	**8 photos**

Je pointe le doigt sur l'écran.

– Souvenirs du lycée. Voyons ce qui te paraîtra tellement important dans quinze ans. Je parie que ce sont toutes des photos de moi.

Emma rit.

– Seulement parce que je n'en ai encore aucune de Cody.

Elle clique sur l'album en question et nous fixons l'écran pendant que les images s'affichent.

La première est un gros plan d'Emma qui brandit son permis de conduire. Cette photo est punaisée sur l'un de ses panneaux de liège. Quelqu'un a très bien pu l'emprunter et la scanner dans la salle informatique du lycée. La suivante nous montre Tyson et moi en train de ferrailler avec nos skates. Celle-là est scotchée dans son casier. Sur la troisième, Tyson, Kellan, Emma et moi sommes enfouis jusqu'au cou dans le bassin de balles multicolores du *GoodTimez Pizza*. Elle aussi figure sur son panneau de liège. L'auteur de ce canular a parfaitement pu voler toutes ces photos à Emma puis les remettre en place sans qu'elle s'aperçoive de rien.

Emma touche la dernière photo, un gros plan de ses fesses dans un bikini doré.

– Et celle-là, d'où elle sort ?

Elle clique sur la photo et une version plus grande apparaît.

Je prends une voix innocente.

– Ce n'est pas le lac Crown, à l'arrière-plan ?

En réalité, je sais très bien d'où sort cette photo. C'est moi qui l'ai prise avec son appareil il y a quelques semaines, le jour où nous sommes tous allés au lac, avant son ouverture officielle à la baignade. J'imaginais déjà la tête qu'elle ferait en récupérant ses photos au laboratoire.

La légende sous la photo dit : *Le bon vieux temps.*

– J'ai acheté ce bikini le mois dernier, dit Emma.

Je marmonne :

– Hum, je crois que c'est moi qui l'ai prise, en fait. Je voulais mettre ton appareil à l'abri du sable, et j'ai dû appuyer sur le bouton sans faire attention.

– Josh... (Emma me regarde droit dans les yeux.) Ce truc, là, Facebook. C'est pour de vrai. Impossible que ce soit une blague.

– On t'a peut-être volé tes photos. Je ne dirais pas que c'est totalement impossible.

Elle ouvre le tiroir de son bureau et en sort un appareil jetable de couleur jaune.

– Je n'ai pas encore fait développer les photos du lac.

15://Emma

Tout dépend donc d'un appareil photo jetable jaune qui me restait du mariage de Maman. Si les photos du lac sont toujours à l'intérieur, non développées, Josh sera bien obligé d'admettre la réalité de cette histoire de Facebook.

Nous fixons l'image à l'écran, le bas du maillot de bain que j'ai acheté le mois dernier au centre commercial de Lake Forest. Et tout à coup, en même temps, nous tournons les yeux vers l'appareil photo.

– Tu crois qu'on devrait... ? commence Josh.

– À quelle heure ferme le Photomat ?

– À 22 heures. C'est sur la place du *Skaterats*.

Il est 20 h 53. Le Photomat vous garantit un tirage photo dans l'heure.

– On prend ta voiture ? suggère Josh.

– Trop risqué, dis-je en indiquant l'escalier.

Si Maman nous entend, elle dira qu'il est trop tard et qu'il y a cours demain.

– Rollers et skate ?

Je hoche la tête et j'attrape mon blouson des Cheetahs. Je porte encore ma tenue d'athlétisme que je n'ai même pas eu la force d'enlever.

– Je vais devoir passer prendre ma planche dans mon garage, prévient Josh.

L'écran est toujours ouvert sur mes *Souvenirs du lycée*.

– On ferme cette page ?

– Oh oui, approuve Josh.

Sa façon de répondre, claire et nette, me donne froid dans le dos. Josh commence à croire que tout ça est bien réel.

*

Nous arrivons au Photomat à 21 h 10. L'employé a le crâne dégarni et les yeux cernés. Je lui donne mon nom, un faux numéro de téléphone, puis je glisse l'appareil photo dans une enveloppe.

– Vous pouvez développer ça avant la fermeture ? dis-je en roulant d'avant en arrière sur mes rollers.

Le gars me jette un regard las.

– On verra.

Je sors sur le trottoir en maugréant.

– J'ai l'impression qu'il ne saisit pas bien l'urgence de la situation.

– Il a dit qu'il allait essayer, dit Josh.

– Non, il a dit « On verra ». « On verra », ça veut dire qu'il s'en remet à une instance supérieure. Sauf que ça ne dépend pas d'une instance supérieure. Ça dépend de *lui* !

Josh s'éloigne sur son skate et je le suis. Nous nous installons sur un bout de pelouse, au pied de l'horloge pivotante qui donne l'heure et la température. Il fait nuit maintenant et des lucioles scintillent autour de nous. Je desserre mes rollers et je m'allonge dans l'herbe, à contempler le ciel.

– Tu te rappelles quand on venait jouer au T-ball là-bas ? me demande Josh.

Je me redresse sur les coudes et je regarde le bout de Wagner Park qu'on aperçoit de l'autre côté de la place. Une année, Papa a été coach de notre équipe de Little League. Ma demi-sœur Rachel n'a que cinq semaines, mais je me demande s'il lui servira de coach, à elle aussi, quand elle sera en âge de jouer.

Je lui montre une belle demeure blanche, au milieu d'une rangée de maisons basses.

– C'est la maison de Cody.

– Je sais, dit Josh.

– Ah bon ?

– David était copain avec son grand frère. J'y suis allé plusieurs fois pour des fêtes autour de la piscine. Bizarrement, le frère de Cody est loin d'être un abruti.

– Cody n'est pas un abruti ! Tu ne le connais pas, c'est tout.

– Et toi, si ?

Je décide de ne pas avouer à Josh que pendant des mois, à l'approche du bal du lycée, j'ai rêvé que Cody m'accoste dans le hall et me demande d'être sa cavalière. Il y est allé avec Meredith Adams, qui portait une minuscule robe argentée. Ils sont arrivés tôt et repartis de bonne heure. Moi, j'y suis allée avec Graham, même si j'avais déjà plus ou moins tiré un trait sur notre relation à ce moment-là. Nous avons passé la soirée avec son groupe d'amis, des gens que je ne connaissais pas pour la plupart. Kellan, Tamika, Ruby et d'autres filles sont venues ensemble dans la même limousine et ont dansé pieds nus toute la soirée. Je les ai rejointes pour quelques chansons, jusqu'à ce que Graham s'amène et m'entraîne dans un slow. Josh et Tyson n'étaient pas là. Ils sont restés chez Tyson, à baver toute la nuit devant des vidéos de Tony Hawk.

Après avoir observé les lucioles un moment, Josh coince un brin d'herbe entre ses pouces et se penche pour souffler dessus.

Je m'écrie :

– Arrête ! Tu sais que je ne supporte pas ce bruit.

Josh lâche son brin d'herbe et se tourne vers moi.

– Je suis désolé pour tout à l'heure, s'excuse-t-il. Ce que je t'ai dit à propos de Graham et toi... C'était complètement débile.

– Ça va, dis-je, en faisant tourner une roue de mes rollers.

Je me rallonge dans l'herbe et je regarde le ciel. On aperçoit Vénus, et un filet de lune. En contemplant les étoiles, je me demande ce qui va arriver à Pluton. Va-t-elle être touchée par une météorite ?

– On ferait bien d'y aller, dit Josh en indiquant l'horloge. Le Photomat ferme dans cinq minutes.

*

Je pousse la porte en demandant :

– Nelson ?

L'employé fouille dans les *N* et récupère mon enveloppe. Quand il me la tend, je vois les lobes de Josh se mettre à rosir. Je pose un billet de dix dollars sur le comptoir et le gars me rend la monnaie.

Nous sortons et nous passons devant quelques boutiques avant d'arriver sous un lampadaire. Je déchire l'enveloppe. Sur mes rollers, je suis presque aussi grande que Josh. Pendant une seconde, sa jambe frôle la mienne mais il s'empresse de reculer.

Les premières photos nous montrent, Maman et moi, dans la cuisine. Josh touche le paquet comme pour dire *plus vite, plus vite*. Mais je ne suis plus tout à fait sûre d'avoir envie de savoir. Si c'est vraiment l'avenir qui m'attend, et que je ne suis pas heureuse, il vaut peut-être mieux le découvrir le plus tard possible ?

Josh me prend les photos des mains. Il passe à la suivante, et nous voilà au lac. Tyson en train de jeter Kellan dans l'eau glaciale. Josh qui fait la grimace. Kellan et moi qui nous tenons par la taille. Et le bas de mon nouveau bikini, avec le lac à l'arrière-plan.

Le bon vieux temps.

16://Josh

Je vais épouser Sydney Mills.

Je vais *épouser* Sydney Mills.

Sydney Mills va devenir ma femme.

Je reste dix bonnes minutes sous la douche brûlante. Quand il devient évident que fixer l'évacuation ne changera rien, je ferme le robinet et j'attrape ma serviette verte.

Le lavabo en porcelaine est froid sous mes paumes. Dans le miroir embué, je contemple les quelques poils roux que j'ai sur le torse, mes bras maigres et la serviette enroulée autour de mes reins. D'ici une quinzaine d'années, je vais passer de ça au type qui épouse Sydney Mills.

Je recule d'un pas, je gonfle les biceps et je bombe le torse. La buée sur le miroir m'aide à m'imaginer avec quelques kilos de muscles en plus. Pas mal !

J'adresse un clin d'œil à mon reflet.

– Yeah, baby !

Quelques pompes et quelques abdos tous les soirs devraient me permettre d'accélérer la transformation. Je me tourne sur le côté, mais sous cet angle, il est douloureusement clair que je suis encore un petit maigrichon avec deux ans de lycée devant lui.

J'ouvre la fenêtre de la salle de bains pour faire sortir la vapeur. De l'autre côté de la pelouse, la lumière est éteinte dans la chambre d'Emma. Elle a dû se coucher de bonne heure.

*

Il n'est pas loin de minuit. Je n'arrive pas à mettre la main sur mon téléphone. Je descends dans le hall, j'allume la petite lumière et j'appelle mon frère. Il y a trois heures de décalage avec Seattle, alors je ne le réveillerai pas.

David décroche à la deuxième sonnerie. En fond sonore, j'entends les rires enregistrés d'une émission de télé.

– Salut, c'est Josh. Je te dérange ?

– Je suis à la fac, petit frère. Je suis en train de m'enfiler un bol de Lucky Charms en regardant le dernier épisode du *Prince de Bel-Air*.

Je vous garantis que si David appelle à la maison demain, il racontera à nos parents qu'il a passé la soirée à travailler à la bibliothèque.

– Papa et Maman l'ont regardé ce soir, dis-je. Ça ne t'effraie pas de savoir que tu as le même sens de l'humour qu'eux ?

– Un peu, reconnaît-il. Mais c'est Will Smith ! Je t'ai dit que chaque fois qu'il se met à rapper sur le générique, ça me rappelle ton numéro à la fête de fin de... ?

Je l'interromps :

– Tu me l'as déjà dit. C'est pas pour ça que je t'appelle.

– J'imagine. Alors, qu'est-ce qui t'arrive, RedSauce ?

– C'est à propos d'une fille.

Il coupe la télé.

– Mignonne ?

– À tomber. Tous les types du lycée seraient prêts à tuer pour sortir avec elle.

– Et elle s'intéresse à toi ? demande David. Bravo, petit frère !

– Non, je ne l'intéresse pas... encore. (Je prends ma respiration.) C'est compliqué à expliquer, mais je crois qu'elle *pourrait* s'intéresser à moi... un jour.

– Comment tu l'as connue ?

– On ne se connaît pas. Enfin, pas vraiment. On est au même cours de Vie collective, mais elle a un an de plus que moi.

– Est-ce que vous avez déjà discuté ?

– Non.

– Jamais ? insiste-t-il.

– Non.

– Alors, c'est plutôt un fantasme, conclut-il. Pas grave. Il faut que tu arrives à briser la glace.

– C'est pas là que je suis le meilleur.

– Quoi qu'il arrive, me conseille David, ne lui propose pas directement de sortir avec toi. Si vous n'avez aucune relation, ça peut paraître flippant.

– D'accord, alors qu'est-ce que je fais ?

– Sois patient et joue-la cool, dit-il. Le truc, c'est de savoir saisir ta chance quand elle se présentera.

Ç'a toujours été mon plus grand problème. Je laisse passer les occasions, et ensuite, je m'en veux à n'en plus finir.

J'entortille le cordon du téléphone autour de mon doigt.

– Et si j'ai l'impression que c'est le bon moment, mais qu'en réalité j'ai mal interprété les signaux ?

– Comme avec Emma, tu veux dire ? demande David. Ah oui, clairement, évite de refaire le coup.

MARDI

17://Emma

J'arrive au lycée de bonne heure et je fais un crochet par le bureau du journal. Kellan rend son éditorial le mardi, et elle a toujours des corrections de dernière minute à voir avec Tamika West, la rédactrice en chef. Quand j'entre, Kellan et Tamika sont en train de surligner des papiers étalés sur une longue table.

– Salut, Emma ! me dit Tamika.

Kellan lève la tête.

– Qu'est-ce qui t'est arrivé ?

– Comment ça ?

Ce matin, j'ai lissé mes cheveux au séchoir et je me suis même maquillée, ce que je fais rarement pour venir au lycée. J'avais besoin de booster mon ego.

– Tu as l'air vannée, dit Kellan.

– Ça va... Juste un peu fatiguée.

– Tu m'attends une seconde ? me demande Kellan. On a presque fini.

Je m'affale dans un fauteuil défraîchi dans un coin. Le bureau est plutôt chargé, encombré de coupures de presse, d'emballages de chewing-gums et de cannettes de soda écrasées un peu partout. J'ai mangé pendant plusieurs semaines sur cette table, avec Kellan, après sa rupture avec Tyson.

Kellan et Tamika discutent de l'éditorial. J'en ai lu le premier jet. Il est consacré à la nouvelle politique du lycée concernant les vêtements féminins qui dévoilent le nombril ; leur interdiction ne constitue-t-elle pas une violation du premier amendement à la Constitution ? Ça me fait repenser à Graham qui bavait sur mon nombril, hier, dans la tranchée. Avant de passer au bureau, j'ai glissé un mot dans son casier pour le prévenir que je ne le verrais pas avant l'orchestre. Comme ça, il ne me cherchera pas pour tenter une autre séance de tripotage. Tôt ou tard, il faudra bien que je me décide à lui parler, mais pas ce matin.

Kellan ramasse son sac à dos.

– On y va ?

Nous sortons dans le couloir alors que les premiers élèves commencent à arriver. Je n'ai aucune idée de ce que je dirais à Josh si je tombais sur lui. Il faisait noir quand nous sommes rentrés du Photomat. Mais aujourd'hui, à la lumière crue des néons du lycée, mes émotions se lisent trop facilement.

– Il y aura un feu de joie chez Rick vendredi soir, tu es au courant ? me demande Kellan alors que nous montons l'escalier. C'est Tamika qui m'en a parlé. C'est pour clôturer le Senior Skip Day – le jour de sèche des élèves de dernière année –, mais la fête est ouverte à tout le monde. Ça se fera sur la plage, derrière chez lui.

Rick Rolland est un élève de dernière année qui joue au football américain, donne des fêtes somptueuses et sort toujours avec des filles superbes. Il est même sorti avec Sydney Mills l'an dernier, mais il paraît qu'il l'aurait trompée avec une fille de première année.

– Rick habite au bord du lac ? dis-je, en pensant à la future maison de Josh et Sydney.

– Oui. Alors, tu viendras ?

– Pourquoi pas ?

Même si j'ai un peu de mal à tirer des plans pour la fin de la semaine, alors que je ne pense qu'à ce qui m'arrivera dans quinze ans. En nous engageant dans le couloir des langues étrangères, je me tourne vers Kellan.

– Tu crois qu'il est trop tard pour m'inscrire à ton cours de bio ?

Kellan applaudit.

– Tu as changé d'avis ?

– On dirait bien.

Je me suis réveillée ce matin avec un profond sentiment d'abattement. Mais pouvoir dire que je prends un cours universitaire alors que je suis encore au lycée, voilà qui devrait forcer le respect. En plus, j'ai bien aimé la bio cette année, en particulier les cours sur la génétique et l'ADN.

– Le niveau est élevé, me prévient Kellan, mais je suis sûre que tu t'en sortiras. En plus, avec tes notes, tu seras acceptée sans problème.

– J'espère.

Kellan passe son bras sous le mien et pousse un petit cri d'excitation.

– C'est notre première étape vers l'école de médecine !

– Ah bon, on va s'inscrire à l'école de médecine ?

– On pourrait même loger ensemble. Et faire notre internat dans le même hôpital !

Quand elle dit ça, je me rends compte que je pourrais chercher Kellan sur Facebook. Voir si elle ira effectivement à l'école de médecine. Après tout, Facebook ne se limite pas à Josh et moi. Je pourrais chercher *n'importe qui* et tout savoir de son avenir.

18://Josh

Tyson et moi avons EPS en troisième heure de la matinée. Si nous pratiquions un sport, nous serions dispensés mais c'est moins fatigant comme ça. Avec le temps qu'il faut pour nous changer et pour arriver au terrain de volley, le cours ne dure que trente minutes.

Je m'essuie sous les bras avec ma serviette. Dans la rangée voisine, un beeper se met à sonner.

Tyson a noué sa serviette autour de sa taille. Il passe la main dessous pour retirer son short.

– J'ai demandé un beeper à mon père pour mon anniversaire, dit-il, mais il m'a répondu que les seuls à en avoir besoin sont les médecins et les dealers.

Je renifle mes aisselles et j'attrape mon déodorant dans mon casier.

– C'était pour quoi faire ?

– Pour qu'on puisse me joindre en cas de besoin.

– Tu es tellement demandé ? dis-je. Je sais bien que tu ne deales pas. Tu pratiques la médecine en secret ?

Kyle Simpson s'amène au bout de la rangée, complètement nu, comme d'habitude. Il tient son petit beeper noir et presse un bouton pour faire s'allumer les sept chiffres.

– C'était ma copine, dit-il. Quelqu'un aurait vingt-cinq cents pour que je la rappelle ?

La petite amie de Kyle va à l'université, et nous savons tous ce que ça veut dire quand elle l'appelle pendant l'EPS. Il va sécher la quatrième heure et ne sera pas de retour avant la fin du déjeuner.

Kyle est un ex d'Emma. Ils sont sortis ensemble l'année dernière, et elle racontait toujours à quel point elle le trouvait sexy quand il se mettait torse nu. Les gars adorent faire ça quand ils sont bien foutus. Inutile de préciser que je suis plutôt du genre à garder mon T-shirt. Encore heureux que je n'avais pas EPS avec Kyle à cette époque. Je crois que je n'aurais pas supporté de l'entendre parler d'Emma en paradant à poil dans le vestiaire.

Je fais semblant de chercher un peu de monnaie dans ma serviette.

– Désolé, mec.

Tyson sort son pantalon de son casier, fouille dans l'une des poches et lui jette vingt-cinq cents. Kyle lui donne une tape dans le dos puis s'éloigne en roulant des mécaniques. Après son départ, nous échangeons un regard et levons les yeux au ciel.

Je murmure :

– Pourquoi il fait ça ? Il pourrait s'habiller, ou au moins mettre une serviette.

– Absolument, renchérit Tyson. Je n'ai pas besoin de voir pendouiller son concombre cinq jours par semaine.

J'enfile mon T-shirt.

– C'est peut-être pour ça que vous avez rompu, avec Kellan. Parce que tu appelles ça un concombre.

– Si j'avais eu un beeper, rétorque Tyson, je suis sûr qu'on serait encore ensemble.

– Si tu avais eu un beeper, elle t'aurait appelé sans arrêt. Tu aurais passé ta vie à courir à la cabine téléphonique la plus proche.

La cloche sonne alors que je termine d'attacher mes lacets. J'attrape mon sac dans mon casier et je le pose sur le banc. Je sors de la poche avant un crayon et une feuille de papier, que je défroisse sur ma cuisse. Pendant la première heure, j'ai commencé une liste intitulée « Que sont-ils devenus ? ». J'ai inscrit dix-huit noms que j'aimerais bien rentrer dans l'ordinateur d'Emma. Dont ceux des meilleurs élèves de ma classe. L'un d'entre eux va peut-être découvrir un remède contre le sida, ou inventer une voiture qui roule sans essence. Le président du club d'art dramatique fait peut-être un malheur à Broadway. Et ma première copine, Rebecca Alvarez. Où sera-t-elle dans quinze ans ?

Il y a aussi les personnes trop bizarres pour être ignorées, comme Kyle Simpson. Futur chippendale.

19://Emma

Je suis allée réviser à la bibliothèque avec Kellan. Kellan, qui décrochera son diplôme les doigts dans le nez, répond à un questionnaire dans *YM* ayant pour titre « Quel genre de petite amie êtes-vous ? ». Moi, j'essaie de me remettre en mémoire les événements-clés de la guerre hispano-américaine pour l'examen d'histoire, mais en réalité je ne pense qu'à mon avenir.

Je ferme les yeux et me masse le front. Difficile de faire des prédictions à partir de quelques phrases sans queue ni tête. En plus, ma vie a changé chaque fois que nous avons regardé, alors je ne sais même pas ce qui va me gâcher mon avenir aujourd'hui.

– Vous faites une soirée pyjama avec vos amies, lit Kellan à voix haute, quand votre petit ami vous appelle pour vous inviter au cinéma. A) Vous lui répondez que c'est impossible mais que vous serez libre demain ; B) Vous l'invitez à vous rejoindre avec vos amies ; ou C)...

– Ni l'un ni l'autre, dis-je. Tu lui fais remarquer qu'au fond, il n'a aucune envie d'aller au cinéma. C'est juste un plan cul.

– Très juste, dit Kellan en secouant la tête. Les mecs sont vraiment des obsédés.

J'étudie mes ongles.

– Est-ce qu'il t'arrive de te demander qui tu vas épouser plus tard ?

– C'est drôle que tu poses la question. (Kellan sourit et plie le coin de la page de son magazine.) J'en parlais justement ce matin avec Tamika. J'ai une théorie maritale.

– Une théorie maritale ?

– Ça m'est venu hier, à un feu rouge. Bon, imagine que tu es sur le point de mourir dans un accident de voiture. Tu es là, à rouler tranquillement dans la rue, quand une Ford Bronco te fonce en plein dessus. Tu sais que tu vas y avoir droit. Alors tu jettes un coup d'œil sur le siège à côté de toi, et... qui vois-tu ?

– C'est horrible, Kel !

– Vite, dis-moi qui tu vois ! C'est lui, ton futur mari.

Je gratte le vernis corail sur l'ongle de mon pouce.

– C'est moi qui conduis ?

– Oui, et vous allez mourir tous les deux. Alors, qui c'est ?

– Aucune idée, dis-je. Toi, peut-être.

– Impossible, rétorque-t-elle. On vient de voir en sociologie que le mariage homosexuel est interdit *partout* dans le monde. Ce sera le sujet de mon prochain éditorial, d'ailleurs. Allez ! Qui vois-tu sur le siège passager ?

– Personne, dis-je en secouant la tête. Un chat tabby. Ou peut-être un cacatoès, comme celui que cette femme porte sur l'épaule, tu sais, dans le centre-ville.

Kellan fait la moue.

– Tu ne joues pas le jeu.

– Désolée. D'accord, je vais te répondre Cody. Et toi ? Qui vois-tu ?

– Tyson, répond-elle en rouvrant son magazine.

– *Tyson ?*

Je jette un coup d'œil pour m'assurer que la bibliothécaire ne fait pas attention à nous. Elle est assise à l'accueil, plongée dans la lecture du *School Library Journal*.

– Il t'a brisé le cœur. Deux fois ! Tu as déjà oublié ?

– C'est lui que je vois, répond Kellan. Je n'y peux rien. Mais tu veux entendre un truc mignon ? Tyson va aider des amis skateurs à ramasser le bois pour le feu de vendredi. Ça fait très Paul Bunyan, j'adore !

Kellan retourne à son questionnaire, et moi je réfléchis à mon vrai futur mari, Jordan Jones Jr. Il n'y avait pas grand-chose sur sa page web, même s'il est clair que c'est un passionné de pêche. En tout cas, je n'en sais pas assez sur lui pour me le représenter sur le siège passager.

Et puis, c'est la révélation ! Je bondis de ma chaise et je traverse la bibliothèque à grandes enjambées. C'est *lui* qui plombe mon avenir. Si j'arrive à me débarrasser de lui, j'aurai peut-être une chance d'être heureuse.

– Mademoiselle Nesbit ? dis-je. (La bibliothécaire a des mèches roses et deux boucles en argent au sommet d'une oreille.) Est-ce que vous avez des annuaires ?

Elle repose son magazine, ouvert sur un article consacré à la censure littéraire. C'est vraiment l'une des personnes les plus cool du lycée.

– C'est pour une urgence ? demande-t-elle en sortant les pages blanches locales. Je peux te laisser utiliser le téléphone du fond si tu veux.

– En fait, j'aurais besoin des annuaires des autres États.

Mlle Nesbit tripote l'une de ses boucles d'oreilles.

– Tu cherches un État en particulier ?

Mon pouls s'accélère.

– La Californie.

– Essaie la bibliothèque municipale, dans ce cas, me conseille Mlle Nesbit. Ils ont des annuaires de tout le pays. Je suis sûre qu'ils auront celui de Californie.

20://Josh

Après avoir fait l'appel, Mme Tuttle entraîne toute la classe dans le couloir, direction l'auditorium où nous allons rejoindre une deuxième classe de Vie collective. C'est le seul espace assez grand pour accueillir tout le monde.

La porte de l'auditorium s'ouvre au bout du couloir. Les élèves de M. Fritz sont déjà en train d'entrer. Fort du conseil de David à propos de ne pas laisser passer ma chance, je presse le pas pour rattraper Sydney Mills. En me rapprochant d'elle, je suis assailli par un parfum de noix de coco et des images de crème solaire et de bikini. Et de Waikiki ! Enfin, je veux dire Acapulco.

Je ne tiens pas à brusquer les choses, mais il faut absolument que je lui parle au moins une fois avant la fin du cours. Sinon, je continuerai à me ronger les sangs en attendant qu'elle me remarque. Hier encore, l'idée que nous puissions tomber amoureux ne m'aurait même pas effleuré. Mais depuis que j'ai vu cette photo d'Emma au bord du lac, et de Sydney et moi avec nos enfants, je sais que ça ne peut pas être une plaisanterie.

Je me glisse à côté de Sydney et je cale mon pas sur le sien. Je cherche quelque chose à lui dire. Quelque chose dont elle se souviendra toute sa vie comme des premières paroles que je lui aurai adressées. Nous écrirons ces mots sur nos cartes de la Saint-Valentin, et un jour, nous raconterons cette histoire à nos petits-enfants.

Sydney se tourne vers moi et me sourit. C'est le moment !

– Je… j'aime bien aller à l'auditorium.

Sérieusement ? C'est ça, la tirade décisive qui doit briser la glace et sceller notre destin ?

– Tant mieux, dit-elle, en laissant s'effacer son sourire. Parce que c'est là qu'on va.

Au passage de la porte, notre classe se presse en une masse compacte. Je m'efface devant Sydney en rougissant jusqu'aux oreilles. « J'aime bien aller à l'auditorium. » Ce n'est pas comme ça que je vais remplir beaucoup de cartes de la Saint-Valentin.

L'autre classe nous attend sur la scène avec son professeur. Malgré sa corpulence, M. Fritz continue à porter des T-shirts moulants. Et apparemment, chaque fois qu'il parle de sexe, il se met à transpirer des aisselles.

– Regroupez-vous un peu par ici, nous demande Mme Tuttle.

Elle se rapproche de M. Fritz et nous formons un demi-cercle autour d'eux. Sydney s'installe à l'une des extrémités du demi-cercle et moi vers le milieu.

– Nous sommes ici pour participer à un exercice de groupe, explique M. Fritz. Cela devrait vous permettre d'élargir vos horizons.

À côté de moi, un type de l'autre classe me glisse :

– Un dollar que Fritz et Tuttle s'envoient en l'air dans la salle des profs.

Mme Tuttle s'avance d'un pas.

– Nous allons voir combien de points de vue différents on peut réunir sur la question des relations humaines, parmi nos deux classes.

Elle pose la main sur l'épaule de M. Fritz.

– Qu'est-ce que je disais ? me souffle le gars avec un sourire salace.

– L'une des choses que nous avons essayé de vous faire comprendre tout le semestre, continue M. Fritz, c'est que votre bien-être est directement affecté par la qualité de vos relations avec autrui.

Je jette un coup d'œil vers Sydney. Elle écoute attentivement en tortillant une mèche de ses cheveux. Je détaille sa chevelure somptueuse et sa peau de pêche. Tout en elle respire la beauté.

M. Fritz indique les quatre coins de la scène.

– Chaque coin va représenter une manière différente d'aborder les relations. Nous allons vous décrire une situation et vous proposer quatre options. Vous n'aurez qu'à vous rendre dans le coin qui correspond le plus à votre approche.

Il tend sa planchette à pince à Mme Tuttle.

– Nous allons commencer par un cas simple, annonce-t-elle. Imaginons que vous ayez envie d'un rendez-vous avec une personne du lycée. Est-ce que vous l'invitez… ou vous attendez qu'elle le fasse… ou vous demandez à un ami de découvrir ce que la personne pense de vous… ou bien vous avez trop de travail pour vous préoccuper de ce genre de choses ?

– Vous savez, plus personne n'appelle ça « un rendez-vous » aujourd'hui, fait remarquer Abby Law.

Quelques élèves gloussent, et Mme Tuttle demande :

– Eh bien, comment appelez-vous ça, alors ?

Mon voisin crie :

– Un plan cul !

Tout le monde éclate de rire.

M. Fritz montre le devant de la scène.

– Ceux qui inviteraient la personne, allez vous mettre devant à gauche. Ceux qui préfèrent…

Abby Law intervient encore une fois.

– En fait, monsieur, vous indiquez devant à droite.

Une fois les quatre options bien définies, je vais me placer dans le coin de ceux qui demanderaient de l'aide à un ami.

L'été dernier, j'aurais dû demander à Tyson pour savoir ce qu'Emma pensait de notre relation. Ça m'aurait épargné cette humiliation.

– Aucun de vous n'est trop occupé pour penser à sortir ? s'étonne Mme Tuttle en indiquant le coin désert.

Shana Roy lève la main. Tous les garçons présents donneraient leur couille gauche pour sortir avec elle.

– J'ai failli choisir ça, reconnaît-elle. Mais si c'était la bonne personne qui m'invitait, je suis sûre que je trouverais le temps.

– Ce n'est pas la question, proteste une autre fille. Que ferais-tu si tu avais envie de sortir avec quelqu'un ?

– Tu as raison, dit Shana. Je l'inviterais.

Elle traverse la scène, et je regarde avec fascination la zone de chair bronzée qui ondule au-dessus de son jean.

Au déjeuner, Kellan nous a parlé du nouveau règlement du lycée qui interdit les nombrils à l'air. Selon elle, c'est une violation de nos droits. Tyson a expliqué en riant que tous les garçons du lycée étaient farouchement opposés à cette règle, mais pas pour une question de droit – plutôt pour se rincer l'œil ! Kellan a fait la grimace et lui a jeté une poignée de frites à la figure.

– Très bien, plus difficile maintenant, annonce Mme Tuttle. (Elle se penche sur sa tablette à pince.) Si les choses vont un peu vite sur le plan sexuel, et s'il est clair que ça dérange la fille, le garçon doit-il s'arrêter même si elle ne lui demande pas ?

Les quatre coins correspondent à « oui », « non », « le garçon doit lui demander si tout va bien » et « je n'ai pas assez d'éléments pour répondre ». Après un moment d'hésitation, nous nous répartissons à peu près équitablement entre « oui » et « lui demander si tout va bien ». Étonnamment, trois filles considèrent que le garçon doit continuer.

Ruby Jenkins défend son point de vue.

– Je connais des filles qui se sont trouvées dans cette situation. Et je suis désolée, mais il faut savoir dire non.

– D'accord, dit Mme Tuttle. Et si un seul garçon se tenait dans ton coin ?

Ruby a un sourire carnassier.

– Je lui flanquerais un bon coup de pied quelque part.

Les autres filles de son coin rient avec elle et lui tapent dans la main.

– C'est débile, proteste un garçon (celui qui pense que Fritz et Tuttle s'envoient en l'air). C'est du sexisme anti-mecs. La fille n'a qu'à dire ce qu'elle pense.

Notre militant de la cause masculine est un élève de dernière année qui joue dans l'équipe universitaire de football américain. Chaque fois que je le croise, je suis pris d'une envie soudaine de me laisser tomber sur les mains et de faire une cinquantaine de pompes.

– Ce n'est pas le problème, Rick, objecte Sydney. Si le garçon va un peu trop loin *et qu'il est clair* que ça dérange la fille, il doit savoir s'arrêter.

Deux filles gloussent derrière moi, et l'une chuchote à l'autre :

– J'ai l'impression qu'elle parle en connaissance de cause.

Je ne quitte pas Sydney des yeux. Je ne crois pas qu'elle ait entendu le commentaire depuis l'autre bout de la scène, mais pendant un bref instant, je la vois se mordre la lèvre.

– Tout ce que je veux dire, reprend-elle un ton plus bas, c'est que la fille ne devrait pas avoir besoin de lui faire un dessin.

– Donc, il faut que le garçon soit télépathe ? rétorque Rick.

– Je dis simplement... commence Sydney, qui s'interrompt en secouant la tête.

M. Fritz ouvre la bouche, mais avant qu'il puisse intervenir, je bafouille :

– Elle a raison. C'est une simple question de savoir-vivre.

C'est vraiment moi qui ai dit ça ? Je sais que c'est vrai, mais pourquoi le formuler à voix haute ? Et puis, « savoir-vivre » ? J'aurais quand même pu trouver mieux !

– Bien dit, approuve M. Fritz en tapotant sa planchette du bout de son crayon. Bien, la question suivante concerne le sexe avant le mariage, et je suis sûr que nous aurons des opinions très tranchées là-dessus aussi.

– Une question de savoir-vivre ? me souffle Abby Law. J'ai l'impression d'entendre mon *pèr*e.

Je regarde droit devant moi, en faisant comme si je n'avais pas entendu. Et puis, à l'autre bout de la scène, je remarque un détail inhabituel.

Sydney Mills a les yeux rivés sur moi.

21://Emma

Après la dernière sonnerie, je range mon saxophone dans mon casier et je cours jusqu'au parking. Une petite visite à la bibliothèque municipale, ça n'a l'air de rien, mais je sais bien que je ne devrais pas le faire. Et comme en plus je sèche mon entraînement d'athlétisme, mieux vaut quitter le lycée au plus vite.

– Emma ! Attends-moi !

Josh traverse le parking au pas de course en me faisant de grands signes. Je ne l'ai pas revu depuis le déjeuner, quand j'ai accepté qu'il range son skate sur ma banquette arrière.

– Il faut que je récupère ma planche, souffle-t-il. Je vais au half-pipe de Chris McKellar avec Tyson.

– Ça a l'air sympa, dis-je, en m'efforçant de garder mon sang-froid.

– Ça va, toi ? me demande-t-il.

– Impeccable.

J'ouvre la portière et je me glisse derrière le volant. Je déteste mentir à Josh, mais je ne peux pas lui dire ce que j'ai l'intention de faire. Mon futur mari n'est pas rentré depuis trois nuits. *Trois nuits !* Et voilà qu'il me prend mon fric pour s'acheter un gadget. Pendant ce temps-là, je n'ai même pas de quoi m'offrir un bon thérapeute, alors que j'en ai très probablement besoin pour pouvoir parler de *lui* !

Il faut que je me débarrasse de ce type.

– Où vas-tu ? me lance Josh.

Il incline le siège passager vers l'avant et se penche vers la banquette arrière.

– Nulle part, dis-je.

Pour ne pas donner l'impression de faire trop de mystères, je m'empresse d'ajouter :

– Juste à la bibliothèque municipale pour une recherche.

Josh jette un coup d'œil aux alentours puis me chuchote :

– Après le dîner, on devrait retourner sur ce site.

– D'accord.

– Je me disais aussi qu'il nous faudrait un nom de code pour en parler entre nous sans que les autres comprennent.

– Pourquoi pas tout simplement « Facebook » ? dis-je en tournant la clé de contact. Personne n'a jamais entendu ce nom-là.

*

Devant l'entrée de la bibliothèque, je tombe sur Dylan Portman. Nous sommes sortis ensemble au début de l'année dernière. Nous étions tous les deux moniteurs au centre aéré de l'YMCA. À la rentrée, nous étions en couple. Mais nous n'avions pas grand-chose en commun, et quand il m'a larguée, je ne l'ai pas trop mal pris. Du coup, nous pouvons nous revoir sans la moindre gêne.

– Comment ça va ? me demande Dylan.

Comme il porte une énorme brassée de livres, je lui tiens la porte. Il me sourit, ce qui creuse cette adorable fossette qu'il a sur la joue gauche. Dylan a du charme et il sait en jouer.

– Le lycée t'accorde un bon de sortie, et toi, tu fonces droit à la bibliothèque ? s'étonne-t-il en m'accompagnant dans le couloir.

– Tu peux parler, avec ta pile de livres !

– Je les rapporte pour ma petite sœur. (Dylan sourit.) Je suis un frère dévoué.

D'habitude, ça ne m'ennuierait pas de flirter un peu avec lui mais là, je suis en mission, et je ne peux pas me laisser distraire – pas même par un garçon avec une jolie fossette et des cheveux châtains en bataille.

– J'ai des recherches à faire, dis-je.

Et puis, pour éviter à Dylan la tentation de me rejoindre pendant que je consulterai mes annuaires, j'ajoute :

– Graham viendra peut-être me chercher tout à l'heure.

– Graham Wilde ? C'est dingue, ce qu'il a fait à ses cheveux. (Dylan indique d'un geste du menton le bureau des retours.) Ne travaille pas trop dur.

La climatisation est réglée à fond. J'en ai des frissons. À moins que ce ne soit l'idée d'obtenir d'un moment à l'autre le numéro de téléphone de mon futur mari. Je me dirige vers le bureau des renseignements. L'employé mâchonne un crayon en fixant son écran d'ordinateur.

– Excusez-moi, dis-je. À la bibliothèque du lycée, on m'a dit que vous auriez peut-être les annuaires des autres États.

Il tape quelques mots sur son clavier puis se lève de sa chaise en se glissant son crayon derrière l'oreille. Je le suis le long d'une travée, puis au bas d'un escalier, où il s'arrête devant une longue étagère chargée d'annuaires.

Le bibliothécaire croise les bras.

– Vous cherchez un État en particulier ?

– La Californie. Chico, en Californie.

– Ça doit être dans le comté de Butte, ça.

Il prend son crayon, examine les marques de dents d'un air pensif, puis me sort un annuaire de taille moyenne.

– Revenez me voir s'il vous faut autre chose.

Quand il a disparu dans l'escalier, je m'assieds par terre en tailleur et je fais défiler les pages jusqu'au J. On trouve des centaines de Jones à Chico. Je plisse les yeux sur les caractères minuscules. Jones, Adam. Jones, Anthony. Jones, Anthony C. Jones, Arthur. Ça continue sur plusieurs colonnes ! Mais si mon mari s'appelle Jordan Jones *Junior*, il y a des chances pour que son père s'appelle Jordan lui aussi. Je tourne la page, et découvre avec une pointe de déception qu'il n'y a aucun Jordan Jones.

Bon, ça veut peut-être dire que son père est enregistré avec l'initiale de son prénom. Je reviens en début de liste, mais je trouve une tonne de *Jones, J*. Je serre l'annuaire contre ma poitrine et je remonte au rez-de-chaussée en quête d'une photocopieuse.

Je donne un dollar au bibliothécaire qui me rend dix pièces de dix cents. J'écrase l'annuaire sur la vitre de la photocopieuse, je rabats le couvercle et je glisse une pièce dans la fente. Elle tombe avec un petit clic. J'appuie sur le bouton vert.

22://Josh

Assis au sommet du half-pipe dans l'arrière-cour de Chris McKellar, je laisse pendouiller mes jambes dans le vide pendant que Tyson roule d'un bord à l'autre du demi-tube. Chris a décroché son diplôme l'année dernière, mais ses parents nous laissent encore utiliser la rampe. Comme d'habitude, les autres skateurs sont tous en dernière année. Mais personne ne nous dit rien, car nous apportons toujours de la pizza.

À côté de moi, un type sans skate me soûle de questions.

– Pourquoi on appelle ça un half-pipe ?

Il est venu avec sa copine, qui vient de s'installer à l'autre bout de la rampe.

– Sérieux ? Tu ne sais pas ?

– Je trouve que ça ressemble plutôt à une rampe en forme de *U*, me dit-il.

Ses paupières sont lourdes et il hoche lentement la tête. Je me demande combien de pétards il a fumés aujourd'hui. Mais je ne peux pas m'empêcher de lui répondre :

– Si tu prenais un autre half-pipe et que tu le plaçais à l'envers sur le premier, ça formerait un cercle, tu vois ? Enfin, plutôt un ovale. En tout cas ça ferait comme un tube. Donc là, c'est un demi-tube.

– Tu sais comment vous devriez appeler ça ? me demande-t-il avec le plus grand sérieux. Un demi-ovale.

Je suis tenté de me laisser glisser au bas de la rampe, d'attraper mon sac et de rajouter ce type à ma liste des « Que sont-ils devenus ? », laquelle compte désormais trente-sept noms. Ça commence par Tyson, puis mon frère, mes parents, et jusqu'à ce type dans ma classe, Frank Wheeler, qui nous a déclaré un jour que s'il n'était pas millionnaire à trente ans, il se jetterait sous un bus.

Tyson passe à côté de moi dans un grondement de roulements à bille, fait pivoter sa planche sur le rebord du half-pipe, puis descend dans le creux. De l'autre côté de la rampe, la petite amie de mon voisin défoncé boucle son casque. Quand elle a débarqué le mois dernier, personne ne voulait lui donner sa chance. Mais à son premier passage, elle nous a presque tous ridiculisés.

– Tu devrais demander à ta copine de t'apprendre le skate, dis-je.

– Aucune chance, dit-il. Ça demande trop d'équilibre.

Tyson remonte vers nous, et bloque son essieu arrière contre le bord du half-pipe. Je lui tends le bras et je le hisse à côté de moi.

– On y va ? suggère-t-il. J'ai du boulot qui m'attend – encore une fête d'anniversaire.

Je me demande si, dans quinze ans, Tyson sera devenu le patron du *GoodTimez Pizza*. Ce ne serait pas si mal. De la pizza gratuite à vie… En fait, Sydney et moi y emmènerons probablement nos enfants pour leurs anniversaires.

Je roule au creux de la rampe, j'effectue une demi-rotation à mi-chemin et je termine en glissade sur les genoux.

Alors que nous sortons de la cour, je dis à Tyson :

– À quelle heure, ta fête ?

– Dix-sept heures trente, me répond-il. Mais j'ai promis à Kellan de la retrouver juste avant. Elle a un trou dans son emploi du temps et elle veut me parler.

Je tapote la queue de mon skate sur le trottoir.

– De quoi ?

– Aucune idée. Elle a probablement un truc à me reprocher. Avec elle, j'ai toujours tort.

– Tu n'es pas obligé d'y aller, dis-je. Si c'est pour te faire engueuler.

Nous nous arrêtons au carrefour et Tyson se tourne vers moi avec un sourire.

– Je sais, mais elle est trop mignonne quand elle est en colère.

Nous traversons la rue et Tyson indique de la tête le chemin qui mène au cimetière.

– Tu n'as rien contre un petit détour ?

Nous laissons nos skates à l'entrée et nous remontons le sentier gravillonné. C'est drôle de penser que c'est là, quelques rangées plus loin, tout près des tombes de Clarence et Millicent, que les choses ont mal tourné entre Emma et moi. Il faisait froid ce soir-là, et elle s'est blottie contre moi. Elle l'avait déjà fait avant, mais c'était différent. Elle m'a parlé du bal de l'hiver et m'a demandé si je comptais y aller. La réponse était non, mais je lui ai dit que si personne ne l'invitait, nous pourrions peut-être y aller ensemble. J'ai dit ça avec un petit sourire, pour qu'elle puisse le prendre à la rigolade. Elle est restée silencieuse un moment pendant que nous marchions entre les tombes, et finalement, elle a dit :

– Peut-être.

J'aimais bien ce « peut-être ». Je me la représentais dans sa robe bleue à paillettes, qu'elle m'avait montrée dans sa chambre en revenant de Pittsburgh avec sa mère. Je nous imaginais en train de danser un slow. Là-dessus, je me suis enfin décidé à lui dire combien je l'aimais. J'avais le cœur battant, et j'ai fait ce que je rêvais de faire depuis longtemps. Je me suis penché pour l'embrasser.

Mais Emma s'est reculée.

– Qu'est-ce qui te prend ?

– J'ai cru que…

Elle a secoué la tête.

– Oh non.

– J'ai cru que toi et moi…

– Pas du tout. Je ne pourrais pas. Tu es… *Josh*.

C'est là que tout a changé.

Six mois ont passé depuis, et les choses continuent à changer. Mais à présent, elles sont en train de changer d'une manière que je n'aurais jamais…

Oh non.

Tout à l'heure, quand j'ai récupéré mon skate dans la voiture d'Emma, quelque chose clochait. Peut-être la façon dont elle évitait mon regard. Ou bien son histoire de recherches à la bibliothèque. D'habitude, Emma n'est pas aussi évasive. Et si elle me fait des cachotteries, c'est forcément à propos de son futur.

Sauf que si Emma s'est mis en tête de modifier son futur, elle risque de modifier le mien par la même occasion. Et j'adore mon futur ! La moindre perturbation aujourd'hui risque d'engendrer un ouragan dans quinze ans.

Je me tourne vers Tyson. Il contemple la pierre tombale :

Linda Elizabeth Overmyer
Épouse chérie de William
Mère chérie de Tyson James
25 novembre 1955 - 15 août 1982

Je m'excuse auprès de Tyson :

– Il faut que je file. J'avais oublié, mais j'ai un truc à faire. Je te retrouve plus tard au *GoodTimez*.

– Pas de problème, me dit Tyson avec un hochement de tête. Je reste encore quelques minutes.

Je dévale le sentier au pas de course. Sur le parking, je lance mon skate et je saute dessus. En arrivant sur le trottoir, je fléchis les genoux pour tourner et je fonce le long de la rue, en me représentant mentalement le trajet le plus court jusqu'à la bibliothèque.

23://Emma

Je glisse mes photocopies dans mon sac et je fonce jusqu'à ma voiture. Maintenant que j'ai une liste de numéros à appeler, je veux m'acheter une carte téléphonique et rentrer le plus vite possible.

Dylan me rattrape sur le parking.

– Tu ne m'entendais pas ? Je t'appelle depuis cinq minutes.

Je ramène mes cheveux derrière mon oreille. J'ai eu beau les lisser au séchoir ce matin, la chaleur les fait boucler.

En temps normal, je ne verrais aucun inconvénient à discuter quelques minutes avec Dylan, mais là je n'ai pas le temps. Je suis sur le point de commettre quelque chose de mal. Ça va entraîner des répercussions énormes dans ma vie. Alors, je dois trouver Jordan Jones Jr avant que ma conscience prenne le dessus ou que je tombe sur Josh qui essaiera de m'en dissuader.

– Où vas-tu ? me demande Dylan alors que nous arrivons devant ma voiture.

– Je dois passer prendre quelqu'un à l'épicerie.

– Tu peux me ramener ?

– D'accord, dis-je, mais je suis un peu pressée.

– Tu n'auras qu'à me laisser devant l'épicerie, je terminerai à pied.

Quand Dylan boucle sa ceinture, je remarque les trois livres sur ses genoux. *Weetzie Bat* et deux autres titres de la série Dangerous Angels.

Je m'étonne :

– Tu lis Francesca Lia Block, maintenant ? Tu ne vas quand même pas me raconter que c'est une lecture pour ta petite sœur.

– Non, c'est pour Callie. Elle adore cet auteur. Tu les as lus ?

Je sors du parking.

– Qui est Callie ?

– Ma copine. Elle vit à Pittsburgh, elle était au bal de fin d'année avec moi.

– Ah, dis-je.

– On est ensemble depuis Noël. Tu devrais la voir faire du snowboard. On s'est rencontrés sur une piste.

À la façon dont il en parle, on dirait que c'est du sérieux. Je fais un peu la tête, néanmoins. L'été où Dylan et moi étions moniteurs au centre aéré, je me plongeais dans les livres de Francesca Lia Block chaque fois que j'avais une minute. Ça m'agace un brin qu'il ait pu l'oublier.

*

Dylan m'ouvre la portière devant l'épicerie. En lui disant au revoir, je jette un coup d'œil aux skateurs sur le parking pour m'assurer que Josh n'est pas là.

Au comptoir, j'hésite entre une carte téléphonique à cinq dollars et une à dix dollars. Je me décide pour la moins chère, je paye, puis je regagne ma voiture.

Je rentre à la maison en conduisant doucement. Dans une allée, un père soulève son fils pour lui permettre de glisser son ballon dans un filet de basket. Les sprinklers arrosent les pelouses. Ces quartiers résidentiels dégagent toujours une impression de sérénité, comme s'ils étaient figés dans le temps.

Pendant que Josh et moi nous précipitons vers le futur.

J'allume l'autoradio et je monte le volume à fond. Je tombe sur « *Wonderwall* » d'Oasis. C'est la chanson favorite de

Kellan en ce moment. Elle la fredonnait tout à l'heure quand nous sommes sorties de la salle d'étude.

And all the roads
we have to walk are winding
And all the lights
that lead us there are blinding

Et tous les chemins
que nous devons prendre sont tortueux
Et toutes les lumières
qui les éclairent sont aveuglantes

J'éteins la radio. Je n'ai pas envie de culpabiliser encore plus, moi qui m'apprête à bloquer définitivement l'un de ces sentiers tortueux.

24://Josh

Je sue comme un bœuf en arrivant à la bibliothèque, et l'air climatisé me refroidit brutalement. Comme j'ignore ce qu'Emma est venue chercher, je n'ai aucune idée de l'endroit où elle peut se trouver. J'arpente la moquette au pas de course, en explorant les rayons « romans ». Pas d'Emma. Elle n'est pas non plus dans le coin des magazines ni dans la salle de littérature enfantine. En désespoir de cause, je m'adresse à l'accueil. L'employé a les yeux rivés sur son écran d'ordinateur.

– Excusez-moi, dis-je. Vous n'auriez pas vu une jeune fille, qui a dû passer tout à l'heure ? Elle cherchait… quelque chose.

– Il va falloir être un peu plus précis que ça. (L'homme retire le crayon qu'il avait sur l'oreille.) De quoi elle a l'air ?

– Elle est plus petite que moi. Très jolie. Elle a les cheveux bouclés qui lui descendent jusque-là.

Je me touche l'omoplate.

L'homme inscrit quelque chose sur un formulaire jaune puis hoche la tête.

– Je voulais lui demander si elle avait l'intention d'aller à l'université à Chico, dit-il, parce qu'il y a…

Merde !

– Pourquoi est-ce que vous parlez de Chico ?

Tout à coup, il remarque quelque chose derrière moi et lève les bras avec exaspération.

– Je passe mon temps à dire aux stagiaires de ne pas laisser de chariot vide à côté de la photocopieuse. Les gens y déposent leurs bouquins et ne les remettent pas en rayon.

Je répète :

– Pourquoi Chico ?

L'homme sort de derrière son bureau et je le suis jusqu'à la machine.

– La dernière fois que je l'ai vue, m'explique-t-il en récupérant un livre sur le chariot, votre amie était là, en train de faire des photocopies.

Il brandit un annuaire de Californie. *Emma, qu'est-ce que tu fabriques ?*

Je jette un coup d'œil à la corbeille bleue à côté de la machine et j'y vois une feuille de papier froissé. Je la récupère. La copie est trop sombre, mais on peut quand même la lire. Quelqu'un a photocopié deux pages de Jones dans l'annuaire.

– Est-ce que votre amie a l'intention d'aller à l'université en Californie ? demande l'homme. Parce que ma fille…

– Non, je ne crois pas, dis-je en pliant la feuille avant de la glisser dans ma poche. Mais merci.

Je fonce vers la sortie. Dehors, je saute sur mon skate et je trace vers chez moi le plus vite possible.

25://Emma

La maison est vide. Malgré tout, je m'enferme à clé dans ma chambre avant de sortir mes deux photocopies. Je les étale sur mon bureau, en lissant les plis.

Après avoir entré dans le téléphone le numéro d'activation de ma carte, je commence par J. B. Jones. Un répondeur décroche et m'indique que je suis bien chez Janice et Bobby. Je raccroche et je barre *Jones, J. B.* d'un coup de crayon.

Le numéro suivant est celui d'une vieille dame qui me prend pour sa petite-fille. Elle me tient cinq bonnes minutes au téléphone avant de me laisser raccrocher. J'aurais dû prendre la carte à dix dollars.

Le troisième est un certain Jones, J. D. Je suis les étapes indiquées sur la carte et je compose le numéro.

Une femme décroche et dit d'une voix musicale :

– Allô ?

– Bonjour, dis-je. Est-ce que je pourrais parler à Jordan ?

– Junior ou Senior ? me demande-t-elle.

Je plaque le téléphone contre mon épaule, j'essuie mes mains moites sur mon short et je me racle la gorge.

– Junior, s'il vous plaît.

– Mon neveu est chez sa mère en ce moment.

Réfléchis vite, Emma.

– Oui, je sais, dis-je. Je cherche à le joindre mais je n'ai retrouvé que ce numéro.

Silence à l'autre bout de la ligne.

– Qui êtes-vous, exactement ? me demande la femme.

J'hésite à donner un faux nom, mais je me sens suffisamment nerveuse comme ça.

– Je m'appelle Emma. Nous sommes des amis de lycée.

– Ça, Jordan n'en manque pas. Vous avez de quoi écrire ?

Elle me donne un numéro, que j'inscris dans la marge de ma photocopie. Je dis au revoir et je raccroche, en fixant le numéro de mon futur mari.

Certaines personnes attendraient. Josh, par exemple, réfléchirait soigneusement avant d'agir. Il pèserait toutes les options, puis appellerait son frère pour lui demander son avis. Moi, à l'inverse, je retourne ma carte téléphonique et je compose le numéro.

– Allô ?

C'est une voix de garçon.

– Jordan ?

– Non, c'est Mike. Une seconde.

Il pose le combiné. J'entends la télévision en fond sonore, et peut-être un bruit de mixeur. Mike, qui est probablement mon futur beau-frère, crie à Jordan qu'on le demande au téléphone puis ajoute :

– Qu'est-ce que tu veux que j'en sache ?

Le mixeur s'arrête. Des bruits de pas se rapprochent, puis une voix masculine dit dans le combiné :

– Oui ?

– C'est Jordan ? dis-je.

– Qui est à l'appareil ?

Je souris.

– C'est Emma. On s'est rencontrés à cette soirée... tu te souviens ?

Je retiens mon souffle, en priant pour que Jordan soit allé au moins à une soirée au cours du dernier mois.

– Chez Jenny Fulton ? demande-t-il.

Je respire enfin.

– C'est ça. Chez Jenny.

La page Facebook de Jordan ne me donnait pas beaucoup d'éléments. J'avais son nom, sa photo et sa ville natale. Quoi qu'il en soit, mon but est de le retenir au téléphone assez longtemps pour comprendre de quelle manière nos deux vies sont appelées à se croiser.

– Alors, quoi de neuf ? me demande-t-il.

– Pas grand-chose. Et toi, qu'est-ce que tu fais de beau ?

– Oh, rien.

Silence.

– Tu, heu... tu es allé à la pêche ces derniers temps ?

– Hein ? Non. Je ne pêche jamais.

Silence de mort.

– Alors tu fais quoi en ce moment ?

– En fait, je cherche un job d'été, me répond-il.

– Cool.

Le mixeur se remet en marche.

– Écoute, tu voulais me demander quelque chose ? dit-il. Parce qu'il va falloir que je...

– Oh, bien sûr, dis-je, en accélérant le débit. En fait, je repensais à notre conversation pendant la soirée.

– Tu es sûre que ce n'est pas plutôt avec Jordan Nicholson que tu as discuté ? demande-t-il. Je crois qu'il était là aussi. On n'arrête pas de nous confondre.

Curieusement, Jordan n'a pas du tout l'air d'un trou du cul. Il serait plutôt gentil. Est-il possible qu'il devienne un jour un mari capable de découcher pendant trois nuits, probablement pour me tromper ? Le croirait-il, si je le lui disais maintenant ?

J'insiste :

– Non, c'était bien toi. On a parlé de ton inscription à l'université, et...

– Une seconde, m'interrompt Jordan.

J'entends un claquement de porte et une voix de fille qui demande :

– Tu es prêt ?

Jordan répond qu'il arrive dans une minute.

– Excuse-moi, me dit-il. En fait, tu as vraiment dû parler à Jordan Nicholson, parce que je suis déjà à l'université. Je suis juste rentré chez moi pour les vacances.

– Vraiment ? dis-je d'une voix enrouée. Tu vas où ?

Je ferme les yeux. C'est peut-être là que Jordan et moi nous rencontrerons. J'ai établi une vague liste des universités auprès desquelles j'ai l'intention de postuler l'année prochaine, toutes en dehors de l'État, et toutes à proximité de la mer.

– Tampa State, me répond-il. Je viens de terminer ma première année.

Je rouvre les yeux et je me force à rire.

– Tu as raison. C'était bien Jordan Nicholson. Je suis vraiment désolée.

– Tu veux son numéro ? Mike doit l'avoir.

– Non, ça va. Je l'ai.

– D'accord, eh bien...

Quelqu'un coupe la télé, et j'entends la fille rire en arrière-fond.

Le téléphone collé à l'oreille, je me sens gagnée par la tristesse. À l'avenir, j'étais supposée rencontrer Jordan à l'université et l'épouser. Maintenant, nous n'aurons sans doute jamais l'occasion de nous connaître.

Nous nous disons au revoir. Quand il raccroche, j'écoute encore le silence à l'autre bout de la ligne. Puis une voix enregistrée m'informe qu'il me reste quatre-vingt-treize cents sur ma carte. Je raccroche et je marche jusqu'à ma commode.

Dans le tiroir du haut, sous mes chaussettes et mes sous-vêtements, je garde un journal. Je n'écris pas souvent dedans, deux ou trois fois par an tout au plus. Je reviens à ce que j'ai écrit en mars. C'est une liste que j'avais établie quand une conseillère d'orientation nous a parlé des formalités d'inscription.

Universités possibles, par ordre de préférence :
1 : Tampa State
2 : Université de Caroline du Nord à Wilmington
3 : Université de Californie à San Diego

J'attrape un marqueur indélébile sur mon bureau et je tire un gros trait noir sur *Tampa State*. Si je ne vais pas dans cette université-là, je ne rencontrerai jamais Jordan. Et si je ne le rencontre pas...

On frappe à la porte. J'enfouis mon journal dans mon tiroir.

– Qui c'est ?

La poignée tourne, mais c'est fermé à clé.

– Emma, fait la voix de Josh. Il faut qu'on parle.

Quand je lui ouvre, je le découvre en nage, les cheveux poissés de sueur. Il tient notre porte-clés Scoubidou dans une main et une feuille de papier pliée dans l'autre.

Je lui demande :

– Tout va bien ?

Il s'essuie le front.

– Je suis venu en skate depuis la bibliothèque municipale.

Je jette un coup d'œil nerveux à sa feuille de papier.

– On a dû se rater de peu.

Josh se renfrogne et déplie son papier. C'est la première photocopie que j'ai faite. Comme elle est sortie trop sombre, je l'avais jetée dans la corbeille.

– Je sais ce que tu as l'intention de faire, me dit Josh, mais tu ne peux pas annuler ton mariage sur un coup de tête.

Je sens comme une grosse boule au creux de mon ventre.

– Tu ne peux pas changer à ta guise ce qui est supposé se produire, continue-t-il. Je comprends que tu t'inquiètes à l'idée d'épouser un abruti, mais d'après Facebook, on est toujours amis. Je te promets que tu pourras compter sur moi. Et s'il faut en arriver au divorce, je pourrai peut-être te prêter de l'argent pour ton avocat, ou t'héberger un moment dans notre chambre d'amis.

Me prêter de l'argent ? Une bouffée de colère m'envahit. *Bien sûr, vu que Sydney et lui seront tellement riches !*

C'est alors qu'il aperçoit ma carte téléphonique sur mon bureau, avec la barre argentée que j'ai dû gratter pour découvrir le code d'activation.

Il me demande d'une voix rauque :

– Tu l'as déjà fait ?

Je hoche la tête, lentement.

– Tu as parlé à Jordan ?

– C'est fini, dis-je. On ne se rencontrera jamais.

Josh blêmit.

26://Josh

Comme ça, d'un claquement de doigts, elle a modifié l'avenir. Quinze années d'histoire – d'histoire *future* – bouleversées à tout jamais parce que Emma n'appréciait pas le garçon qu'elle allait épouser. En se basant uniquement sur quelques phrases ! C'est quand même léger pour changer sa vie d'une manière aussi radicale. Sans parler de celle du pauvre garçon ! En y réfléchissant, sa décision aura sûrement un impact sur tous ceux qui auraient été liés de près ou de loin à leur relation.

Je ne sais pas si je dois hurler ou éclater d'un grand rire hystérique. Alors, je me contente de froisser ma feuille et de la jeter à travers la pièce. Elle rebondit contre le mur sans un bruit.

J'éclate :

– Tu ne peux pas faire ça !

– Mais si, répond-elle en croisant les bras, rien de plus simple. Il va à Tampa State, donc il me suffit de ne pas postuler là-bas. La Caroline du Nord vient de passer au début de ma liste.

Je m'écroule sur son lit et je me cache les yeux dans les mains. Elle ne comprend pas ! Elle sait pourtant que la moindre perturbation dans le présent est susceptible d'engendrer des répercussions énormes dans l'avenir. Le premier jour, Emma était au chômage ; et le lendemain, elle avait un travail, sans que nous ayons la moindre idée de ce qui avait pu déclencher ce changement. La première fois, Jordan était simplement parti pêcher. Mais plus tard, il n'était pas rentré depuis trois jours. Ensuite, les macaronis au fromage s'étaient transformés en lasagnes.

Peut-être qu'Emma trouve ça sans importance, mais imaginons qu'au prochain changement elle se prépare un steak, attrape la maladie de la vache folle et en meure, uniquement parce qu'une infime perturbation aura modifié son menu dans quinze ans ?

Alors, changer son futur mari ? *Exprès ?* Les conséquences sont incalculables !

– Admets-le, dit Emma. Tu aurais fait pareil si ta vie avait eu l'air aussi nulle que la mienne.

– Non. (Je m'assieds.) Pas du tout. Tu n'as aucune idée de ce que tu as pu changer d'autre. Tu joues avec le feu, Emma.

– Ça te va bien de dire ça ! riposte Emma. C'est bien toi qui as fait une drôle de tête devant Sydney, l'autre jour. Est-ce que tu aurais agi de la même façon si tu n'avais pas su que tu allais te marier avec elle ?

– Je te parle de transformer le *futur*.

Emma s'esclaffe.

– Et à ton avis, que se passe-t-il quand tu modifies ton comportement dans le présent ? Ça modifie le futur ! Tu as fait la même chose que moi.

– Ça n'a rien à voir et tu le sais très bien, dis-je. J'ai eu une réaction, d'accord, mais toi tu as carrément fait volte-face. Tu *voulais* aller à Tampa State. Je t'ai vue faire des recherches avec Kellan dans ce livre sur le classement des universités. Tu disais que c'était juste à côté de chez ton père. Et maintenant, tu n'y vas plus ? On doit continuer à vivre exactement comme on avait prévu de le faire avant Facebook.

– Pourquoi ? proteste Emma (et je vois bien qu'elle est sur le point de pleurer). Pour que je me retrouve au chômage à trente et un ans, comme la première fois qu'on a regardé ? Ou furieuse que mon mari dépense tout mon fric ?

– C'est plus compliqué que ça, dis-je. Et si, quand tu t'es vue au chômage, tu étais à la veille de dénicher le travail idéal ? Ou si ton mari, apprenant que tu étais furieuse qu'il se soit offert cet iPad ou je ne sais quoi, allait revenir le lendemain ? Emma, tu n'as eu qu'un *minuscule* aperçu du futur.

– Je m'en fiche. Je n'allais pas être heureuse, et il fallait que ça change.

Voilà qui m'énerve. L'avenir paraît tellement fragile. Par exemple, j'ai pu voir que j'irais à l'université de Washington, comme mon frère, et ça me convient tout à fait. Mais supposons que, sachant cela, je néglige ma candidature et que je ne sois pas admis ?

– Tu fais encore cette tête, me reproche Emma tout en tapant son adresse mail.

– Quelle tête ?

– Celle que tu fais quand tu me juges.

Emma tape son mot de passe pour accéder à Facebook, puis se tourne vers moi avec une lenteur étudiée.

– Je vais essayer de te dire ça le plus calmement possible, dit-elle. Ta façon de me juger, ça veut dire que tu n'essaies même pas de comprendre ce que cette vie pouvait représenter pour moi.

– Ce n'est pas ça. Simplement...

– Tu fais preuve de beaucoup d'égoïsme et de cruauté.

– En quoi ?

– Tu veux savoir pourquoi tu t'en fiches ? me demande Emma, qui commence à s'énerver. Parce que tu as ta petite femme idéale. Vous avez de beaux enfants. Et tu m'as moi dans ta chambre d'amis ! Est-ce que j'ai droit à une fenêtre, au moins ?

Je me force à encaisser le reproche avec une expression impassible.

– Je comprends, dis-je.

– Tu ne comprends rien du tout ! Tu te permets de me juger, mais si les rôles étaient inversés ? (Emma hausse les sourcils.) Absolument. Et si j'épousais Cody et que j'avais la vie dont j'ai toujours rêvé, et toi rien ? Ou même moins que rien, parce que c'est exactement ce que j'aurais eu avec Junior !

– Je comprends, je t'assure.

– Tant mieux.

Emma se retourne vers son ordinateur et clique sur la petite photo dans le coin.

– Attends ! (Je saute du lit et je fais pivoter Emma face à moi.) Avant de regarder, on devrait établir des règles. Cette histoire devient trop énorme pour continuer à improviser au fur et à mesure.

Par-dessus l'épaule d'Emma, je vois que la page s'est presque entièrement chargée. La photo du coin n'est plus la même qu'hier. Emma a les yeux fermés. Elle est lovée près d'un bébé qui porte un petit chapeau rose.

– Quel genre de règles ? demande-t-elle.

– Ne pas nous montrer trop exigeants, dis-je. (Le bébé a une petite bulle de bave entre les lèvres.) Si ta nouvelle vie paraît acceptable, on n'y touche plus.

Emma tourne légèrement la tête.

– Tu vois quelque chose à l'écran, je le lis dans tes yeux.

J'immobilise son fauteuil.

– Avant que tu ne regardes, je veux que tu me promettes de ne plus chercher à modifier le futur. Sauf s'il a l'air trop horrible. Et même comme ça, il faudrait d'abord qu'on en discute.

– D'accord. Maintenant, tu veux bien me laisser vérifier si je me suis débarrassée de lui ? C'est la seule chose qui m'intéresse.

Je fais pivoter son fauteuil.

Emma pousse un petit cri de ravissement.

– Un bébé ! J'ai un bébé !

Elle effleure le visage de la fillette, puis déplace son doigt sur l'écran.

Mariée à : Kevin Storm

Emma laisse retomber sa main sur ses genoux.

– Tu as réussi, dis-je. Tu as dégagé Junior.

Je relis le nom de son nouveau mari. *Kevin Storm.* On dirait le pseudonyme d'un super-héros.

– Je voulais simplement être heureuse, murmure-t-elle. Et qu'il le soit aussi. C'est mal ?

– Voyons les choses comme ça : maintenant qu'il ne fait plus partie de ta vie, il va pouvoir rencontrer une personne qui sera vraiment faite pour lui.

– Comme cette garce avec laquelle il a passé les trois dernières nuits ? (Emma se rapproche de l'écran, puis le tapote du bout du doigt.) Regarde ! Je suis biologiste marine !

Travaille à : laboratoire de biologie marine

– C'est bizarre.

– Pas du tout, proteste-t-elle. J'adore la mer. Rappelle-toi quand je suis allée chez mon père, en Floride, à Noël. On a pris un cours de plongée au tuba.

– Il ne suffit pas d'aimer la mer pour devenir biologiste marine, dis-je.

Je ne voudrais pas doucher son enthousiasme, mais je parie qu'un tas de gens travaillent dans un laboratoire sans être biologistes.

Emma me toise d'un air supérieur.

– Tu ne le sais peut-être pas, mais j'ai décidé de m'inscrire en biologie à l'université avec Kellan, l'année prochaine.

– Depuis quand ?

Emma va jusqu'à sa chaise de lune et s'y installe, jambes croisées devant elle.

– Oh, pardon. J'ignorais que j'étais censée te tenir au courant de tout.

Je prends la place d'Emma devant l'ordinateur.

– Bon ! Maintenant que tu nages dans le bonheur, je vais m'assurer que tu n'as pas tout fait capoter entre Sydney et moi.

Je m'apprête à chercher mon nom dans la liste d'amis d'Emma quand je le lis sur la page, suivi d'un commentaire.

– Écoute ça, dis-je.

Je lis à voix haute :

Emma Nelson Storm
On trouve plein de produits incroyables au marché
du coin. J'ai acheté une tarte aux pêches bio,
je ne vous dis que ça ! Mon chéri va être aux anges.
J'aime • Commenter • Il y a 2 heures

Josh Templeton Mmh, tu me donnes faim !
J'aime • Il y a 51 minutes

– Tu vois ? triomphe Emma. Mon nouveau mari est aux anges !

Hier, ma photo me montrait avec une brassée de ballons. Aujourd'hui, c'est le gros plan d'un œil. Je clique dessus et je tambourine doucement sur le bureau pendant que ma page se charge lentement.

Marié à : Sydney Templeton

– Oui !

Je bondis de joie, et je me cogne dans l'un des lampions en papier accrochés au plafond.

– Doucement avec ma déco, me reproche Emma.

Mais elle sourit.

Et il y a de quoi ! Nos futurs ont l'air sensationnels ! Même si Emma a changé de mari, ça n'a rien changé entre Sydney et moi. Notre relation est inscrite dans les astres, et *rien* ne pourra la remettre en question.

Je me renfonce en arrière dans le fauteuil et je lis mes commentaires à voix haute. Le premier est sans intérêt.

Josh Templeton
Tout vient à point à qui sait attendre.
J'aime • Commenter • Il y a 16 heures

Dennis Holloway Tu joues les cookies de bonne aventure, maintenant ?
J'aime • Il y a 14 heures

Le suivant est à peine mieux :

Josh Templeton
Le compte à rebours a commencé.
J'aime • Commenter • Hier à 11:01

Je me tourne vers Emma.

– Je me demande de quoi je suis en train de parler.

Emma hausse les épaules et continue à mordiller l'ongle de son petit doigt.

Je fais remonter ma page pour découvrir d'autres commentaires.

– Promets-moi que si tu me vois devenir aussi barbant, tu...

Et puis je me fige.

Emma se catapulte hors de son siège.

– Qu'est-ce qu'il y a ?

Nous fixons tous les deux la photo en bas de page. Elle montre Sydney, vue de côté. Elle se tient le ventre, qui est énorme !

Josh Templeton
Mon bébé va avoir notre premier bébé
d'un jour à l'autre maintenant.
J'aime • Commenter • 16 mai, 09:17

– Trop mignon, ironise Emma. (Puis elle comprend ce qui me chiffonne.) Attends une seconde, votre *premier* bébé ?

Je me lève si vite que je manque défaillir. Je le lui avais bien dit. *Je l'avais prévenue !* Cette histoire de futur est dangereuse. Nous ne pouvons pas l'aborder à la légère, en rectifiant à notre guise les détails qui ne nous conviennent pas. Je m'assieds au bord du lit et fixe le miroir accroché à la porte. Si son changement de mari a pu entraîner un tel bouleversement chez mes enfants, c'est que l'avenir est encore plus fragile que je ne pensais. Les répercussions sont impossibles à prévoir.

– Si c'est ma faute, je suis désolée, s'excuse Emma.

Trois de mes futurs enfants viennent de disparaître avant même d'avoir eu la possibilité d'exister. Je ne construirai jamais une maquette du système solaire avec mon fils, pas plus que je n'emmènerai mes jumelles fêter leur anniversaire au *GoodTimez*.

Emma vient s'asseoir à côté de moi. Elle se frotte les mains pour les réchauffer. Mon esprit m'enjoint de m'écarter, mais j'en suis incapable.

– Je ne comprends pas, dis-je.

Elle entreprend de me masser la nuque.

– Je crois qu'il faut nous rendre à l'évidence, dit-elle. On n'a aucun moyen de contrôler ce genre de modifications.

– Comment ça, « ce genre de modifications » ?

– Tes enfants. Mes enfants. Quand tu as pris Santé au dernier semestre, tu te rappelles le cours à propos du sperme ?

Je me tourne vers Emma et je la dévisage froidement.

– Quel rapport ?

Emma s'attaque maintenant à mes épaules.

– Même avec des altérations minimes, nos enfants seront toujours la partie la plus vulnérable de notre avenir. Si on doit continuer à consulter Facebook, on a intérêt à ne pas trop s'attacher à...

– J'aurais altéré mon *sperme* ? dis-je. Mais de quoi est-ce que tu parles ?

Emma décrit des petits cercles avec les pouces de part et d'autre de ma colonne vertébrale.

– Tout ça ne va pas se produire avant des années. Pense aux milliards de petits détails qui devraient être exactement les mêmes entre aujourd'hui et dans quinze ans pour que la situation reste inchangée. C'est impossible. Même ce massage, qui ne se serait jamais produit hier, risque d'influer légèrement sur la suite des événements.

– Qu'est-ce que mon sperme vient faire là-dedans ?

Emma fait glisser ses doigts derrière mes oreilles.

– Rappelle-toi quand ton prof a mentionné le nombre de spermatozoïdes que vous gaspillez, les garçons, chaque fois que vous...

– À la réflexion, est-on vraiment obligés d'en parler ?

Je ferme les yeux sous sa caresse. Ses doigts descendent le long de mes bras. *Bon sang, ce que c'est bon !*

– Chaque fois que vous éjaculez, continue-t-elle, vous gaspillez quelque chose comme quatre cents millions de spermatozoïdes. Tous uniques.

– Sérieusement, je préférerais qu'on change de sujet.

Avec ses mains sur mes bras et toutes ces histoires de spermatozoïdes, les choses commencent à s'enflammer un peu sous ma ceinture. Je me penche en avant et je croise discrètement les avant-bras sur mes genoux.

Je demande :

– Tu veux bien continuer les épaules, s'il te plaît ?

Alors qu'Emma fait remonter ses mains vers mes épaules, son ordinateur émet un bruit discret, comme un tintement de poudre féerique.

– Un message instantané ! s'écrie Emma en bondissant du lit. C'est le premier que je reçois !

Je croise les jambes et je me tourne vers l'ordinateur.

– Ça vient d'une certaine DontCallMeCindy, m'annonce Emma. Je ne sais pas qui c'est, mais elle me demande si je suis bien la Emma Nelson qui va à Lake Forest.

Emma tape une réponse tout en m'indiquant ce qu'elle écrit : « Dis-moi d'abord qui tu es. »

Je voudrais bien m'approcher de l'écran pour regarder par moi-même, mais mieux vaut sans doute attendre un peu avant de me lever.

Un autre message instantané apparaît. Emma le lit, puis me regarde en plissant les paupières.

– Toi, tu vas avoir des ennuis.

– Moi ? Pourquoi ?

Elle tape une réponse, puis appuie sur Entrée.

– Il n'y a pas cinq minutes, répond-elle, tu me faisais un sermon sur les dangers de modifier le futur. Mais on dirait que tu as procédé à quelques petits changements de ton côté.

Je ris.

– Mais de quoi tu parles ?

– Espèce d'hypocrite ! Pourquoi est-ce que Sydney Mills me demanderait ton numéro de téléphone, sinon ?

27://Emma

Josh se penche en avant sur mon lit, une jambe croisée sur l'autre.

– Tu le lui as donné, j'espère ?

Je souris et me tapote le menton.

– Eh bien, ça demandait quand même réflexion…

– Emma ! Tu lui as filé mon numéro, oui ou non ?

– Bien sûr que oui.

– Qu'est-ce qu'elle a dit ?

Je jette un coup d'œil à l'écran. J'ai fermé la fenêtre des messages instantanés quand Sydney s'est déconnectée. Il ne reste plus que la page Facebook de Josh et la photo de Sydney avec son gros ventre.

Josh Templeton
Mon bébé va avoir notre premier bébé
d'un jour à l'autre maintenant.
J'aime • Commenter • 16 mai, 09:17

Ce commentaire m'agace. Josh ne dirait jamais quelque chose d'aussi lamentable aujourd'hui. J'imagine que c'est représentatif de ce qu'il devient, un petit mari dégoulinant de bons sentiments, toujours dans les jupes de sa femme, comme s'il n'avait pas de vie à lui.

Josh me dévisage avec un espoir peiné.

– Il faut que je sache *exactement* ce qu'elle t'a dit.

– Que voulais-tu qu'elle dise ? Qu'elle passait avec sa décapotable pour t'emmener dans le soleil couchant ? (Je suis injuste. Pourquoi je me montre aussi garce ?) Elle a dit qu'elle avait eu mes coordonnées par Graham. Alors je lui ai donné ton numéro et elle m'a remerciée.

Josh me regarde bizarrement.

– Je croyais que tu serais heureuse, maintenant que tu es mariée à Kevin Storm.

– Ne détourne pas la conversation. Tout à l'heure, tu étais furieux que j'aie osé appeler Jordan, et voilà que Sydney demande ton numéro. Ne me dis pas que tu t'es contenté de faire une drôle de tête en classe hier.

Josh hausse les épaules.

– Je n'ai pas fait exprès.

– Donc, tu as bien fait quelque chose ?

– En Vie collective, on a parlé des relations filles-garçons, et un type de dernière année lui a cherché des poux dans la tête. Alors, je l'ai défendue. Qu'est-ce que j'aurais dû faire ?

– Tu as défendu Sydney sur une question de *relations* ? Qui c'était, le type ?

– Rick Je-ne-sais-plus-quoi. Il est dans la classe de monsieur Fritz.

– Est-ce qu'il joue au football américain ?

– Tu le connais ?

Je ne peux pas m'empêcher de rire.

– Tu as défendu Sydney contre *Rick Rolland* ?

Josh se moque de savoir qui est populaire ou non au lycée, ou qui est sorti avec qui, et c'est super. Mais Rick Rolland est précisément le gars qui organise le feu de joie dont Kellan parlait avec tellement d'excitation. Sydney est sortie avec lui un moment, et Josh ferait mieux de ne pas se mêler de leurs affaires.

– Il était lourd, dit Josh. De toute façon, il n'y a pas de quoi en faire un plat.

Mais nous savons très bien que c'est faux. Les répercussions sur l'avenir seront décisives.

Josh prend une grande inspiration.

– Écoute, j'ai réfléchi à Facebook. Tu te rappelles l'été dernier, au lac, quand Frank Wheeler a dit qu'il allait devenir millionnaire et que tout le monde lui a ri au nez ?

J'ignore où il veut en venir, mais je suis soulagée de le voir abandonner le sujet de Sydney et de mes maris.

– Il a dit qu'il sauterait sous un bus s'il ne gagnait pas son premier million avant ses trente ans.

– Exactement. (Josh fouille dans son sac à dos et en sort un papier plié.) Alors j'ai fait une liste de gens qu'on pourrait chercher sur Facebook. Comme mes parents, David, Tyson…

– Et Kellan ! J'ai eu la même idée aujourd'hui. Je veux voir si elle arrive à faire médecine.

Je me tourne vers mon ordinateur et je déplace la souris. Le mur de briques de mon écran de veille s'efface et je contemple une fois de plus le ventre arrondi de Sydney.

– Il faut rafraîchir ta page, dis-je. Comme tu as été le héros de Sydney aujourd'hui, et qu'elle va t'appeler, je suppose que tout est différent. Vous n'étiez sûrement pas destinés à vous mettre ensemble aussi vite, et…

– Une minute.

Josh se lève.

J'ai positionné la flèche de la souris au-dessus du bouton de rafraîchissement, mais son ton est si grave que je me retiens de cliquer.

Josh enfile précipitamment ses tennis, puis attrape son sac et son skate.

– Je vais essayer de repasser plus tard. Ne regarde rien sans moi, d'accord ?

Pendant qu'il dévale l'escalier, je lui crie :

– Je sais où tu vas ! Tu ne crois pas que camper à côté de ton téléphone, c'est un peu… ?

Avant que j'aie le temps de finir, la porte d'entrée claque derrière lui.

28://Josh

Sydney Mills a demandé mon numéro !

Je fais irruption chez moi et je fonce dans ma chambre.

Sydney Mills a demandé mon numéro !

Ça me paraît toujours aussi dingue, mais il faut bien me rendre à l'évidence. Ça va commencer par un coup de téléphone, et ça nous conduira au mariage, aux enfants et à une belle maison au bord du lac Crown. J'aurai un super-job comme graphiste et je conduirai probablement une belle voiture. Une BMW, peut-être, ou une Chevy Tahoe puisque nous habiterons à la campagne. Ou les deux ! D'ici quinze ans, peut-être que je conduirai un véhicule tellement incroyable que je ne peux même pas encore l'imaginer.

Mon lit est défait et la moquette jonchée de T-shirts. Ça ne ressemble pas à la chambre de quelqu'un que Sydney Mills voudrait appeler. Et pourtant ! Elle risque d'appeler d'une seconde à l'autre maintenant.

Où est ce foutu téléphone ?

Je tourne en rond au milieu du fouillis. Si le téléphone sonne, je pourrai le déterrer à coups de pied, mais si je décroche trop tard ? Et si, parce qu'elle n'aura pas réussi à me joindre, Sydney fait la connaissance d'un autre type et qu'ils se mettent ensemble ? Peut-être qu'ils finiront par se marier, et que c'est *lui* qui profitera de *mes* vacances sous les tropiques !

Je soulève le cordon du téléphone et je le suis tout au long de mon matelas, sous une pile de chaussettes et de T-shirts. Finalement, j'écarte un numéro de *Thrasher* et j'exhume le combiné tant convoité.

Et maintenant, sonne, bon sang!

Je secoue les bras pour me détendre. Ce soir, avant de me coucher, j'ajouterai dix pompes à mes vingt habituelles. J'ai envie de ressembler aux garçons que Sydney a l'habitude d'appeler.

Je m'assieds au bord du lit et je fixe le téléphone. Si mes parents rentrent de bonne heure, je n'ai pas envie qu'ils écoutent cet appel. Je suis déjà suffisamment nerveux comme ça. Alors j'attrape le téléphone sans fil sur leur table de nuit et je descends.

Je traverse la pelouse, vers la rue. Chaque fois que Sydney arrive en Vie collective, elle coupe son portable et le glisse dans sa poche. Elle a l'air tellement cool quand elle fait ça. J'essaie de l'imiter avec mon téléphone sans fil, mais il est trop volumineux.

Quand j'atteins le trottoir, une camionnette FedEx passe devant moi à toute vitesse. Je regarde des deux côtés avant de traverser. Ce n'est vraiment pas le jour pour se faire renverser. Aujourd'hui, j'ai envie de profiter de la vie! Wagner Park est rempli d'érables verdoyants, de lilas en fleurs et de cris d'enfants.

Je sais exactement jusqu'où aller avant que le téléphone perde le contact avec la maison. Au printemps dernier, quand je me suis rendu chez mon frère pendant les vacances, j'ai rencontré une fille au festival de musique de Seattle. Nous sommes restés en contact quelques semaines, mais je n'en ai jamais rien dit à mes parents. Chaque fois que je lui parlais au téléphone, je me réfugiais dans le parc. Tant que je ne dépassais pas les balançoires, c'était bon.

J'avais espéré la revoir cet été. David avait même proposé de m'aider à payer le billet d'avion. Je crois qu'il était content de me voir m'intéresser à quelqu'un d'autre qu'Emma. Mais cette fille ne voulait pas d'une relation à distance. Je lui ai laissé plusieurs messages sur son répondeur, et elle a fini par m'écrire que nous nous étions bien amusés au concert, mais à quoi bon continuer si ça ne devait pas durer ?

J'entends une porte claquer. Je me retourne pour voir Emma accroupie sur son porche, en train de lacer ses chaussures de course argentées. Quand elle agrafe son Discman sur son bras, je me cache derrière un arbre. Si elle vient par ici et que Sydney m'appelle, soit elle lèvera les yeux au ciel à tout ce que je dirai, soit elle voudra me souffler chacune de mes répliques.

Emma traverse la rue, s'éloigne en petites foulées le long du sentier et disparaît. Je continue jusqu'au muret qui entoure les balançoires et je pose le téléphone.

Même si j'essaie de tout faire comme il faut, il y aura toujours des répercussions, c'est inévitable. Tout a changé à l'instant où Emma a découvert Facebook. Si je n'avais pas su que Sydney et moi étions destinés à nous marier, je n'aurais peut-être pas pris sa défense en Vie collective. Et elle n'aurait jamais demandé mon numéro.

Sur le muret, le téléphone reste obstinément silencieux.

29://Emma

Maman et Martin sont dans le salon en train de regarder la télé, j'en profite pour traverser leur chambre et utiliser leur salle de bains. D'habitude, j'utilise celle du bas mais tant qu'elle est en travaux il faut bien partager.

Papa m'a demandé un jour ce que je pensais de Martin. Nous marchions sur la plage pendant les vacances de Noël, quelques mois après son déménagement en Floride. Il ramassait des coquillages dans un filet tandis que je pataugeais dans les vagues. Je n'avais pas envie de critiquer Martin, parce que ç'aurait été moche pour Maman – surtout que Papa et Cynthia filent le parfait amour depuis mes onze ans. Mais je ne voulais pas non plus lui tresser des lauriers.

– Il est cool, ai-je dit. Maman et lui n'ont pas d'engueulades, ce n'est pas Erik.

Erik et Maman piquaient sans arrêt des colères homériques, avec hurlements, claquements de portes et l'un des deux qui passait la nuit sur le canapé. Papa et Maman aussi, d'ailleurs. Mais jusque-là, je n'ai jamais vu Maman et Martin se disputer.

– Tant mieux, a dit Papa. Elle est heureuse, alors ?

J'ai senti une grosse boule se former dans ma gorge.

– On pourrait parler d'autre chose ? ai-je dit en me tournant vers la baie.

Je prends une longue douche, je me rase les jambes, puis j'enfile mon peignoir que je noue à la taille. En repassant dans la chambre de Maman et Martin, je m'arrête une seconde devant la photo de moi que Maman garde dans un cadre, sur sa table de chevet. Elle a été prise dans une piscine gonflable.

J'ai un an, je porte un chapeau brodé et j'ai de bonnes joues roses, des yeux ronds et une bouche minuscule en forme de cœur.

Exactement comme mon bébé sur Facebook.

De retour dans ma chambre, je me glisse entre les draps et je pense à Kevin Storm. Il a un nom parfait. Je me demande si nous appellerons notre fille Olivia. J'ai toujours aimé ce prénom, et Olivia Storm, ça sonne bien. Elle deviendra sûrement une femme pleine d'assurance. Je sais que j'ai dit à Josh qu'il ne fallait pas nous attacher à nos futurs enfants, parce qu'il est impossible que tous les détails coïncident de manière à ce que le même spermatozoïde féconde le même ovule le même jour. Mais c'est plus fort que moi.

Je roule sur le côté.

Demain, je largue Graham. Pour de bon, cette fois. Ç'a été amusant un moment, mais il n'est plus question qu'il m'embrasse. Plus depuis que Josh nous a vus. Surtout avec Kevin Storm qui m'attend dans le futur.

J'ai toujours dit que je ne croyais pas au grand amour, mais que je voulais bien laisser la porte entrouverte pour Cody Grainger. Puisque je n'épouserai pas Cody, en fin de compte, je devrais peut-être l'ouvrir un peu plus grand pour laisser une petite chance à Kevin Storm.

MERCREDI

30://Emma

Martin pose un bol de céréales et de raisins secs sur le plan de travail.

– C'est du muesli, annonce-t-il en attrapant son lait de soja. Les Suisses en prennent au petit déjeuner, et ta mère et moi, on adore ça.

– Tant mieux pour vous, dis-je.

Je laisse tomber une gaufre surgelée Eggo dans le grille-pain et je regarde par la fenêtre vers la maison de Josh. La voiture de ses parents est toujours dans l'allée. Je voudrais bien qu'ils s'en aillent ; je le traînerais ici de gré ou de force pour consulter Facebook avec lui.

Martin se faufile dans le coin petit déjeuner.

– Sais-tu quelle est l'espérance de vie en Suisse ?

Je me penche sur le grille-pain en priant pour que ma gaufre en sorte, que Martin la ferme et que les parents de Josh fichent le camp.

Maman nous rejoint dans la cuisine.

– Tu es prêt ? Je me disais qu'on pourrait faire un détour par le magasin de peinture avant d'aller au travail.

– Je termine mon muesli, dit Martin.

Maman pose sa tasse de café dans l'évier.

– Emma, as-tu appelé ton père pour le remercier à propos de l'ordinateur ?

Je déteste sa façon de l'appeler « mon père ». Jusqu'à l'an dernier, c'était encore « Papa ».

– Pas encore, dis-je en arrosant ma gaufre de sirop d'érable. J'ai commencé un mail, mais je ne l'ai pas encore envoyé.

– Il a laissé un message lundi pour savoir s'il était bien arrivé. Quand tu appelleras, pense à lui demander des nouvelles du bébé. Rachel doit avoir cinq semaines maintenant.

Je ne suis pas d'humeur à appeler Papa pour parler de mon ordinateur. Toute cette histoire est devenue trop bizarre. Heureusement, j'entends une porte claquer chez Josh. Je fonce à la fenêtre et je vois ses parents sortir en voiture de l'allée en marche arrière. Alors j'attrape mon assiette et ma fourchette et je me glisse dehors.

*

Je sonne à la porte de Josh pour la troisième fois et je jette un coup d'œil par la fenêtre. Son sac à dos est posé sur la petite table, ce qui veut dire qu'il n'est pas encore parti pour le lycée. Je regarde derrière le pot de fleurs, et constate avec soulagement qu'ils n'ont pas déplacé la clé de secours. Je déverrouille la porte et j'entre, mon assiette en équilibre sur une main.

Une musique forte provient de la chambre de Josh.

Je l'appelle d'en bas de l'escalier :

– Josh ?

Pas de réponse.

Je ne suis pas venue dans cette maison depuis décembre dernier. C'était quelques semaines après que Josh a essayé de m'embrasser. Nous ne nous parlions presque plus. Quand Maman m'a dit que Martin et elle allaient dîner chez nos voisins, je me suis invitée dans l'espoir de trouver un moment pour discuter avec Josh. Mais il a englouti son repas en trois minutes et il a filé dans sa chambre.

La cage d'escalier est entièrement décorée de photos de Josh et de David à différents âges – leurs photos de classe, leurs coupes de cheveux désastreuses… Il y a même les empreintes en argile de leurs mains de bébé, à côté de leurs premières mèches de cheveux dans un cadre.

Je prends une bouchée de gaufre puis je frappe à la chambre de Josh. À l'intérieur, « *Walking on Sunshine* » passe à fond la caisse.

J'entends Josh chanter à travers la porte :

– *And don't it feel GOOD !*

Je tourne la poignée, j'ouvre, et…

Je le découvre assis par terre, en slip kangourou, en train de travailler ses abdominaux. Ses pectoraux sont pas mal, d'ailleurs, mais quand même… *un slip kangourou* ?

– Emma !

Je ris en voyant Josh arracher les draps de son lit pour s'enrouler dedans.

Il rougit jusqu'aux oreilles.

– T'as jamais appris à frapper ?

– J'ai frappé, dis-je en hochant la tête en rythme avec la musique. La vraie question serait plutôt : tu n'as jamais entendu parler des caleçons ?

Josh attrape son pantalon et l'enfile sous ses draps.

Je prends une autre bouchée de gaufre et parcours la pièce du regard. Elle est toujours la même, avec des habits semés en pagaille, un poster de Tony Hawk au-dessus de la commode, et un autre de Cindy Crawford au-dessus du lit. Sans oublier les feutres de Josh dans une boîte à crayons et de vieilles roulettes de skateboard. Le seul détail qui a changé, ce sont les haltères : un cadeau de David, mais depuis le départ de son frère, Josh les gardait bien rangés dans son placard. Maintenant, ils traînent au milieu de la pièce.

– Qu'est-ce que tu fais là ? me demande Josh en passant les bras dans un T-shirt.

– Je voulais que tu viennes chez moi pour qu'on jette un coup d'œil sur Facebook. Je n'arrête pas de repenser à Kevin Storm. Et puis j'ai revu une photo de moi bébé, hier soir, et je ressemblais tellement à…

– Bien sûr, dit Josh. Vas-y.

– Sans toi ? Tu n'as pas peur que je fiche en l'air ton avenir ?

– Évite simplement de rappeler Jordan Jones, et ne cherche pas le numéro de Kevin Storm. Je te rejoins dès que j'ai terminé.

Je remarque le téléphone à ses pieds, sur le seul coin de moquette qui ne soit pas jonché de vêtements ou de magazines. Je me demande si Sydney l'a déjà appelé.

*

Mariée à : Kevin Storm

Quand je clique sur son nom, il ne se passe rien. Je réessaie. Rien ! Le nom de Kevin n'est pas souligné en bleu, je suppose donc qu'il n'a pas de page Facebook.

Je regarde en bas de l'écran pour voir ce que j'ai écrit dans cette version de l'avenir.

Emma Nelson Storm
Décidément, Glee, c'est génial. Je ne m'en lasse pas.
J'aime • Commenter • Il y a 9 heures

Kathleen Podell Netflix est ton ami, chérie.
J'aime • Il y a 9 heures

Emma Nelson Storm Netflix + Glee = ma vie
J'aime • Il y a 8 heures

Je ne sais pas ce que sont Glee et Netflix, mais si ma vie se résume à ces deux choses j'espère qu'elles en valent la peine. Je fais défiler l'écran.

Emma Nelson Storm
Je suis en train de préparer le déjeuner des garçons.
Ils s'habituent doucement à leur nouvelle école,
mais je me sens encore un peu coupable de les avoir
fait changer d'établissement en plein milieu de l'année.
J'aime • Commenter • Hier, 07:01

Les garçons ? Je sais que j'ai recommandé à Josh de ne pas trop s'attacher à nos futurs enfants, mais ça m'en fiche quand même un coup de me dire que je ne reverrai plus jamais les bonnes joues d'Olivia.

Emma Nelson Storm
Luke vient de perdre sa première dent !
Combien laisse la petite souris, aujourd'hui ?
J'aime • Commenter • 20 mai, 16:25

Six personnes ont posté des commentaires, allant du *Félicitations, Luke !* à *Je ne sais pas trop... un dollar ?* Mais c'est surtout le dernier commentaire qui me saute aux yeux.

Kellan Steiner Lindsay a quatorze ans maintenant,
alors la petite souris, ça date un peu chez moi. Désolée !
J'aime • 20 mai, 19:12

Je suis tentée de cliquer sur Kellan, mais j'ai promis à Josh de consulter uniquement Kevin Storm ; je reste donc sagement sur ma page. En gros, je parle surtout de mes garçons et de Netflix, qui semble être une nouvelle manière de regarder des films.

Emma Nelson Storm
Kevin a sauvé une vie aujourd'hui. Je ne consulterai plus jamais ma page pendant que je conduis.
Ne vous en faites pas… J'écris ça à un feu rouge.
J'aime • Commenter • 17 mai, 19:18

J'ai un ordinateur dans ma *voiture* ? Josh va être fou quand il va lire ça. Et si Kevin a sauvé une vie, ça veut peut-être dire qu'il est médecin. Ou ambulancier. Ou pompier ! Ce serait cool, parce que les pompiers ont un corps d'enfer.

Je parcours les commentaires de différentes personnes qui félicitent Kevin. L'homme de la huitième photo a les cheveux gris, et je reconnais… Papa !

Dale Nelson Garde ton téléphone dans ton sac, ma chérie ! Grosses bises à toute la famille.
J'aime • 17 mai, 20:03

J'en ai les larmes aux yeux. Voir le nom de mon père me rappelle à quel point il me manque en ce moment.

Josh Templeton Merci pour ton texto d'hier, Em. J'espère que tu ne l'as pas écrit en conduisant. Bonjour, monsieur Nelson !
J'aime • 17 mai, 20:18
Dale Nelson Content de vous revoir, monsieur Templeton ! Emma me dit que tout va bien pour vous et votre famille.
J'aime • 17 mai, 20:31

Emma Nelson Storm C'est quoi, ici, une réunion familiale ? Josh, embrasse Sydney et les jumeaux pour moi.
J'aime • 17 mai, 20:52

Je n'ai aucune idée de ce que peut être un *texto*, mais je souris malgré moi. Les autres fois, quand nous avons regardé dans Facebook, le nom de Josh figurait toujours parmi mes amis mais nous n'échangions pas sur ce ton amical.

Puis un détail me revient, qui m'avait échappé tout à l'heure. Je remonte jusqu'au commentaire de Kellan à propos de la petite souris, et je m'approche de l'écran pour examiner sa photo de plus près. Elle a toujours ses longs cheveux bruns et son sourire carnassier. Elle porte un chemisier noir et des boucles d'oreilles en argent. Josh n'est toujours pas là, mais tant pis ; il faut que je consulte la page de Kellan.

Je clique sur sa photo.

Son post le plus récent remonte à février.

Kellan Steiner
Lindsay part chez son père ce week-end.
La première fois qu'elle prend l'avion toute seule !
J'aime • Commenter • 23 février, 14:09

Catrina McBride Je sais qu'elle va te manquer, mais essaie de profiter de ton temps libre. Les mères célibataires en ont besoin !
J'aime • 27 février, 18:53

Dans quinze ans, Kellan sera donc une mère célibataire *avec une fille de quatorze ans*. Ce qui veut dire…

On frappe à ma porte. Je clique sur la flèche qui me ramène à la page précédente.

Josh entre avec un grand sourire.

– Tu vois ? C'est ça qu'on appelle « frapper ». Et ce ne sont pas tes oignons, mais tu seras heureuse d'apprendre que j'ai mis un caleçon.

Je lui adresse un petit sourire. Je me demande surtout si je peux lui annoncer ce que je viens de découvrir au sujet de Kellan. Je devrais le faire, mais j'ai peur de créer de nouvelles répercussions susceptibles de gâcher notre avenir à l'un et à l'autre.

Josh se penche par-dessus mon épaule pour regarder l'écran.

– Comment ça se présente, ce matin ?

– Aujourd'hui, ou dans quinze ans ?

– Dans quinze ans. Comment vont les Storm ?

– Bien.

Josh pointe le doigt sur l'écran.

– Eh, regarde ! Je parle à ton père. Et on dirait que j'ai encore des jumeaux ?

Je me lève de mon fauteuil.

– Clique sur ta page, si tu veux. Je dois finir de me préparer.

Josh s'installe devant mon ordinateur, et je passe dans la chambre de Maman. Je referme la porte et je me laisse tomber au pied du lit. Si Lindsay a quatorze ans, et si Facebook a quinze ans d'avance sur nous, ça veut dire que Kellan va tomber enceinte dans les prochains mois.

À moins qu'elle ne le soit déjà.

31://Josh

Je bondis hors du fauteuil d'Emma et j'ouvre sa fenêtre. Un van remonte la rue, avec un grondement de moteur de plus en plus fort jusqu'à ce qu'il passe une vitesse. Dans Wagner Park, quelqu'un jette une bouteille en verre dans une poubelle ; elle tinte sans se briser.

Parfait ! Si le téléphone se met à sonner chez moi, je devrais l'entendre sans problème.

Je retourne devant l'ordinateur et je vérifie l'information la plus importante :

Marié à : Sydney Templeton

Je clique sur *Photos*. C'est bientôt l'heure de partir au lycée, alors plutôt que de lire des dizaines de commentaires sans queue ni tête, je préfère regarder directement à quoi ressemble mon futur.

Le premier dossier s'intitule :

Notre nouvelle casa
12 photos

Quand je l'ouvre, douze images se chargent lentement. La première n'est qu'à moitié affichée que je l'adore déjà. Notre maison se dresse littéralement au bord du lac. D'après mes parents, ce sont les terrains les plus chers de la ville. Le reste de la photo apparaît, montrant une véranda panoramique menant à un appontement en bois. Soit Sydney a hérité d'une fortune, soit ma boîte de graphisme fait un malheur !

Sur la deuxième image, on me voit dans un hamac avec deux garçons rouquins aux traits identiques. Je ne crois pas que nous ayons d'autres jumeaux dans ma famille, mais le fait que Sydney et moi ayons des jumeaux dans deux versions différentes de mon futur est une coïncidence troublante.

La photo suivante me montre debout devant la maison, faisant signe à l'objectif. J'ai le bras autour de... David, non ? Je clique pour agrandir la photo.

David a un bras autour de moi et l'autre autour d'un gars châtain aux cheveux courts qui porte des lunettes de soleil. Nous sourions tous les trois. Sous la photo, on lit :

> **Sur cette photo** : Josh Templeton, Dave Templeton, Phillip Connor

Alors comme ça, on se fait appeler Dave dans le futur ? Désolé, frangin, mais pour moi ce sera toujours David. Quand je passe la flèche au-dessus de son nom, elle se change en main. Je jette un coup d'œil vers la porte. Emma ne m'en voudra pas de cliquer sur David. C'est mon frère, après tout.

La page de David indique qu'il vit désormais à Bellingham, État de Washington, et qu'il travaille comme ingénieur informatique.

Puis je remarque autre chose.

> **En couple avec** : Phillip Connor

D'accord, c'est... hum... J'ignorais que...

Emma revient et s'assied sur son lit.

– Quelque chose d'intéressant ?

– Non !

Je clique sur le *X* rouge dans le coin supérieur droit. Facebook disparaît, et AOL dit : « Au revoir ! »

– Désolé, dis-je. (Je suis un peu secoué par ce que je viens de voir.) Tu veux que je me reconnecte ?

Emma penche la tête sur le côté et m'adresse un sourire narquois.

– Dis-moi la vérité. Tu as mis un caleçon parce que je me suis moquée de toi ?

– Non.

Mais la réponse est oui, bien sûr. Qu'Emma m'ait surpris dans cette position était suffisamment embarrassant. Mais si un jour une fille a l'occasion de me voir en sous-vêtement, je ne veux pas que sa première pensée soit : *Tu n'as jamais entendu parler des caleçons ?*

Après le départ d'Emma, j'ai donc pris une douche et piqué un caleçon dans le tiroir de mon père. Il était encore sous emballage, et un peu grand pour moi, mais ça va. J'irai m'en acheter quelques-uns après le lycée.

– Je sais quand tu mens, n'oublie pas, me rappelle Emma. Et si tu as fait ça pour Sydney, c'est lamentable. Tu ne la connais même pas.

– Je ne la connais pas *encore*. Mais ça ne va pas tarder.

– Ah bon ? Elle t'a appelé hier soir ?

C'est la question que j'espérais éviter.

– Parce que sinon, continue Emma, ça veut peut-être dire qu'elle a changé d'avis.

Je ne réponds rien. Et si Emma avait raison ? C'est vrai que Sydney et moi ne nous connaissons pas. Peut-être qu'elle m'a remarqué trop tôt en Vie collective, et que maintenant, des répercussions imprévues vont nous éloigner l'un de l'autre.

Emma se penche par-dessus mon épaule et se reconnecte à AOL.

– Pas grave, dis-je. Je ne m'attendais pas à ce qu'elle m'appelle le soir même.

Avant de venir, j'ai emporté mon téléphone dans la salle de bains et je l'ai branché à côté de l'armoire à pharmacie. J'ai ouvert la fenêtre et posé le combiné sur le rebord. S'il sonne, je devrais l'entendre d'ici. Ensuite, j'ai pris le téléphone sans fil de la chambre de mes parents et je l'ai posé devant la porte d'entrée. Comme ça, je pourrai sortir de chez Emma, piquer un sprint à travers la pelouse et répondre avec le sans-fil avant que Sydney ne raccroche.

– Tu as raison, approuve Emma. Elle ne va pas t'appeler tout de suite. Elle va d'abord se faire désirer un peu.

– Tu crois ?

– C'est la règle.

Emma et Kellan peuvent passer des heures à discuter de relations et à faire des tests dans les magazines. Chaque fois que j'essaie de me mêler à la conversation, je me fais rire au nez et traiter de naïf.

Emma parcourt les différents commentaires sur sa page Facebook, en lisant chacun d'eux avec attention.

– Je n'en suis pas sûre, dit-elle, mais j'ai l'impression que Kevin Storm est pompier. Ou peut-être médecin.

Même si Sydney prend le temps de se faire désirer, elle finira par m'appeler. Sinon, pourquoi aurait-elle demandé mon numéro ? Je déteste ces doutes qu'Emma cherche à me mettre dans la tête.

– Tant mieux pour toi, dis-je, s'il est mieux que Jordan Jones. Autre chose ?

Emma fixe l'écran. Je ne devrais pas poser cette question alors que je n'y répondrais pas moi-même. Je lui ai dit que je n'avais rien découvert d'intéressant, mais j'ai omis de dire que mon frère se retrouvait en couple avec un dénommé Phillip !

– Rien de nouveau, répond Emma. Par contre, j'ai repensé à ta liste, celle avec les personnes que tu voulais rechercher. Je ne suis pas sûre que…

Je sors le papier de mon sac à dos. Emma me le prend des mains, le déplie et consulte les noms. J'ai envie de lui dire de jeter cette feuille à la corbeille. Si ce que j'ai lu sur David est vrai, nous risquons de découvrir des choses gênantes sur tout le monde.

– *Beurk !* s'exclame Emma en me fourrant la feuille dans les mains. Pourquoi as-tu mis Kyle Simpson là-dedans ?

Je ris.

– Qu'est-ce que tu racontes ? Tu es *sortie* avec ce type.

– À peine ! Et je n'ai aucune envie de savoir ce qu'il va devenir.

– Je te parie qu'il est chippendale, dis-je. Ou directeur d'un camp de nudistes. Ou encore…

– Stop ! (Emma me jette un crayon.) Si tu tiens absolument à consulter ta liste, raye-le.

Je raye son nom, sachant que nous devrions les rayer tous. Mais si je propose ça à Emma, elle saura que je lui cache quelque chose.

– Je n'ai jamais compris comment on pouvait passer de « petit ami potentiel » à « *beurk !* », dis-je. J'espère qu'aucune de mes ex ne pense ça de moi.

– Je suis sûre que non, dit Emma. Mais je n'étais pas vraiment attirée par Kyle avant qu'il me propose de sortir avec lui. Il était là, c'est tout. Comme toi avec cette fille de Seattle.

À mon retour des vacances de printemps, je parlais souvent de la fille de Seattle. Je frimais avec la photo qu'elle m'avait donnée, au dos de laquelle elle avait inscrit son numéro à l'encre violette. Je faisais passer la photo, parce qu'elle était jolie mais surtout parce que je voulais rendre Emma jalouse.

– C'est complètement différent, dis-je. Une relation à distance, c'est une chose, mais sortir tous les jours avec quelqu'un qu'on n'apprécie pas vraiment, c'est pas un peu pénible ? Je préfère sortir avec quelqu'un que j'aime bien au départ, en me disant que je vais tomber follement amoureux avec le temps.

– Donc tu aimes bien Sydney ?

Je jette un coup d'œil vers chez moi. Sur le rebord de la fenêtre de ma salle de bains, le téléphone reste muet. Je voudrais pouvoir répondre : *Oui, bien sûr que je l'aime bien.* Elle est très belle, et chaque fois que je l'ai vue parler à quelqu'un, elle m'a toujours paru gentille. Seulement, pourrais-je un jour tomber follement amoureux d'elle ? C'est pourtant bien ce qui doit se produire, non ?

– Nous sommes tous les deux différents là-dessus, dit Emma. Tu cherches toujours une relation à long terme, et tu restes avec la personne jusqu'à ce que tu sois sûr que ce n'est pas la bonne. C'est pour ça que j'ai su que tu mentais, quand tu nous as raconté que tu avais rompu avec la fille de Seattle. Tu nous en disais trop de bien ; tu n'aurais jamais rompu de ta propre initiative.

Emma me sourit gentiment, sans me juger.

– Ce n'est pas ce que tu cherches, toi ?

– Ça fait de toi un petit ami adorable, mais ça veut dire aussi que tu vas souvent avoir le cœur brisé. (Emma indique d'un coup de menton la liste que je tiens à la main.) Je crois qu'on ne devrait rechercher aucun de ces noms.

Je trace un trait en travers de la feuille.

– C'est exactement ce que je me disais.

– Super, dit Emma. Alors pas de recherches sur Kellan, ni... Tyson, ni... personne.

– Ni mon frère, ni mes parents, personne. Parce que imagine qu'on découvre qu'il leur arrive quelque chose entre aujourd'hui et dans quinze ans ? Et qu'on ne sache pas exactement quoi ? C'est un truc à devenir dingues.

– Sans compter, ajoute Emma, que tout le monde n'a pas de page Facebook. Regarde Kevin Storm, par exemple. Donc, si on fait une recherche sur quelqu'un et qu'on ne le trouve pas, on risque de s'imaginer qu'il est mort.

– Nouvelle règle, dis-je. Si un nom apparaît sur notre page, c'est cool. Mais on ne fouille pas.

Emma sourit.

– On ne fouille pas.

Au même instant, j'entends un bruit léger qui nous parvient par la fenêtre. Ce ne serait pas... ?

Mon téléphone est en train de sonner !

Emma m'indique la porte.

– File, Roméo. Mais ne sois pas trop long ou on arrivera en retard au lycée.

Je détale comme un lapin.

32://Emma

Sur la route du lycée, Josh et moi échangeons à peine un mot. Il regarde par la vitre en battant la mesure sur son genou. Je parie qu'il pense à Sydney. Il ne m'a rien dit, mais je suppose que c'est elle qui appelait.

– On a le temps de faire un crochet par *Sunshine Donuts* ? demande Josh.

Je jette un coup d'œil à l'horloge de mon tableau de bord.

– Vaut mieux pas. On est déjà en retard.

Josh appuie la tête contre la vitre et ferme les yeux. Ce n'était peut-être pas Sydney, après tout. Ou peut-être qu'il n'a pas pu atteindre le téléphone à temps. En tout cas, il est à cran.

Il y a tellement d'inconnues pour nous deux ! Je veux savoir quelle est la profession de Kevin Storm. Sauver une vie peut vouloir dire beaucoup de choses. J'espère que ça signifie qu'il est du genre à prendre les choses en main, ce qui m'a toujours attirée chez Cody. Quand Ruby s'est foulé la cheville le mois dernier, Cody est arrivé avec une poche de glace. En rigolant, j'ai dit à Ruby que ça me donnait envie de me blesser moi aussi.

Mais ensuite je pense à Kellan, et c'est moi qui suis à cran. Kellan – qui m'a acheté ma première boîte de Tampax, parce que je n'arrêtais pas de glousser dans le rayon du drugstore – est peut-être enceinte. Elle ne m'a même pas dit qu'elle couchait avec un garçon, ce qui me vexe profondément. D'habitude, nous n'avons pas de secret l'une pour l'autre.

Ou peut-être que Kellan n'a encore couché avec personne. Dans ce cas, c'est sûrement pour bientôt. Mais puis-je rester les bras croisés et la regarder devenir mère aussi jeune ? Elle a envie d'aller à Penn State, et rêve de devenir médecin ou scientifique. Est-ce possible avec un bébé en bas âge ? Elle ne sera peut-être même pas en mesure de terminer sa scolarité.

Le parking du lycée est bondé, et les seules places libres sont tout au fond, près du gymnase. Je me gare et je jette un coup d'œil à Josh. Il n'a pas décoincé un mot depuis qu'il a parlé de beignets.

*

Quand je me glisse dans l'orchestre, M. Markowitz ne s'aperçoit même pas que je suis en retard. Il est trop occupé à régler la fanfare du Memorial Day de ce week-end avec les majorettes.

J'ai comme l'impression que Josh n'aura pas autant de chance avec son professeur principal, ce qui n'est pas pour me déplaire. Sa manière de se précipiter au téléphone ce matin m'a un peu agacée. Et je ne comprends pas pourquoi il ne m'a pas dit qui l'avait appelé. Quand j'ai contacté mon premier mari, je ne lui ai rien caché.

Enfin. Josh est libre de se confier à qui il veut. Moi, Kevin Storm m'attend. Le problème, c'est que ce sera dans quinze ans. Aujourd'hui, alors que Josh s'intéresse de plus en plus à Sydney Mills, je dois encore régler le cas de...

– Salut, Emma.

Graham.

Il me tapote la cuisse avec ses baguettes.

– Comment ça va ? me demande-t-il en se glissant sur la chaise vide à côté de moi. J'ai pensé que ça pourrait t'intéresser de savoir que mes parents s'en vont pour le week-end. Ça veut dire que la maison sera tout à moi.

– J'avais compris.

– Autrement dit, tu pourras venir sans qu'on soit dérangés.

Je fixe mes partitions. Hier soir, en réfléchissant à ma vie avec Kevin Storm, je me suis promis de mettre la situation au clair avec Graham.

– Ça te tente d'aller à ce feu de joie, vendredi soir ? propose-t-il. On pourrait finir la soirée chez moi.

Je repense à ce que Josh m'a dit ce matin. *Sortir tous les jours avec quelqu'un qu'on n'apprécie pas vraiment, c'est pas un peu pénible ?*

– Je ne peux pas faire ça.

Graham fait tournoyer l'une de ses baguettes entre ses doigts.

– Faire quoi ?

– Toi et moi. Ça ne peut plus continuer.

– Est-ce que c'est parce que Josh nous a vus l'autre jour ? Si tu veux, je peux lui parler.

– Non. (Je respire un grand coup.) Ça n'a rien à voir avec Josh. J'ai juste besoin de me retrouver seule un moment. Ce n'est pas ta faute, mais...

– D'accord. (Graham se passe la main sur son crâne chauve.) Je n'essaierai pas de te faire changer d'avis. On s'est toujours dit qu'on ne voulait pas que ça devienne trop sérieux entre nous.

Il me sourit tristement, puis me tend les bras comme s'il attendait un câlin. En me penchant vers lui, je remarque à quel point cette rupture ressemble à la façon dont j'ai plaqué Dylan, ou même Kyle. Contrairement à celles des autres, mes ruptures se passent toujours assez bien. Quand Josh et Rebecca Alvarez ont rompu, il a broyé du noir dans sa chambre pendant des semaines. Quand ma mère et Erik ont divorcé, elle a pleuré pendant un mois. Et quand Tyson a jeté Kellan…

Kellan !

Il faut que je parle de sa situation à Josh, et le plus vite possible. J'aurais dû le faire ce matin. Je ne peux pas garder pour moi une chose pareille.

*

Je repère Josh dans le couloir entre le troisième et le quatrième cours de la matinée. Je l'appelle, mais il ne m'entend pas. Il est en train de discuter avec une fille de première année. Ils rient. Ils me tournent le dos et s'en vont.

Je crie :

– Josh !

Mais il ne m'entend toujours pas. À moins qu'il m'ignore ? Un seul coup de fil de Sydney, et voilà le travail !

Je me dresse sur la pointe des pieds et je les regarde s'éloigner. Quelques pas plus loin, Josh allonge le bras et touche le dos de la fille. Ça lui ressemble si peu.

– Emma ? dit quelqu'un.

Je connais cette voix.

Je me retourne lentement. Cody Grainger s'avance à ma rencontre.

33://Josh

Parfois, une chanson entendue par hasard à la radio me catapulte carrément sur orbite. Même si j'effacerais volontiers le moment où Emma m'a surpris en slip, « *Walking on Sunshine* » m'a trotté dans la tête toute la matinée. Je l'entends dans les couloirs, en classe, et en saluant les copains devant les casiers.

Quand j'ai décroché ce matin, personne n'a répondu. Mais j'ai entendu Sydney qui disait : « Il a dû partir pour le lycée » avant de couper.

Elle m'a appelé de son téléphone portable ! Je ne l'ai pas encore vue, mais ce coup de fil illumine ma journée. J'ai l'impression de marcher dans la lumière du soleil : elle me pénètre par la plante des pieds, me chatouille les jambes, me remonte dans le torse, file jusqu'au bout de mes doigts... *and don't it feel* GOOD *!*

Cette lumière du soleil a aussi un effet magnétique. Toute la matinée, des gens avec qui je n'ai jamais échangé plus de trois mots se sont arrêtés pour me parler. Et les filles ! Entre les cours, j'en ai eu trois qui sont venues m'emboîter le pas, et pourtant j'ai de longues jambes.

Comme Anna Bloom, à l'instant. Après notre cours d'histoire, elle m'a rejoint à la porte. Je me suis retrouvé à l'accompagner à son cours suivant alors que j'ai EPS à l'autre bout du lycée.

– Si tu veux qu'on révise l'histoire ensemble, me dit-elle, passe-moi un coup de fil.

Elle m'écrit son numéro sur le coin de mon classeur.

Anna me sourit puis entre en classe. J'essaie de ne pas la reluquer mais c'est plus fort que moi. Elle est canon ! Puis je me retourne et je regarde dans le couloir. J'ai cru entendre quelqu'un m'appeler pendant que je discutais avec Anna. Il m'a semblé reconnaître la voix d'Emma.

Justement, elle est là, tout au bout du couloir, en train de parler avec...

Cody Grainger ?

Tant mieux pour elle, j'imagine. Cody est un parfait connard, mais si c'est ça qu'elle cherche...

34://Emma

Cody me sourit.

Il porte un T-shirt bleu foncé barré d'un gros DUKE. Tout le monde dans l'équipe sait qu'il a été accepté là-bas grâce à ses performances sportives. Comme d'habitude, il a l'air relax avec ses cheveux blonds hérissés, ses yeux bleus et sa mâchoire légèrement ombrée.

– Comment ça va ? me demande-t-il.

J'en ai les mains qui tremblent. Kellan trouve que je mets Cody sur un piédestal, mais il le mérite totalement.

– Super. (Je fais passer mes livres sur l'autre hanche.) Alors... c'est quoi ton prochain cours ?

– Photographie.

– Ça a l'air sympa. (Je tripote le *E* au bout de mon collier.) Moi, j'ai histoire-géo.

Un silence s'installe. Je me rappelle qu'un jour j'aurai une brillante carrière et un mari qui sauve des vies. Même si la présence de Cody me ramollit la cervelle, je tente de rassembler la confiance en moi que j'aurai un jour.

– Tu iras t'entraîner tout à l'heure ? dis-je. J'ai raté la séance d'hier.

Il hoche la tête.

– Ah, c'est pour ça que je t'ai vue courir dans le parc.

– Tu m'as vue ?

Je suis sortie courir peu après le départ de Josh. Je ne supportais plus de rester assise dans ma chambre, avec mon ordinateur juste à côté, sans pouvoir regarder Facebook parce que je l'avais promis à Josh. Du coup, j'ai fait un temps canon.

Mon meilleur chrono – j'ai même sprinté sur huit cents mètres.

– Tu étais craquante, dit Cody en se passant la main dans les cheveux. Je m'entraînais sur le circuit, et tu m'as dépassé. Je t'ai appelée mais tu ne m'as pas entendu.

– J'avais mon Discman.

Je ne peux m'empêcher de sourire. Cody m'a trouvée craquante !

– Qu'est-ce que tu écoutais ?

– Hier ? Oh, surtout Dave Matthews. Hottie and the Blowfish. Et Green Day, un peu.

– Green Day ? (Il hoche la tête d'un air approbateur.) « *Basket Case* », c'est la première chanson que j'ai apprise à la guitare.

– Tu joues de la guitare ?

Cody me raconte qu'il apprend tout seul, et je hoche la tête à tous les moments appropriés. Je suis tellement contente d'avoir largué Graham aujourd'hui.

– On devrait courir ensemble de temps en temps, me dit-il. Tu habites près du parc ?

Je sais que Cody vit du côté est, à environ dix minutes de chez moi. Plus précisément, il habite une maison à un étage entourée de lilas, avec une boîte aux lettres à rayures.

– Pas loin du terrain de jeu, dis-je.

– Chouette. Moi, je suis de l'autre côté du terrain de baseball.

– Je jouais là-bas en Little League.

– Moi aussi, me dit Cody. Eh, si tu aimes Dave Matthews, tu devrais venir chez moi un de ces jours. Je te ferai écouter un enregistrement pirate d'un de ses concerts dans le Vermont.

– D'accord. Avec plaisir !

Cody me touche l'épaule et me sourit.

– Bon ! À plus tard, alors.

En le regardant s'éloigner dans le couloir, je réalise que c'est encore une répercussion inattendue engendrée par Facebook. Si Josh ne m'avait pas plantée hier pour aller se poster devant son téléphone, je ne serais pas sortie courir, et Cody ne m'aurait pas vue et encore moins abordée aujourd'hui. Et non seulement abordée… mais carrément *invitée chez lui !* Je me demande si ça ne risque pas d'affecter mon futur avec Kevin, dont je ne sais encore rien pour l'instant.

Mais pour Cody, je suis prête à courir le risque.

35://Josh

Tyson et Kellan nous attendent déjà sous l'arbre. Je ne voudrais pas me faire des idées, mais c'est rare qu'ils arrivent avant moi. Et encore plus rare qu'ils arrivent *ensemble*.

– Salut, dis-je.

Kellan enfourne une frite dégoulinante de ketchup.

Je sors mes sandwichs au beurre de cacahuètes et à la confiture et je demande :

– Comment ça va ?

Tyson me sourit.

– Groovy.

Tyson n'emploie cette expression que quand il se sent exceptionnellement bien, par exemple après avoir réussi un kickflip sur son skate. Je décide d'ignorer les signes. Si Tyson et Kellan sont vraiment en train de se remettre ensemble, ils me le diront quand ils seront prêts. Par contre, devant Emma, ils ont intérêt à se montrer plus discrets, sinon elle va flipper.

– Eh bien, c'est groovy ! dis-je en riant.

Et je mords dans mon sandwich.

À en croire Emma, Kellan a très mal encaissé sa rupture avec Tyson parce qu'elle était beaucoup trop attachée à lui. Je pense plutôt que c'est dans sa personnalité. En tout cas, Emma l'a prévenue de se méfier de l'amour à partir de maintenant.

Kellan trempe une autre frite dans son ketchup.

– Vous voulez entendre la dernière ?

– Bien sûr, dit Tyson. Mais tu ne vas pas manger que des frites. (Il soulève la partie supérieure de son sandwich, en retire une tranche de jambon et la tend à Kellan.) Tiens, prends un peu de ma viande.

Je persiste à ignorer les signes.

– Je n'ai pas encore vu Emma, donc ça reste au conditionnel, prévient Kellan, en pliant la tranche de jambon avant de la glisser dans sa bouche, mais apparemment, elle aurait plaqué Graham ce matin, pendant l'orchestre.

Quoi ? Pourquoi je ne l'apprends que maintenant ?

Tyson prend une énorme bouchée de son sandwich.

– Tant mieux pour elle, grogne-t-il, la bouche pleine. Ce type me file des boutons. Vous avez vu ce qu'il a fait à ses cheveux ?

– Des boutons, hein ? (Kellan lui donne une tape sur le bras.) Tu es sûr que c'est pas plutôt la mayonnaise ?

Ce matin, quand j'ai abordé la question des relations avec Emma, elle ne m'a pas averti qu'elle avait l'intention de plaquer Graham. Si elle l'a fait à cause d'un truc qu'elle a lu sur Facebook, ça risque d'entraîner des répercussions incalculables. Nous étions censés discuter de ce genre de choses !

– Je ne sais pas si c'est vrai, continue Tyson, mais on m'a raconté que Graham et ses copains qui se rasent la tête tous ensemble, c'était une sorte de pacte gay. Tu étais au courant, Josh ?

Je m'étrangle avec un morceau de pain. Pourquoi serais-je censé m'y connaître en pactes gays ? Les larmes me montent aux yeux, et Kellan me tend son Sprite. Est-ce que tout le monde sait que mon frère est gay, même si personne ne m'en a jamais rien dit ? Je tousse et je suffoque. Tyson rit si fort qu'il doit prendre appui sur ses mains pour ne pas basculer en arrière.

– Ça va aller ? s'inquiète Kellan en se penchant vers moi. Hoche la tête si tu as besoin que je t'applique la méthode d'Heimlich.

J'essuie mes larmes.

– Non, c'est bon.

Kellan fusille Tyson du regard.

– C'est la chose la plus bête que tu as dite aujourd'hui. Quel rapport entre se raser la tête et le fait d'être gay ? Est-ce que tu es gay parce que vous vous êtes amusés à enflammer vos pets, Greg et toi ?

– Tu t'en souviens ? (Tyson grimace.) Oh, mince. Ne me dis pas que tu as encore cette cassette, Josh ?

– Je ne sais pas. Sûrement.

J'ai du mal à accepter que David soit gay. Je veux dire, il l'est forcément, parce que je ne vois pas comment un hétéro pourrait se retrouver en couple avec un dénommé Phillip. Mais ça m'oblige à reconsidérer tellement de choses que je croyais savoir à propos de mon frère. Par exemple, il ne nous a jamais présenté cette fille, avec laquelle il sortait au lycée. Cette Jessica… s'agissait-il d'un garçon ? Je me souviens que mes parents s'inquiétaient de les voir passer autant de temps ensemble. Ils lui avaient même dit qu'ils ne se sentaient pas prêts à avoir des petits-enfants.

– Graham n'est pas gay, dis-je.

Chaque fois que je prononce son nom, je revois sa main remonter sous le T-shirt d'Emma.

Kellan jette une frite à Tyson. Miraculeusement, il la gobe au vol.

– De toute façon, conclut-elle, je ne vois pas ce que ça peut te faire.

– Je m'en fiche, lui assure Tyson en mordant dans son sandwich. Mon père dit qu'Ellen DeGeneres est lesbienne, et on adore *Ellen*.

– Tu rigoles ? Elle n'est pas lesbienne, proteste Kellan.

– Qui n'est pas lesbienne ? demande Emma en nous rejoignant.

Kellan se frotte les mains et lui sourit.

– Alors, c'est vrai ? Tu t'es débarrassée de Machin ?

Emma se tourne aussitôt vers moi.

– Tu leur as... ?

– Je leur ai quoi ? (Et puis, j'éclate de rire. Elle s'imagine que je les ai mis au courant pour Jordan Jones Jr.) Elle parle de Graham. Il paraît que tu l'as jeté.

Emma sort son déjeuner, des brocolis et des carottes à la vapeur avec des petits morceaux de fromage.

– Il était grand temps, dit-elle.

Kellan propose une frite à Emma.

– S'il te faut des conseils de drague, tu devrais demander à monsieur Templeton ici présent.

Emma et moi échangeons un regard perplexe.

– Ne fais pas l'innocent, continue Kellan. Je t'ai vu parler à plein de filles dans les couloirs, aujourd'hui.

Tyson me donne une tape dans la main.

– Ça, c'est mon pote !

Emma ouvre un sachet de bretzels en riant.

– Oh, je ne suis pas sûre que Josh ait vraiment tout compris à la drague.

Je me hérisse.

– Ça veut dire quoi, au juste ?

Est-ce qu'elle parle de Sydney, et du fait que je suis au point mort avec elle ? J'espère que ce n'est pas une allusion au râteau que je me suis pris avec elle.

– Tu le sais très bien, dit Emma.

– Vous êtes toujours en train de vous moquer de moi, de me dire que je ne comprends rien aux filles, dis-je à Emma et Kellan, mais j'en sais peut-être plus que vous ne croyez.

– Tu voudrais bien, rétorque Emma. Mais en fait, tu n'as pas la moindre idée de ce que tu fais.

– Ah oui ? En tout cas, si tu veux des conseils sur la manière de faire fonctionner une vraie relation, tu sais où j'habite.

Tyson et Kellan échangent un regard mais ne disent pas un mot.

*

Le cours de Vie collective est sur le point de se terminer et je n'ai toujours pas adressé la parole à Sydney. Tout en tapotant mon pupitre avec mon crayon, je jette un coup d'œil désinvolte par-dessus mon épaule. Elle sourit en croisant mon regard, et je lui rends son sourire.

– Josh Templeton ?

Je me retourne. Mme Tuttle est en train de discuter avec Thomas Wu, un élève qui travaille comme assistant administratif. Mme Tuttle me montre du doigt, et Thomas s'avance vers moi entre les pupitres.

Il pose un papier bleu devant moi.

– Tu es convoqué à la vie scolaire, tout de suite après la classe.

Je jette un coup d'œil à l'horloge au-dessus du tableau noir. Le cours prend fin dans trois minutes. Dans trois minutes, j'aurais enfin pu discuter un peu avec Sydney. Et c'est raté !

Je range mon classeur dans mon sac à dos et je tire la fermeture Éclair. Quand la cloche sonne, je jette mon sac sur mon épaule. Derrière moi, j'entends un bruit de papier qu'on déchire. Je me retourne vers Sydney. Je voudrais lui souffler *Rappelle-moi*, mais ça aurait vraiment l'air trop pathétique.

Et puis Sydney se penche vers moi et me glisse un petit papier plié. Quand nos doigts se frôlent, ça me fait comme une décharge d'électricité dans tout le corps. Elle me sourit et passe devant moi, en me laissant fixer stupidement son papier.

En chemin, dans le couloir, j'avise Thomas Wu près de son casier. Je lui demande :

– Tu sais pourquoi je suis convoqué ?

– Tes parents veulent te voir, dit-il en brouillant la combinaison de son casier. Mais comme je ne suis pas censé écouter les conversations au téléphone, je ne t'ai rien dit.

C'est sûrement en rapport avec mon retard de ce matin. Bah, je m'en fiche : j'ai au creux de la main un petit message écrit spécialement pour moi par Sydney Mills.

Au bureau de la vie scolaire, je donne mon nom puis je m'assieds sur une chaise en plastique orange. Je déplie le billet de Sydney et je lis *Mon portable* suivi d'un numéro de téléphone.

– Tu es Josh, c'est ça ? me demande une fille en venant s'asseoir à côté de moi.

C'est une lycéenne brésilienne venue étudier chez nous dans le cadre d'un programme d'échange. Plutôt jolie, avec de longs cheveux noirs et de petites taches de rousseur sur le nez.

– C'est ça.

– J'ai vu quelques-uns de tes dessins sur les classeurs de mes copines. Tu es très doué.

Je lui souris.

– Je compte devenir graphiste, un jour.

– Je suis sûre que tu feras un malheur.

Finalement, il y a pire qu'une convocation à la vie scolaire.

36://Emma

La dernière sonnerie a retenti, je descends l'escalier pour me rendre à mon casier quand Kellan me dépasse comme une furie. Elle s'arrête au palier suivant, secoue les hanches et chante à tue-tête :

– *Cel-e-brate good times, COME ON!*

Je lance :

– On peut savoir ce qui te prend ?

Kellan continue à chanter, en fouettant l'air avec ses cheveux.

– *We're gonna celebrate and have a good time!*

Je suis son amie depuis suffisamment longtemps pour savoir que je vais avoir droit à la chanson complète. Pendant qu'elle chante et se déhanche, j'en profite pour la détailler de près. Elle porte une jupe en coton noir avec un T-shirt blanc, et son ventre est aussi plat que d'habitude. D'un autre côté, si elle vient de tomber enceinte, ça ne se voit pas encore.

Quand elle a enfin terminé son numéro, je lui demande :

– Tu veux fêter quoi, exactement ?

– Toi ! (Elle m'entraîne dans l'escalier.) Ta rupture avec Graham. Je n'ai pas eu l'occasion de te féliciter comme il convient au déjeuner. Alors, prête à célébrer l'événement et à t'offrir du bon temps ?

J'aimerais bien éprouver autant d'enthousiasme. D'accord, je suis soulagée que ce soit fini avec Graham. Et tout excitée à propos de Cody. Mais l'attitude de Josh à midi m'a un peu refroidie. Comme si le fait de connaître son avenir le changeait *maintenant*.

– Tu peux sécher l'entraînement aujourd'hui ? me demande Kellan.

– Il vaut mieux pas. J'ai déjà séché hier, alors…

Elle me donne un coup de hanche.

– Tu as juste envie de voir Cody transpirer et faire rouler ses muscles pendant que…

Je lui plaque ma main sur la bouche. Puis je m'approche et je lui chuchote :

– Cody m'a parlé ce matin dans le couloir. C'est lui qui a fait le premier pas.

Kellan repousse ma main. Même si elle le trouve imbu de lui-même, elle comprend tout à fait que je craque sur Cody. Normal, il est tellement beau !

– Qu'est-ce qu'il t'a dit ? me souffle-t-elle. Et qu'est-ce que tu as répondu ?

Me voilà sur le point de tout lui raconter, dans les moindres détails, alors qu'elle me cache tout ! Elle couche avec un garçon, ou elle est sur le point de le faire – si elle n'est pas déjà enceinte –, et elle ne m'en a pas encore parlé.

– Il m'a simplement dit bonjour.

Kellan a un sourire malicieux.

– Tu as réessayé ma théorie maritale ? As-tu toujours un chat sur le siège passager ?

– Ta théorie de l'accident de voiture, c'est ça ?

– La collision frontale.

Je me sens coupable d'appliquer la théorie de Kellan, sachant que je suis censée épouser Kevin Storm. Je n'ai trouvé aucune photo de lui sur Facebook, et ce n'est pas honnête d'imaginer quelqu'un d'autre dans ma voiture simplement parce que je n'ai aucune image mentale de lui.

– Et toi, tu vois toujours Tyson à côté de toi ?

Kellan se mord la lèvre, puis me dit :

– Tu es sûre de ne pas vouloir m'accompagner au lac aujourd'hui ?

Elle a éludé ma question. Tyson et elle se seraient-ils remis ensemble ? Il m'a semblé détecter certains signes, au déjeuner, sans aucune certitude. Si c'est le cas, c'est peut-être bien Tyson le père de Lindsay !

– Allez, dis oui, insiste Kellan. (Elle me touche le coude.) On s'est à peine vues cette semaine.

– Demain, si tu veux.

– Pas possible. J'ai mon cours universitaire.

Avec son étudiant mignon comme tout ! Voilà pourquoi elle ne raterait ce cours pour rien au monde. Et si c'était lui le père ? Est-ce qu'elle le raccompagne dans sa chambre après la classe ?

– D'accord, dis-je. Va pour le lac.

Kellan applaudit.

– C'est toi qui conduis. J'avais rendez-vous chez le médecin avant le lycée, alors je me suis fait déposer par ma mère.

Quoi ?

– Chez le médecin ?

C'est forcément en rapport avec sa grossesse. Kellan me dévisage, puis éclate de rire.

– Si tu voyais ta tête, tu es devenue toute blanche ! Je ne suis pas mourante, Em.

J'ai besoin d'une réponse.

– Alors dis-moi pourquoi tu devais voir le médecin.

– Juste un check-up. (Elle balaye mes inquiétudes d'un revers de main.) On fait un crochet par chez toi pour prendre des maillots ?

En passant devant la vie scolaire, Kellan me redonne un coup de hanche, et cette fois, je lui rends la politesse. Mais en jetant un coup d'œil par la vitre du bureau, je me fige. Josh est là, le dos tourné. Il y a une fille, penchée sur son épaule, qui le regarde dessiner dans son calepin.

– Il est en train de lui dessiner Pépé le putois, chuchote Kellan. On dirait que notre petit Josh a enfin appris deux ou trois trucs à propos des filles.

J'attrape Kellan par le bras et je l'entraîne.

– Si cette fille a envie d'un putois misogyne et obsédé sexuel dans son cahier, c'est son problème.

*

Dans l'escalier, chez moi, Kellan me demande si elle peut m'emprunter mon maillot de bain rouge.

– Tu devrais prendre ton bikini doré, me conseille-t-elle. Les mecs en sont dingues.

– Qu'est-ce que tu en sais ?

Kellan pousse la porte de ma chambre.

– Quand tu le portais au lac, la dernière fois, Josh n'arrêtait pas de te reluquer.

Je repense aussitôt à cette photo sur Facebook. *Le bon vieux temps*. Josh prétendait l'avoir prise par accident. Eh bien, s'il me reluquait à l'époque, il a définitivement tourné la page depuis. Avec la moitié des filles du lycée qui lui courent après, et son futur mariage avec Sydney Mills.

Je trouve *Dookie* de Green Day dans ma tour de CD, je le glisse dans ma chaîne stéréo et j'avance jusqu'à « *When I Come Around* ». J'ai toujours aimé cette chanson, et Cody m'a mise dans l'humeur adéquate pour l'écouter.

– C'est ton nouvel ordi ? s'exclame Kellan en dégrafant son soutien-gorge sous son T-shirt. Vise un peu la taille de l'écran !

Je me demande ce qui se passerait si je lui montrais Facebook. Elle a dit que le voyage dans le temps ne la tentait pas, mais si elle pouvait juste jeter un coup d'œil sur son avenir... sur

Lindsay ? Son moi futur aurait-il envie qu'elle sache ? Et le mien ? Et celui de Josh ?

Se souviennent-ils de cette semaine de mai, quand nous avons découvert un moyen de lire Facebook ? Peut-être qu'avec leurs commentaires, ils nous adressent des messages codés, afin de nous orienter vers des choix différents. Peut-être que la future Kellan sait qu'elle sera dans ma chambre aujourd'hui, penchée sur mon ordinateur. Peut-être qu'elle a formulé ses commentaires de manière à indiquer si la Kellan de dix-sept ans doit savoir ou non, pour son bébé.

– Je peux consulter ma boîte mail ? me demande Kellan en tendant la main pour allumer l'ordinateur.

Ou peut-être que Josh et moi sommes les seuls censés être au courant.

Peut-être que le temps nous fera tout oublier, parce que sinon, ça risquerait de créer une grosse déchirure dans la trame de l'univers.

Je repousse la main de Kellan.

– Non !

Elle s'écarte, l'air perplexe.

– Je ne vais pas le casser. C'est moi qui t'ai appris à surfer sur Internet, tu te rappelles ?

– C'est juste que Martin risque de rentrer de bonne heure. Ma mère et lui trouvent que je passe un peu trop de temps en ligne.

Je ne peux pas mettre Kellan dans la confidence. Je jette nos maillots et deux paires de tongs dans un sac de plage et j'envoie Kellan en bas, nous chercher des serviettes.

37://Josh

Papa décroche son téléphone et appelle Maman. Comme son bureau est à deux portes, j'entends la sonnerie.

– Il est là, dit Papa dans le combiné.

Le bureau de mon père n'a pas changé depuis la dernière fois que je suis venu. Il est toujours aussi triste. Certains amis de mes parents enseignent l'histoire, et leurs bureaux sont ornés de posters avec des formules chocs du genre *Ceux qui oublient le passé sont condamnés à le répéter* ou *L'histoire est rédigée par les vainqueurs*. Dans celui de Papa, le seul ornement mural est la photo en noir et blanc d'un sociologue chauve en train d'examiner ses lunettes.

Maman referme la porte derrière elle et s'assied dans le fauteuil à côté du mien.

– Pourquoi étais-tu en retard au lycée ce matin ? me demande Papa.

Je savais que ça me retomberait dessus. Quand je suis arrivé avec Emma, j'avais dix minutes de retard. J'espérais que le lycée se contenterait d'un message sur le répondeur familial et que je pourrais l'effacer avant le retour de mes parents. Mais apparemment, leurs numéros de travail se trouvent en tête de ma liste de contacts.

– Nous te laissons beaucoup de liberté, me dit Maman. Nous ne t'obligeons pas à prendre le bus, mais nous attendons de toi que tu sois ponctuel.

– Je sais que tu n'as pas fait la grasse matinée, continue Papa. J'ai entendu de la musique dans ta chambre en partant.

– Je suis venu avec Emma, dis-je. On a perdu la notion du temps. Ça n'arrivera plus.

Papa tambourine avec les doigts sur son bureau.

– Vous n'aviez pas l'heure ?

– Pourquoi avez-vous perdu la notion du temps ? veut savoir Maman. Est-ce qu'Emma est venue à la maison ? Dans ta chambre ?

David m'a mis en garde contre ça. Avant de partir pour l'université, il m'a prévenu que nos parents pouvaient se montrer lourdement protecteurs pour ce qui concerne le sexe opposé. Sauf que, dans son cas, ce n'était pas du sexe opposé qu'ils auraient dû s'inquiéter.

– Non, elle n'a pas mis les pieds dans ma chambre.

Ce n'est pas tout à fait un mensonge ; je ne crois pas qu'Emma ait passé le seuil quand elle a éclaté de rire devant mon slip kangourou.

– Est-ce que vous étiez dans *sa* chambre ? demande Maman.

Je ne devrais pas avoir à répondre à cette question. Je ne leur ai jamais donné la moindre raison de se méfier de moi. Pourtant, ils se comportent comme si je devais leur rendre compte de tout.

– Au cas où vous ne l'auriez pas remarqué, je ne suis plus un petit garçon. Je suis assez grand pour traverser la rue tout seul.

– Exact, reconnaît Papa. D'ailleurs, quand tu étais petit, nous te laissions dormir avec Emma. La différence, c'est justement que tu n'es plus un petit garçon.

– Tu es un adolescent maintenant, précise Maman.

– Ah bon ? Waouh.

Papa se penche en avant.

– Pourquoi êtes-vous arrivés en retard tous les deux ?

Je m'enfonce dans mon fauteuil et je ris.

– Vous voulez savoir si on a couché ensemble, c'est ça ?

Papa prend un air pincé.

– Ce n'est pas ce que j'ai dit.

Maman porte la main à son cœur.

– C'est le cas ?

Je me lève et je jette mon sac à dos sur l'épaule.

– Non, on n'a pas couché ensemble. Et je vous le dis uniquement pour vous éviter une crise cardiaque. Mais je trouve que vous avez beaucoup d'imagination pour quelques minutes de retard.

– David n'était jamais en retard au lycée, dit Papa.

Je hausse le ton :

– N'empêche, il a quand même choisi une université à plus de trois mille kilomètres de Lake Forest !

Maman et Papa échangent un regard. Il n'y a rien à ajouter. Je ramasse mon skate et je m'en vais.

*

L'homme au chapeau en papier blanc me tend mon cornet à deux boules de rocky road – crème glacée au chocolat, éclats de noix et marshmallows, un régal. Je laisse une pièce de vingt-cinq cents dans l'assiette des pourboires et je glisse le reste de ma monnaie dans ma poche. Puis je sors avec mon skate pour m'asseoir sur un banc public, en léchant le pourtour de ma glace.

J'appréhende un peu de revoir mes parents ce soir. Même si ce sont eux qui ont amené David dans la conversation, je n'avais pas à laisser entendre qu'il avait déménagé à Seattle pour s'éloigner d'eux. Je ne sais même pas si c'est vrai.

De l'autre côté de la grande rue à quatre voies, il y a un petit centre commercial avec une librairie de bandes dessinées, un salon de coiffure et un magasin de musique. Une décapotable blanche s'engage dans le parking.

C'est Sydney ! Elle s'examine dans le rétroviseur et ramène ses cheveux en queue-de-cheval pendant que la capote se relève automatiquement.

J'ai son numéro dans ma poche, griffonné sur un bout de papier. Elle a probablement son portable sur elle. Dans mon autre poche, j'ai suffisamment de monnaie pour passer un coup de fil. Et il y a une cabine téléphonique juste à côté.

Non, ce serait ridicule.

Je m'essuie les lèvres avec le dos de la main. Si j'appelle Sydney et que je lui dis que je la vois d'où je suis, elle s'imaginera que je l'ai suivie. En plus, si elle joue à se faire désirer, comme le pense Emma, elle ne répondra pas. Elle attendra de voir quel genre de message je laisse. Le problème, c'est que je n'ai pas la moindre idée de ce que je pourrais lui dire.

Sydney passe devant le salon de coiffure et pousse la porte de la librairie. Elle aime la bande dessinée ? C'est chouette !

Elle m'a donné son numéro pour que je l'appelle, seulement, mais n'est-ce pas un peu tôt ? Je risque de tout gâcher en précipitant les choses. Si nous sommes vraiment destinés à être ensemble, il faut que notre rencontre se fasse naturellement. Je grimpe sur ma planche et je m'éloigne tranquillement tout en léchant ma glace.

Et si j'étais en train de me dégonfler, tout simplement ?

Au premier carrefour, je fléchis les genoux et je tourne à droite.

Pour rentrer chez moi, c'était tout droit.

38://Emma

– Je ne comprends pas pourquoi je devrais absolument prendre de la crème glacée, proteste Kellan en consultant le menu au-dessus du stand. J'ai envie d'un granité.

– Parce que c'est moi qui paie. (Je soulève mes lunettes de soleil pour mieux lire les parfums.) En plus, la crème glacée est meilleure pour la santé.

– Qu'est-ce que c'est que cette histoire ?

– C'est plein de calcium, dis-je.

Quand ma belle-mère était enceinte, elle se plaignait toujours de manquer de calcium.

– Alors jeunes filles, ce sera quoi ? nous demande la serveuse.

– Je vais prendre fraise, dis-je en attrapant des serviettes en papier, avec du vermicelle multicolore.

Kellan se tourne vers moi.

– S'il te plaît, s'il te plaît. Un granité ?

Je secoue la tête.

– D'accord, capitule-t-elle. Alors parfum cookies pour moi.

Pendant que la serveuse se penche sur les bacs de glace, Kellan dit :

– Je ne sais pas ce que vous avez tous, à vouloir contrôler ce que je mange. D'abord Tyson, et maintenant toi.

Je hausse les sourcils.

– Depuis quand es-tu en assez bons termes avec Tyson pour discuter avec lui de ce que tu peux manger ?

Kellan balaye ma question d'un revers de main.

– On a toujours été en bons termes.

– Tu as déjà oublié à quel point il t'agace ? Ou ces deux semaines pendant lesquelles tu as raté les cours à cause de lui ?

Kellan s'empare de sa glace aux cookies.

– Tu sais que l'amour et la haine partagent les mêmes terminaisons nerveuses dans le cerveau ?

– Ne me dis pas que tu es *retombée* amoureuse de lui ?

– Je n'ai pas dit ça. Je me contente d'énoncer un fait.

Nous partons sur la plage en léchant nos glaces.

– J'ai l'impression que tu me caches des trucs, dis-je.

– Comme quoi ? demande Kellan.

Je contourne des gamins en train de construire un château de sable. Ils remplissent les douves avec un seau d'eau et je me demande si ce soir, Kevin Storm et moi aurons toujours deux garçons.

– Tu ne m'as toujours pas dit pourquoi tu es allée chez le médecin aujourd'hui.

– Je sais, reconnaît Kellan. C'est juste que ça me fait bizarre d'en parler.

– Si je te le demande, c'est que je tiens à toi.

Kellan lèche la glace qui coulait sur le cône.

– En fait, je suis retournée chez cette thérapeute qui m'a suivie après ma rupture avec Tyson. Je ne l'avais pas vue depuis des mois, c'était une simple visite de contrôle.

– D'accord. Tant mieux. Je te remercie de me l'avoir dit.

Nous nous asseyons sur nos serviettes et finissons nos glaces en silence. Maintenant que le mystère de sa visite chez le médecin est résolu, il y a un deuxième point que nous devons aborder. Je me creuse la cervelle à la recherche d'un angle d'attaque crédible.

– Je suis passée chez l'infirmière du lycée tout à l'heure dis-je, et tu ne croiras jamais ce que j'ai vu.

– Qu'est-ce que tu faisais là-bas ? me demande Kellan.

– Oh, je m'étais coupée sur un pupitre, à l'orchestre. Rien de grave. Bref, une fille s'est amenée pour demander un préservatif. Tu savais que l'infirmerie distribue des préservatifs gratuits ?

– On a été en Santé ensemble, me rappelle Kellan. J'étais là pour le cours sur les préservatifs.

– Oh, c'est vrai.

– Alors, c'était qui ?

– Comment ça, qui ?

– La fille qui voulait un préservatif.

– Une fille de dernière année. Je ne connais pas son nom.

– Si j'avais besoin d'un préservatif, dit Kellan, je n'irais pas le chercher au lycée. Je n'aurais pas envie que l'infirmière soit au courant de mes petites affaires.

Je m'engouffre aussitôt dans la brèche.

– Ah oui, et tu ferais comment ?

Elle réfléchit à la question mais ne répond pas. À sa façon de remuer sur sa serviette, je comprends que je suis sur le point de la perdre.

– Je peux te confier un secret ? dis-je. Mais il ne faudra le répéter à personne.

Kellan se trace une croix sur le cœur.

– L'été dernier, quand le frère de Josh est venu pendant les vacances, Josh m'a dit qu'il lui avait piqué un préservatif dans sa trousse de toilette. Depuis, il le garde dans son portefeuille, au cas où.

Kellan plisse le nez.

– Pourquoi les garçons se sentent-ils obligés d'avoir un vieux préservatif tout froissé dans leur portefeuille ? Quand vient le moment de s'en servir, soit il a dépassé la date limite, soit il est percé.

Je m'en veux d'avoir vendu Josh de cette manière, même s'il m'a sérieusement horripilée aujourd'hui. C'était pour la bonne cause, je voulais rappeler à Kellan d'avoir en permanence un préservatif à portée de main, mais ce n'est pas le genre d'anecdote que Josh voudrait voir circuler.

*

Kellan est partie nager et je suis assise sur ma serviette, cachée derrière mes lunettes de soleil. De l'autre côté du lac, à six cents mètres environ, se dresse une immense maison avec une vaste véranda tout autour, un gazon impeccable et un ponton où sont amarrés deux kayaks.

Je reconnais cette maison, je l'ai déjà vue sur la page Facebook de Josh. Un jour, Sydney et lui habiteront là. Ils feront des sorties sur le lac et organiseront des barbecues. Leurs enfants grandiront dans le luxe et les privilèges, et peu à peu Josh se fera aspirer par ce monde, lui aussi.

– Me revoilà ! claironne Kellan.

Elle secoue sa serviette pour enlever le sable et l'enroule autour de sa taille.

Je ramène les genoux contre ma poitrine et j'indique l'autre côté du lac.

– Tu sais qui habite dans cette maison ?

– Celle avec la grande véranda ? demande-t-elle en mettant sa main en visière. Pas quelqu'un du lycée, en tout cas.

– Tu crois que la famille de Sydney pourrait s'offrir une maison pareille ?

– Sydney Mills ? (Kellan s'assied à côté de moi et dévisse la capsule de sa bouteille de Sprite.) Pourquoi est-ce que son nom revient sans arrêt dans la conversation ces derniers temps ?

Je secoue la tête.

– Je crois que Josh a un petit faible pour elle.

– Je pensais que tu disais ça pour rigoler, l'autre jour, dit Kellan. J'adore Josh mais il ne joue pas vraiment dans la même cour. Il lui a déjà parlé, au moins ?

– En fait, c'est elle qui m'a adressé mon tout premier message instantané, dis-je en appuyant le menton sur mes genoux. Pour me demander son numéro de téléphone.

Kellan en recrache sa gorgée de Sprite sur ses jambes.

– Et elle l'a appelé ?

– Je sais que c'est moi qui ai mis ça sur le tapis, mais ça ne t'ennuie pas si on parle d'autre chose ?

– D'accord, dit Kellan. Il faut quand même que je te dise un truc.

Mon cœur s'emballe. Va-t-elle enfin reconnaître qu'elle couche avec un garçon ? Si oui, je vais devoir prendre une grande décision. Soit lui raconter ce que j'ai lu sur Facebook, soit la secouer par les épaules et lui dire qu'elle a drôlement intérêt à se protéger.

– J'ai pas mal réfléchi à Josh et toi, commence-t-elle.

J'enfouis mes pieds dans le sable. Ce n'est pas ce que j'attendais.

– Je sais que la situation est un peu tendue entre vous depuis cet automne, continue-t-elle. Mais cette semaine, j'ai eu l'impression que… c'était différent.

– Comment ça ?

– Comme si vous étiez réconciliés sauf qu'aujourd'hui, au déjeuner, vous étiez de nouveau sur la défensive.

Je remue les orteils pour les faire émerger du sable.

– Je vais formuler ça plus clairement, dit Kellan. Maintenant que c'est terminé avec Graham, est-ce que tu crois que… tu sais… ?

– Hein ?

– Je suis sérieuse.

Je glapis :

– Non ! Josh, c'est… *Josh.*

– Parce que pas mal de filles sont en train de s'apercevoir que c'est vraiment un garçon adorable. Comme celle qu'on a vue au bureau de la vie scolaire. Et maintenant, tu me dis que Sydney Mills t'a demandé son numéro de téléphone. (Kellan débouche encore une fois sa bouteille de Sprite.) Alors, au cas où tu te demanderais comment ça pourrait être avec Josh si vous étiez plus que des amis, je te conseille de te bouger, et vite, avant qu'il ne soit trop tard.

Pendant que Kellan boit, je fixe la future maison de Josh de l'autre côté du lac.

Au bout d'une minute, je me force à détourner les yeux.

39://Josh

Je passe en skate devant une maison jaune avec un pneu-balançoire sur le devant. Un chihuahua traverse la pelouse à fond de train et me poursuit en jappant. Si je ralentis dans le prochain virage, il me rattrapera. Je n'ai pas peur qu'il me mordille les chevilles, mais sa petite tête osseuse a juste la taille d'une de mes roulettes et je n'ai pas envie de l'écraser.

J'ai pratiquement fini ma glace maintenant. Je jette le cône au chien. Il se brise sur le trottoir, et pendant que le chien s'arrête pour en grignoter un morceau, je tourne le coin et je continue en direction du carrefour. De l'autre côté de la rue, la décapotable de Sydney est toujours dans le parking, sans personne à l'intérieur.

Je m'arrête à un lampadaire auquel je m'accroche avec le bras. Le feu passe au rouge. Je pourrais facilement traverser ; quand Sydney sortirait de la boutique de bandes dessinées, je pourrais l'attendre à côté de sa voiture.

Au lieu de quoi, je roule jusqu'à un distributeur de boissons et je m'achète une cannette de root beer.

*

À ma deuxième root beer, et à mon quatrième tour du pâté de maisons, mon taux de sucre dans le sang me donne des palpitations. En abordant le dernier virage, je décide que si je vois Sydney marcher vers sa voiture j'irai lui dire bonjour. Si elle est déjà partie, je filerai jusqu'aux toilettes publiques les plus proches.

Quand j'arrive en vue du parking, sa voiture s'engage dans la rue.

C'est le moment de se décider !

Je roule à fond vers la cabine téléphonique, puis je frappe du pied la queue de mon skate pour le retourner ventre à l'air. Je décroche le combiné et je compose le numéro de Sydney d'une main tremblante.

Ça sonne !

Elle s'arrête au feu rouge. Je la vois ramener son sac à main sur ses genoux.

Réponds !

Elle porte son téléphone à son oreille.

– Allô ?

Le feu passe au vert, et sa voiture s'engage dans le carrefour.

– Sydney ! (J'ai beaucoup trop de sucre dans le sang.) C'est Josh. Je crois que… Est-ce que tu… ?

– Josh *Templeton* ?

– Tu es en train de conduire ? Parce que j'étais assis là, à manger une glace, et je crois que je viens de te voir passer.

Je la regarde se rapprocher du trottoir.

– Où es-tu ? Je ne savais pas que tu avais un portable.

– Gare-toi, lui dis-je. J'arrive.

– D'accord, dit-elle en mettant son clignotant.

Je raccroche, je saute sur mon skate et je traverse la rue vers sa voiture.

La vitre côté passager est baissée, et je pose les coudes sur la portière. Elle me sourit et dénoue sa queue-de-cheval. Ses cheveux tombent en cascade sur son chemisier en soie bleue.

– Tu habites près d'ici ? me demande-t-elle.

J'indique le marchand de glaces d'un coup de menton.

– Non, mais j'avais une envie irrésistible de rocky road.

– J'*adore* la glace, m'avoue-t-elle. Où vas-tu ? Je peux t'emmener ?

– Oh, je rentre chez moi, dis-je. J'habite à côté du terrain de jeu, à Wagner Park.

Sydney jette un coup d'œil à sa montre.

– Il faut que je sois revenue dans vingt minutes, mais ça nous donne largement le temps.

C'est la première fois que je monte dans la décapotable d'une jolie fille. J'envisage un instant de sauter par-dessus la portière, mais la raison finit par l'emporter. Je glisse mon skate à l'arrière pendant que Sydney met son clignotant et s'engage dans le trafic.

– Mets ton sac derrière, me suggère-t-elle en réglant son rétroviseur. Je sais qu'on n'a pas beaucoup de place pour les jambes.

Avant de passer par le bureau de Papa, je me suis acheté trois caleçons. Ce n'est pas tellement que j'aie peur de voir Sydney fouiller dans mon sac et tomber sur mes sous-vêtements, mais jusqu'à ce qu'elle en parle, je ne m'étais pas rendu compte que je le tenais contre moi.

– Où faut-il que tu sois dans vingt minutes ? dis-je, en priant pour qu'elle ne me balance pas un nom de garçon à la figure.

– Chez moi, répond-elle.

Ouf !

– Quelqu'un doit passer nous montrer des diapos pour nous présenter des multipropriétés, m'explique-t-elle. Mes parents ne sont pas emballés mais on leur met la pression, mes sœurs et moi. En plus, si on assiste à la présentation jusqu'au bout, on gagne une carte cadeau pour l'*Olive Garden*.

– J'adore leurs gressins.

Sydney me sourit.

– Moi aussi.

Elle est tellement belle. Elle est *à tomber*. De son visage parfait à sa peau bien bronzée, en passant par ses cheveux lustrés. Elle porte une jupe qui dévoile des jambes incroyablement lisses. Par quel miracle est-ce que je me retrouve dans sa voiture ?

Devant moi, il y a un sac en plastique de chez *Comix Relief*. Je le repousse du pied pour éviter de marcher dessus.

– Je les ai achetées pour mon père, me dit-elle. C'est son anniversaire ce week-end, alors je lui ai pris quelques-uns de ses numéros préférés d'*Archie*.

– J'étais un grand fan d'*Archie*.

Elle rit.

– Je m'en serais doutée.

– Pourquoi ? Parce qu'il a les cheveux roux comme moi ?

– Je n'y avais même pas pensé. En fait, je suis sûre que tous les garçons vénèrent Archie en secret. Un type ordinaire, avec deux filles superbes qui se battent pour lui... C'est votre fantasme à tous, non ?

Une fille superbe me suffirait amplement.

– Les petits amis de mes deux sœurs font collection de bandes dessinées, continue-t-elle. Des fois, mon père les accompagne à une convention, mais ils s'intéressent surtout aux histoires de mutants et de super-héros. Personnellement, je préfère les garçons qui apprécient *Archie*.

C'est vraiment la fille de son père. Je trouve ça plutôt mignon. Je me demande s'ils continueront à fréquenter les conventions de bandes dessinées quand je ferai partie de la famille. Je n'aime pas trop ça, mais je les accompagnerai volontiers.

À l'arrêt au feu rouge, Sydney se tourne vers moi.

– Merci pour ce que tu as dit en classe, l'autre jour, à propos de la considération.

Je grommelle :

– Le savoir-vivre.

Elle hoche la tête et appuie en douceur sur l'accélérateur.

– Je sais que tu ne faisais qu'exprimer ton avis, mais en un sens, ça a donné l'impression que tu prenais ma défense. Alors merci.

– Pas de problème.

Elle sourit et ramène une mèche de cheveux derrière son oreille.

– Je suis tout excitée par ces logements en temps partagé. Ça te permet de passer plusieurs semaines par an dans les coins les plus fabuleux du monde. Tu connais Acapulco ? On y est allés en février, c'est magnifique.

Acapulco ? C'est là que nous irons, elle et moi, à l'avenir. La présentation qui l'attend concerne-t-elle la multipropriété de nos futures vacances ?

– Et Waikiki, dis-je, est-ce que tu connais ? J'ai toujours rêvé d'y aller.

Sydney me dévisage avec des yeux ronds.

– Il y a des multipropriétés à Waikiki ? Cette fois c'est bon, il faut vraiment que j'arrive à convaincre mes parents. En plus, certains appartements sont immenses, de quoi faire une grande réunion de famille chaque fois qu'on y va.

Waikiki. Acapulco. Quand je lisais que nous partions en vacances, je nous imaginais seuls, à siroter des cocktails aux fruits et à faire l'amour dans des endroits exotiques. Alors qu'en fait nos séjours risquent plutôt de se dérouler dans une grande maison, en compagnie de toute sa famille. Remarquez, ça ne me dérange pas. Tant qu'on nous laisse en tête à tête de temps à autre, je signe.

Devant nous, la route enjambe la voie ferrée.

– Tu sais ce qu'on fait quand on passe sur une voie ferrée ? me demande Sydney.

– Bien sûr !

Quand la voiture rebondit au-dessus des rails, nous décollons les pieds du plancher.

Je crie :

– Yiii-ooo-hoooo !

Sydney rit.

– Youhou ?

– Quoi ? dis-je en rougissant. C'était pas ça ?

– Pas exactement, répond Sydney en souriant. Je pensais plutôt à faire un vœu.

J'hésite à lui demander ce qu'elle a fait comme vœu, mais je ne suis pas sûr de vouloir le savoir. Ou peut-être que si, mais si elle me le dit, ça ne se réalisera pas.

40://Emma

Après avoir raccompagné Kellan, je longe Wagner Park côté est, pour rentrer chez moi.

Si Kellan dit qu'elle n'a pas besoin de préservatifs, c'est qu'elle n'envisage pas du tout de coucher avec un garçon dans un avenir proche. Une fois à la maison, il faudra que je raconte tout à Josh pour discuter de ce qu'on doit faire. J'espère seulement qu'il sera redescendu de son petit nuage.

Après le feu, je tourne dans la transversale en direction de chez moi. Une décapotable blanche est garée dans le virage devant la maison de Josh. C'est la voiture de Sydney ! Et Josh est assis à côté d'elle.

En les dépassant avant de m'engager dans mon allée, je crois entendre la voix de Sydney demander : « Ce ne serait pas Emma Nelson ? » Je parie que Josh ne lui dira pas que nous sommes amis d'enfance. Et cette omission sera la première pierre du mur qu'il compte construire autour de sa précieuse vie avec Sydney.

J'attrape les maillots et les serviettes sur la banquette arrière, puis je sors de ma voiture, en claquant la portière beaucoup plus fort que je n'en avais l'intention.

*

Dans ma chambre, je jette un coup d'œil par la fenêtre. La décapotable de Sydney est toujours là. Je ne sais pas ce que lui raconte Josh mais elle n'arrête pas de s'esclaffer. À croire que c'est le garçon le plus amusant du monde.

Je me débarrasse de mes vêtements pleins de sable, je les jette dans le panier à linge sale, et j'enfile mon peignoir. Quand Josh arrivera, j'ai l'intention de me jeter sur Facebook pour vérifier l'impact des événements d'aujourd'hui sur nos avenirs respectifs. Je parie qu'il viendra frapper chez moi dès que Sydney aura le dos tourné.

Pour ne pas perdre de temps, je me connecte à AOL. Pendant que mon ordinateur émet les grésillements et crachotements habituels, je retourne à la fenêtre.

Sydney se penche pour embrasser Josh sur la joue, puis Josh descend de sa voiture. Alors qu'elle s'éloigne, Josh la salue en agitant deux doigts. *Ça*, ça m'agace. Je retourne devant mon ordinateur. S'il a l'intention d'aller plus loin avec Sydney, je ne vois pas pourquoi je continuerais à respecter ma part de notre marché.

J'entre mon adresse e-mail et mon mot de passe pour me connecter à Facebook.

Emma Nelson Storm
Qu'est-ce qu'une biologiste marine peut bien fabriquer à Colombus, Ohio, de toute manière ?
J'aime • Commenter • Il y a 4 heures

Ma vie a l'air plus ou moins la même qu'hier. Je suis tentée de consulter la page de Kellan, ou celle de Josh, mais je vais attendre qu'il arrive. C'est ce que font les amis, non ? Ils tiennent parole.

Je fais pivoter mon fauteuil. *Mais qu'est-ce qu'il fiche ?*

Finalement, je n'y tiens plus. Je trouve Kellan dans ma colonne d'*Amis* et je clique sur son nom.

Kellan Steiner
Lindsay et moi sommes en train de déguster des boulettes suédoises à Ikea. Elle a promis de m'accompagner voir les Rolling Stones dans leur tournée du cinquantenaire. Ma fille, c'est la meilleure.
J'aime • Commenter • 19 mai, 15:03

Lindsay est toujours là ! D'accord, cette fois il va vraiment falloir que je parle à Josh.

Je regarde par la fenêtre. Josh est assis sur sa pelouse, face au parc. Je reviens sur ma page Facebook, je noue la ceinture de mon peignoir, et je dévale l'escalier.

41://Josh

Une brise légère passe au-dessus des arbres du parc et l'air commence à se rafraîchir. Je coince un brin d'herbe entre les pouces et je souffle dessus. M'asseoir dans l'herbe et siffler comme ça m'a toujours apaisé, même si ça ne manque jamais d'agacer Emma. Ces derniers temps, il est devenu beaucoup trop facile d'agacer Emma.

Quand elle est rentrée tout à l'heure, elle nous a snobés, Sydney et moi. Non pas que je m'attendais à ce qu'elle nous rejoigne, mais elle aurait au moins pu nous adresser un petit signe de la main. Ç'aurait été moins grossier. Pour lui accorder le bénéfice du doute, je vais considérer qu'elle n'a pas voulu interrompre notre conversation.

*

– Josh !

Emma vient droit sur moi, les bras croisés contre la poitrine. Elle a l'air furieuse, chose un peu ridicule quand on est pieds nus et qu'on n'a qu'un peignoir blanc sur le dos.

– Salut, dis-je.

– Salut ? (Emma me toise d'un œil noir.) Je t'attends depuis que je suis rentrée. On a ce truc qui s'appelle Facebook, tu te souviens... ?

– Désolé. Je ne savais pas...

Je porte le brin d'herbe à mes lèvres et je souffle.

– Arrête ça !

Je me mords les joues pour m'empêcher de sourire.

– Tu as vu qui m'a déposé ?

Emma enfonce les mains dans les grandes poches de son peignoir.

– Il s'est passé pas mal de choses aujourd'hui... pour tous les deux. Je crois qu'on devrait vérifier si tout ça n'a rien changé.

Elle a raison. Elle a plaqué Graham puis discuté avec Cody dans le couloir. Anna Bloom a laissé son numéro de téléphone sur un coin de mon classeur. Sydney Mills m'a reconduit chez moi. Néanmoins, même si je suis curieux de savoir en quoi tout ça a pu affecter l'avenir d'Emma, je suis plus nerveux à propos du mien.

J'attrape mon sac à dos et, d'un coup de pied, je fais sauter mon skate dans ma main.

– Je veux bien qu'on vérifie ton avenir, dis-je en suivant Emma, mais pas le mien.

– Pas le tien ? (Emma me jette un coup d'œil par-dessus son épaule.) Tu n'as pas envie de connaître l'impact sur ton avenir de cette petite virée en décapotable ?

Le mobile accroché sous son porche tinte bruyamment dans la brise.

– Je ne vois pas ce que le fait que Sydney me raccompagne a pu changer, dis-je.

Je laisse mon skate en appui contre la balustrade.

Emma incline la tête et me regarde droit dans les yeux. Elle ne dit pas un mot, mais le message est clair : *On verra bien.*

*

En arrivant dans sa chambre, Emma attrape des habits de rechange et disparaît dans le couloir. Elle revient une minute plus tard vêtue d'un short blanc et d'un T-shirt rouge à col en V.

Ses boucles flottent autour de son visage et de son cou, mais ses épaules sont raidies par la tension.

Je pose mon sac à dos au pied du lit.

– Pourquoi t'étais en peignoir tout à l'heure ? dis-je.

Emma s'assied à son ordinateur en me tournant le dos.

– Parce que j'étais sur le point de prendre une douche. Je suis allée au lac avec Kellan. Elle avait besoin de parler. Alors, comme je suis une véritable amie, je l'ai accompagnée.

Serait-elle en train d'insinuer que je ne suis pas un véritable ami ?

– Désolé, dis-je. Je ne me souviens pas que tu m'aies dit que tu avais besoin de parler.

– J'ai essayé de te parler toute la journée ! s'emporte Emma. Mais quand tu n'étais pas en train de draguer des inconnues, tu me faisais des reproches au déjeuner.

Emma est mal placée pour me faire la leçon en matière de drague. Mais elle n'a pas tort. Je ne lui ai même pas demandé comment elle allait. Alors que nous essayons tous les deux de comprendre ce qui nous arrive, je ne me suis occupé que de ma propre vie.

Je me tiens à côté d'Emma pendant qu'elle clique sur *Amis*. Elle fait défiler une colonne de photos puis ralentit en arrivant aux noms en C. Elle pousse un gros soupir en constatant que *Cindy Freeburg* est suivie de *Corbin Holbrook*, qui que soient ces gens. Pas besoin d'être un génie pour deviner qui elle espérait trouver entre les deux.

J'annonce à Emma que je vais aux toilettes. Mes root beers se rappellent à moi, et je ne suis pas d'humeur à l'entendre gémir sur son avenir sans Cody Grainger.

Comme la salle de bains du bas est en rénovation, je traverse la chambre de sa mère et de Martin. Je n'y étais plus retourné depuis l'école primaire. Je m'étais sans doute pris une écharde ou coupé en escaladant un grillage à l'époque. C'est là que les parents d'Emma gardaient le Mercurochrome et les pansements.

Sur le mur à l'extérieur de la salle de bains, on voit une douzaine de photos dans un grand cadre. Je figure sur quelques-unes, mais je n'ai pas l'impression qu'il y en ait de nouvelles depuis qu'Emma va au lycée. Dans le coin gauche, je reconnais Tyson, Kellan, Emma et moi tassés à l'arrière d'un minibus, en route pour un bal de l'école. Tyson et moi portons des nœuds papillon à pince tandis qu'Emma et Kellan ont une grosse frange bombée. Nous sommes si petits !

Je me souviens qu'Emma et Kellan avaient dansé avec un groupe de filles. J'étais resté avec Tyson sous le filet de basket jusqu'à ce qu'une fille vienne traîner l'un de nous sur la piste. La dernière chanson de la soirée était « *End of the Road* » par les Boyz II Men, et je me suis décidé à inviter Emma pour un slow. J'osais à peine la tenir par les hanches, elle avait les mains sur mes épaules, et nous avons passé la première moitié de la chanson à regarder nos pieds. Je l'ai attirée un peu vers moi, en glissant les mains dans son dos, et bientôt elle a posé le menton au creux de mon cou. Quand la chanson s'est terminée, j'ai fermé les yeux et incliné la tête jusqu'à ce que nos joues se touchent.

C'est la première fois que j'ai compris que je craquais pour ma meilleure amie.

*

À mon retour dans la chambre d'Emma, je suis disposé à parler de nos avenirs. Il le faut, même si nous n'avons pas arrêté de nous grogner dessus toute la journée. Et j'ai une idée pour faciliter les choses.

– Jouons au jeu de la vérité, dis-je. Demande-moi ce que tu veux, et après ce sera mon tour.

Emma secoue la tête.

– Il n'y a rien que j'aie envie de savoir.

– Rien du tout ?

– J'ai un meilleur jeu. Personne n'y a jamais joué avant. Ça s'appelle le jeu du rafraîchissement de page.

J'écarte mon sac à dos pour m'asseoir sur le lit d'Emma.

– Pendant que tu étais parti, j'ai réfléchi à l'icône de rafraîchissement sur mon navigateur. Et j'ai eu une idée du tonnerre.

C'est agréable de voir Emma sourire enfin. Je me redresse et je l'écoute attentivement.

– Depuis qu'on a découvert Facebook, dit-elle, on a remarqué des changements entre le moment où on se déconnecte et celui où on se reconnecte. Changements qui auraient pu être provoqués par toutes sortes d'incidents divers au cours de la journée. Mais imagine comme ce serait drôle de constater les répercussions d'un seul incident précis.

– Je ne sais pas exactement où tu veux en venir, dis-je, mais ne compte pas sur moi pour créer des répercussions rien que pour m'amuser.

Emma indique l'écran.

– Regarde ce qu'il y a sur ma page aujourd'hui.

Emma Nelson Storm

Ras-le-bol. Je vais demander à Kevin de m'emmener au restaurant. Je ne supporte plus de rester enfermée toute la journée.

J'aime • Commenter • Il y a 1 heure

– C'est pas si mal, dis-je. Tu vas au restaurant.

Emma secoue la tête.

– Donc en gros, tu vis dans une superbe maison au bord du lac pendant que moi, je reste enfermée toute la journée. Et ça te paraît équitable ?

Depuis quand est-ce une compétition où nous comparons nos vies ?

Emma jette un coup d'œil à son placard, puis à sa commode.

– Maintenant, il faut qu'on fasse quelque chose. Pas besoin que ce soit énorme, il suffit juste que ce soit un truc qu'on ne faisait pas avant ce jeu.

– Emma, je n'ai pas envie de trafiquer le futur. Pas pour un jeu.

– Très bien, alors disons que ce n'est pas un jeu ! Appelle ça une expérience scientifique, si tu préfères.

Emma prend le vase bleu sur sa commode. Au début de la semaine, il contenait encore les roses – fanées – que Graham lui avait offertes au bal de la promo. Elle l'incline lentement jusqu'à ce que l'eau commence à couler sur la moquette.

– Qu'est-ce que tu fais ? dis-je.

Mais je connais la réponse. Elle procède à un infime changement dans le présent pour voir dans quelle mesure il va affecter le futur. Même si je lui prenais le vase des mains, ça n'aurait pas d'importance parce que, ça non plus, ça ne se serait pas produit avant.

Au début, Emma laisse couler l'eau en un seul endroit mais ensuite elle la renverse en spirale de plus en plus large, jusqu'à ce que le vase soit vide.

– Il y a un peu de terre dans l'eau, m'explique-t-elle en se réinstallant devant son ordinateur. Quand Martin verra ça, il aura probablement une longue discussion avec Maman.

Maman me fera un sermon, et puis elle m'obligera à nettoyer, au lieu de faire mes devoirs. Tu crois que ça risque de produire un gros changement ?

Je n'ai pas envie de spéculer là-dessus. C'est impossible à dire, et nous aurions mieux fait de ne toucher à rien de toute façon.

Emma me jette un regard implorant.

– Allez ! C'est drôle. (Elle place la souris sur l'icône de rafraîchissement de la page.) Avance rapide sur quinze ans, et hop !

Elle clique, et la page se recharge.

Emma Nelson Storm
On va au restaurant préféré de Kev ce soir.
Avec un peu de chance, la baby-sitter
ne nous fera pas faux bond.
J'aime • Commenter • Il y a 36 minutes

Assis sur le lit d'Emma, je me penche et me presse les tempes avec les pouces. Nous sommes en train de jouer avec le feu. Emma se moque de son futur actuel parce qu'il ne lui convient pas. Elle ne pense qu'à Cody. Mais puisqu'il n'est même pas mentionné sur sa page Facebook, elle n'a rien à perdre.

Emma gémit.

– Toujours aussi réjouissant ! Il faut un changement plus important.

– Comment sais-tu que tu n'es pas heureuse dans cet avenir ? dis-je. Je croyais que tu aimais bien Kevin Storm.

– Nous allons au restaurant préféré de Kevin, souligne Emma. Et notre baby-sitter a l'habitude de nous faire faux bond.

– Je trouve que tu interprètes beaucoup.

Emma me lance un regard noir.

– Si je gâche tout, je n'aurai qu'à tout remettre comme avant.

– On ne *peut pas* remettre les choses comme avant !

– Dis donc, je croyais que tu ne jouais pas ? Et puis ne t'inquiète pas, si les choses dégénèrent, je continuerai à tout gâcher jusqu'à ce qu'elles s'améliorent. Je suis prête à rafraîchir la page toute la nuit s'il le faut.

– Je m'en vais ! dis-je en me dirigeant vers la porte. J'en ai assez de ton Facebook. À partir de maintenant, je ne touche plus à l'avenir.

– Parce que tu as peur, m'accuse Emma. Tu te demandes ce que Sydney peut bien te trouver, et tu as une peur bleue à l'idée que le moindre grain de sable puisse faire capoter votre belle idylle.

– Sydney a des tas de raisons de m'aimer.

– Cite-m'en trois.

– C'est ridicule.

– Tu vois ? Tu ne peux pas ! triomphe-t-elle. Tu as peur de la réalité.

– Si quelqu'un dans cette chambre a peur de la réalité, ce n'est certainement pas moi !

– Tu l'auras voulu.

Emma déplace la flèche de l'icône de rafraîchissement et clique sur *Amis*.

– Qu'est-ce que tu fais ?

– Je vais sur ta page. Mon futur n'est peut-être pas idéal, mais je commence à en avoir par-dessus la tête que tu te croies meilleur que moi sous prétexte que tu as une vie géniale.

– Je n'ai jamais pensé ça.

Je bondis sur l'ordinateur, je lui arrache la souris des mains et je clique sur le retour en arrière pour nous ramener sur la page d'Emma.

Emma pointe un doigt accusateur vers l'écran.

– Tu vois où je vis maintenant ?

Vit à : Columbus, Ohio

– Tu te souviens que je suis biologiste marine ? dit-elle. Je devrais habiter au bord de la mer. Je travaillais dans un laboratoire au Massachusetts, mais on a déménagé dans l'Ohio. Je suis sûre que c'est à cause de Kevin. Donc, je déclare ici et maintenant que si Kevin ose seulement *suggérer* d'aller vivre là-bas, il est cinglé. En fait, je prends l'engagement officiel de ne *jamais* aller vivre dans l'Ohio.

Elle clique sur le bouton de rafraîchissement. La page se recharge.

Vit à : Londres, Angleterre

– Ça marche ! s'exclame Emma.

Elle bouge la souris, mais je la lui reprends encore une fois. Et cette fois, je ne la lui rendrai pas avant qu'elle me promette d'arrêter ce petit jeu.

– Ça devient flippant, dis-je. Tu n'as même plus besoin de faire quelque chose. Il te suffit de changer d'avis pour modifier l'avenir.

Emma me regarde sans rien dire. Plus la situation s'éternise, et plus je me sens mal à l'aise. Elle me sourit brièvement, puis se dresse sur la pointe des pieds. Ses lèvres se posent contre les miennes, et aucun de nous deux ne s'écarte.

Je ferme les yeux et je me penche sur elle.

Sa joue frôle la mienne, et elle me glisse à l'oreille :

– Et ça, à ton avis, dans quelle mesure ça risque de modifier l'avenir ?

Alors que j'ouvre la bouche, elle me pose la main sur la nuque pour m'attirer encore plus près.

42://Emma

Josh me repousse, et je comprends brusquement que je suis allée trop loin.

– Pourquoi t'as fait ça ? me demande-t-il d'une voix tremblante.

J'ai les genoux qui flanchent. Je me laisse retomber dans le fauteuil et j'essaie de me concentrer. Je l'ai fait parce que... *Je n'en ai aucune idée.*

Je baisse les yeux sur mes mains. Je ne sais plus quoi dire. Quand il est parti à la salle de bains tout à l'heure, j'ai fouillé son sac à dos. Je ne sais pas ce que j'espérais trouver ; peut-être un petit mot de Sydney, ou un truc qui me permette de deviner où ils étaient allés ensemble. Au lieu de ça, je suis tombée sur des caleçons neufs. De toute évidence, Josh espère qu'il va se passer quelque chose avec elle très bientôt. Après tous les événements de cette semaine, je crois que ça m'a fait disjoncter.

– Ce n'était rien, dis-je. Oublions ça, d'accord ?

– Oublions ça ? (Les yeux de Josh brûlent de colère.) Tu sais très bien ce que j'éprouvais pour toi ! Tu ne peux pas t'amuser avec moi comme ça, pour un petit jeu stupide !

– Je ne m'amusais pas avec toi.

– Tu m'as envoyé bouler, rétorque Josh. Et maintenant que tu me vois passer à autre chose, tu ne le supportes pas. Tu croyais que j'allais passer ma vie à me lamenter sur mon sort ?

– Bien sûr que non.

Je me retiens de fondre en larmes.

– Les autres se fichent peut-être de te voir te comporter comme ça, mais pas moi.

– Comment ça ?

– Je te parle de sortir avec des garçons dont tu n'as rien à faire, dit-il. Même dans le futur ! Tu as jeté Jordan Jones comme un vieux Kleenex. Aujourd'hui, tu plaques Graham et tu t'attaques tout de suite à Cody. Je vous ai vus dans le couloir. Et au cas où ça ne marcherait pas, tu tentes aussi ta chance avec moi. Tu as déjà choisi le suivant ?

– Ce n'est pas du tout ça ! Je...

– Si, c'est exactement ça.

Ses paroles me font l'effet d'une gifle. Je serre les poings et je gronde :

– Retire ça tout de suite ou sors de ma chambre.

– Salut ! dit-il.

À peine a-t-il disparu dans l'escalier que je me jette sur mon lit. Je sanglote si fort que mes épaules tremblent et ma poitrine se soulève. Je regarde le tableau en liège, au-dessus de mon bureau, avec toutes ces photos de nous. Celle où l'on voit Kellan, Tyson, Josh et moi dans le bassin de balles au *GoodTimez*. Je l'ai depuis l'année dernière. Dans une des versions de mon futur, je l'ai même retrouvée sur ma page Facebook. Eh bien, c'est fini. J'arrache la photo du tableau, je la déchire et je la jette dans ma corbeille.

*

Je regarde en direction de la salle de bains de Josh, mais les stores sont baissés. Ce matin encore, il avait posé un téléphone sur le rebord de la fenêtre, pour attendre le coup de fil de Sydney. Je n'ai pas voulu l'humilier en le lui rappelant, parce que ce n'est pas une manière de traiter ses amis.

On ne juge pas ses amis. On ne les traîne pas plus bas que terre. Je parie qu'il me juge depuis le début. Comme ce matin, tiens ! quand il me reprochait d'être sortie avec Kyle et avec Graham sans les aimer. Et au déjeuner, quand il m'a suggéré de m'adresser à lui si j'avais besoin de conseils pour ma vie amoureuse. Pour lui, mes relations seront toujours foireuses.

Qu'il aille se faire voir.

Je me rassieds devant mon ordinateur.

Et ses foutues règles à propos de Facebook aussi.

Me voilà à Londres, en train de prendre la pose avec mon mari. J'agrandis la photo. J'ai les cheveux plus clairs, et je porte une écharpe orange. Kevin est à peine plus grand que moi, avec des yeux très bruns. On voit Big Ben à l'arrière-plan. Kevin tient un bébé dans ses bras, et un deuxième enfant pointe sa frimousse entre mes genoux.

Emma Storm
Je voudrais bien un meilleur imper. Et des nuits plus longues. Et une journée entière sans me prendre du petit pot à la banane dans les cheveux.
J'aime • Commenter • Il y a 17 heures

Les fois précédentes, quand j'étais mariée avec Kevin, ou même Jordan, je gardais toujours Nelson en deuxième position. Quel incident particulier dans les vingt dernières minutes m'a finalement convaincue de renoncer à mon nom de jeune fille ?

Je fais défiler l'écran.

Emma Storm
Je ne supporte pas cette façon qu'ont les Anglais de vous souhaiter « bonne journée » toute la journée.

Je me sens pratiquement obligée de passer une bonne journée. Et si ce n'est PAS le cas ?
J'aime • Commenter • 16 mai, 10:47

Emma Storm
Couche, crise de larmes, poussée dentaire, recrise de larmes. Kevin a voulu que je reste à la maison pour m'occuper des gosses, mais pourquoi ce ne sont jamais les hommes qui le font. Je gagnais plus que lui !
J'aime • Commenter • 14 mai, 12:09

Encore une fois, je ne suis pas heureuse !

Quand j'ai dit que je refusais de vivre dans l'Ohio, j'aurais dû être plus précise. Par exemple, stipuler que je ne renoncerais jamais au métier de mes rêves. Ou que je n'accepterais jamais de vivre loin de la mer.

Plus tôt ce jour-là, j'ai écrit que je me demandais ce qu'une biologiste marine pouvait bien fabriquer dans l'Ohio. C'était plutôt vague, mais je crois pouvoir reconstituer ce qui s'est passé. Kevin nous a fait déménager afin de devenir une sorte de héros dans son travail, sauf qu'il m'a éloignée de tout ce que j'aimais. Et nos deux garçons rencontraient des difficultés d'acclimatation à l'école dans l'Ohio parce qu'ils avaient dû démarrer en milieu d'année. Kevin ne s'intéresse pas à nous. Il ne pense qu'à lui.

J'entends d'ici Josh me prévenir de ne pas m'emballer. Il me dirait que mon moi futur a simplement une mauvaise semaine. Mais je me connais. Ça va mal.

Je clique sur *Amis* et je fais défiler les noms. Toujours pas de Cody Grainger. Avant de pouvoir m'en empêcher, je descends jusqu'aux *J*.

Cette fois, il n'y a plus de Josh Templeton.

Alors, c'est comme ça. Une seule erreur, et il m'en voudra toute sa vie.

Il y a une petite fenêtre au sommet de la page où on peut chercher les personnes qu'on veut. Je tambourine doucement sur le clavier, puis je tape *Josh Templeton*. Une nouvelle page se charge, avec une liste de Josh Templeton qui sort du cadre de la page. Le troisième à partir du haut est le bon.

Josh Templeton 2 ami(e)s en commun

Je clique sur son nom et sa page apparaît. Il vit toujours à Lake Forest et travaille toujours chez Electra Design. Sur sa photo, on le voit dans une barque en compagnie de Sydney et de trois enfants, mais le reste de sa page ne comporte pas grand-chose.

À côté de son nom, un petit rectangle propose de l'*ajouter* (comme ami, je présume). J'essaie de cliquer dessus, mais sans succès. J'ai beau insister, on dirait que le futur ne se laissera pas modifier aussi facilement.

Bon. *Amuse-toi bien avec ta vie parfaite, Josh.*

Je tape *Cody Grainger* dans le rectangle de recherche et j'appuie sur Entrée.

La page de Cody ressemble à celle de Josh. Comme ce n'est pas un Ami, je n'ai pas accès à la plupart de ses informations. J'apprends qu'il vit à Denver, Colorado, et qu'il est architecte, spécialisé dans l'énergie éolienne et solaire. Il a toujours ses cheveux blonds en bataille et ce même sourire sexy. Il est clair qu'il vieillit bien.

Je fais défiler l'écran.

Situation amoureuse : célibataire
Intéressé(e) par : femmes

Comment se fait-il que Cody soit toujours célibataire dans quinze ans ?

D'accord, disons que je divorce de Kevin à Londres, que je rentre aux États-Unis avec les enfants et que j'épouse Cody. Je tire des plans sur la comète, mais rien n'est impossible. Avec cette idée en tête, je quitte Facebook, me déconnecte d'AOL et m'allonge sur mon lit.

Quelques minutes plus tard, le téléphone sonne. Je ne réponds pas. Je ne sais pas qui c'est mais il n'aura qu'à laisser un message.

– Emma ! me crie Martin.

Depuis combien de temps est-il rentré ? J'espère qu'il ne nous a pas entendus nous disputer, Josh et moi.

– Tu es là-haut ? dit-il. C'est ton père au téléphone.

Je décroche le cordon de mon ordinateur pour le brancher sur mon téléphone. Au passage, je marche dans la flaque humide sur la moquette. Je ne suis pas d'humeur à parler, et surtout pas à mon père. Il est toujours dégoulinant d'affection au téléphone, ce qui veut dire que je vais me sentir encore plus mal.

– Salut, Papa.

– Il y a un problème ? me demande-t-il d'une voix sévère. Je t'ai laissé un message ce week-end, et un autre lundi, et tu ne m'as toujours pas rappelé. On est mercredi, Em. Ta mère m'a dit que ton ordinateur était arrivé samedi.

Je ne vais pas supporter ça.

– Je sais. J'ai commencé à t'écrire un mail, mais j'ai été…

– Trop occupée pour me remercier ? Je ne crois pas t'avoir élevée comme…

– Oh ! Parce que c'est toi qui m'élèves, maintenant ?

Il accuse le coup.

– Ça, c'est injuste.

– Injuste ? (Ma voix grimpe d'une octave.) Tu as une nouvelle famille et tu essaies de te débarrasser de moi en m'envoyant des cadeaux. Tu trouves ça plus juste ?

– Je ne sais pas d'où tu sors des idées pareilles…

Je raccroche violemment le combiné.

JEUDI

43://Josh

Je verse une giclée de lessive bleue sur mes habits, je referme le couvercle et je règle la programmation sur *Chaud*. L'eau se déverse dans la machine à laver. Il y avait longtemps que je n'avais plus rangé ma chambre, mais hier soir, j'ai ramassé toutes mes fringues en tas et caché dans mon placard deux ans de numéros de *Thrasher*. On ne sait jamais, au cas où Sydney venait dans ma chambre un de ces jours, je tiens à être prêt.

Je passe devant mes parents qui prennent leur petit déjeuner. Papa croque ses toasts grillés pendant que Maman sirote son café.

Je vais chercher mes Lucky Charms dans la réserve et j'y reste un moment, à me demander comment aborder la conversation. Mes parents sont rentrés tard hier soir, et tout le monde était trop fatigué pour remettre sur le tapis ce qui s'est passé dans le bureau de Papa.

– Tu fais ta lessive avant de partir au lycée, maintenant ? s'étonne Maman.

J'explique :

– J'ai mis un peu d'ordre dans ma chambre.

– Encore plus incroyable, commente Papa.

Ils ont longtemps insisté pour me faire ranger ma chambre, avant de renoncer définitivement. S'ils veulent considérer ça comme une manière de m'excuser pour hier, tant mieux.

– Je comptais passer l'aspirateur ce week-end, dit Papa. Je le passerai aussi dans ta chambre, maintenant qu'on peut voir la moquette.

Je m'installe à table.

– Je m'en occuperai, dis-je en versant mes céréales dans un bol. Ça me changera un peu de mes devoirs. On en a de plus en plus à l'approche des examens.

– Oui, nous avons remarqué que tu as passé la soirée dans ta chambre, dit Maman. C'est agréable de voir que tu ne négliges pas ton travail.

J'arrive une fois en retard, de quelques minutes, et voilà qu'ils se préoccupent de mes devoirs. S'ils savaient que je vais devenir un graphiste très bien payé, avec une maison gigantesque au bord du lac, ils arrêteraient de s'inquiéter.

– Je n'ai pas eu une seule note au-dessous de la moyenne depuis le début de l'année, dis-je en versant du lait sur mes céréales.

Maman se penche par-dessus la table et me touche la main.

– Je ne voulais rien suggérer de tel, mon chéri.

– Nous savons que tu es un garçon responsable, intervient Papa. Et que, mis à part l'incident d'hier, nous pouvons compter sur ta présence assidue au lycée.

– Après ton départ, nous avons interrogé quelques-uns de nos collègues, m'avoue Maman, et certains ont des enfants qui arrivent après la sonnerie une fois sur deux.

Mes parents ont la manie de vouloir discuter de tout. Ça devient rapidement étouffant, et c'est peut-être pour ça que David est parti vivre à l'autre bout du pays. Parce qu'il ne tenait pas à les mettre au courant de tous les aspects de sa vie.

Je ne peux pas raconter à mes parents qu'Emma m'a embrassé. Elle habite juste à côté ! Ils s'imagineraient des choses chaque fois qu'ils me sauraient seul à la maison. Je pourrais en parler à Tyson, mais ce ne serait pas sympa de le mêler à ça alors qu'on voit Emma tous les jours.

Maman rajoute un sucre dans son café.

– Nous voulions que tu saches que de notre côté, il n'y a aucun problème si Emma veut t'accompagner en voiture au lycée.

J'enfourne une grosse cuillerée de Lucky Charms.

– Emma est une fille très bien, renchérit Papa. Par contre, la ponctualité n'est pas négociable.

– D'accord, dis-je.

Un peu de lait me coule sur le menton. Je m'essuie avec ma serviette.

Dehors, j'entends claquer la portière de la voiture d'Emma. Je jette un coup d'œil à l'horloge. Si elle part aussi tôt, c'est qu'elle tient à m'éviter.

Nous voilà officiellement brouillés.

44://Emma

Je rectifie la position de mon rétroviseur en arrivant au bout de la rue. Si Josh s'attend à ce que je lui présente des excuses pour l'avoir embrassé, il peut toujours courir. J'ai peut-être commis une erreur, mais sa réaction m'a blessée. Je suis restée dans ma chambre toute la soirée, et je n'en suis descendue qu'au dîner. J'ai essayé de me détendre en jouant du saxo, mais je n'en ai tiré que des fausses notes.

Je tourne à gauche au carrefour. Il faudra que je rappelle Papa ce soir pour lui dire que je suis désolée. C'était généreux de sa part de m'acheter un ordinateur. Je ne comprends pas pourquoi il n'a pas décroché hier soir quand j'ai essayé de le joindre. J'ai composé le numéro deux fois, et les deux fois, je suis tombée sur le répondeur.

« Vous êtes bien chez les Nelson, a dit la voix de Cynthia. Nous ne sommes pas disponibles pour le moment mais laissez-nous un message et nous vous rappellerons. »

Autrefois, c'était *nous* les Nelson.

Je n'ai pas pu me résoudre à laisser un message.

*

Je m'engage dans le drive du *Sunshine Donuts*.

– Bonjour, puis-je prendre votre commande ? me dit une voix de femme dans le haut-parleur.

Je me penche par la portière.

– Un donut à la cannelle. Ce sera tout.

Il y a trois voitures dans la file devant moi. Pour patienter, je détaille l'enseigne du *Sunshine Donuts*. Le O est jaune vif avec une paire de verres miroirs. Une jeune femme radieuse qui tient un plateau de donuts s'exclame : « Mettez du soleil dans votre journée ! »

Ma journée est exécrable depuis mon réveil, et tout ça, à cause de ce que Josh m'a dit. Je ne m'amusais *pas* avec lui. C'est mon meilleur ami. Je ne pourrais jamais le manipuler comme ça.

Quand vient mon tour de récupérer ma commande, mon envie de donut s'est évaporée.

La serveuse a des cheveux platine serrés dans un filet. Elle me tend un sac en papier.

– Un donut à la cannelle ?

– Je crois que j'ai changé d'avis. Je n'ai plus faim.

– Vous n'en voulez plus ? me demande-t-elle en secouant le sac.

– Désolée, dis-je.

Je quitte le parking et je me glisse dans la circulation.

*

Les examens sont dans deux semaines, et les profs commencent à nous mettre la pression. En histoire, nous avons trois dissertations à rédiger. En anglais, nous devons nous préparer à analyser n'importe lequel des livres du programme. En orchestre, notre note générale devra tenir compte de notre prestation ce week-end à la parade du Memorial Day.

Même si je ne suis pas d'humeur à travailler, je ne peux pas me permettre de tout envoyer promener. J'ai besoin de bonnes notes si je veux pouvoir m'inscrire à ce cours de bio à l'université et devenir un jour biologiste marine. Ce n'est pas uniquement la faute de Kevin Storm si mon avenir n'est pas aussi rose que je le voudrais. J'ai aussi ma part de responsabilité.

Malheureusement, tout m'énerve aujourd'hui. Le tic-tac de l'horloge, les effluves de parfum qui empestent les couloirs, les gloussements d'Anna Bloom à la bibliothèque. Je n'avais jamais vraiment prêté attention à Anna jusqu'ici, mais depuis que je l'ai surprise à flirter avec Josh, j'ai l'impression de la voir partout. Et tous les gens que je croise ne parlent que du Senior Skip Day de demain et du feu de joie chez Rick.

Entre la troisième et la quatrième heure, je repère Josh qui marche face à moi dans le couloir. Je me rue dans les toilettes des filles et je m'y enferme jusqu'à la sonnerie.

*

– J'*adore* les frites, me dit Kellan dans la file du self. Ça me donne la pêche !

Je contemple sans enthousiasme la laitue défraîchie et la pizza luisante de graisse. Si je n'avais pas été aussi pressée de partir avant Josh ce matin, je n'aurais pas oublié mon déjeuner sur le plan de travail de la cuisine.

– Quand on ira s'inscrire à ce cours continue Kellan, rappelle-moi de t'emmener à la cafétéria du campus. Leurs frites sont incroyables.

Tout en attrapant un yaourt à la pêche, je réfléchis à ce que j'ai vu de l'avenir de Kellan. Je ne sais pas grand-chose de sa carrière, juste qu'elle vit à Philadelphie et qu'elle travaille dans un établissement d'enseignement de la langue des signes. Elle n'est pas devenue le médecin ou la scientifique dont elle nous rebat les oreilles, mais, contrairement à moi, elle a l'air heureuse.

Après avoir réglé notre déjeuner, nous nous dirigeons vers le distributeur de ketchup.

– Tu nous attrapes quelques serviettes ? me demande Kellan. Prends-en aussi pour Tyson. Ce garçon ne s'essuie jamais les mains, c'est répugnant.

Décidément, il doit se passer un truc entre eux. Quand ils étaient ensemble, Kellan n'arrêtait pas de penser à lui. Elle passait son temps à le dorloter, à lui apporter des cookies, des pastilles pour la toux, des chewing-gums à la menthe.

Kellan m'indique la porte d'un coup de menton.

– On y va ?

Je ne bouge pas.

– On ne pourrait pas plutôt manger à l'intérieur, aujourd'hui ?

Elle regarde la porte, puis moi.

– Et Tyson et Josh ?

Je ne sais pas quoi répondre.

– Qu'est-ce qui se passe ? demande-t-elle.

– Je n'ai pas trop envie de voir Josh en ce moment.

Kellan se dirige vers la table libre la plus proche.

– Ça n'aurait pas un rapport avec le fait que la princesse Mills soit venue le dispenser de cours aujourd'hui ?

Je sens un nœud se former dans mon estomac.

– De quoi est-ce que tu parles ?

– Je ne suis pas au courant des détails, mais je suis allée déposer une feuille de présence à la vie scolaire et j'y ai croisé Son Altesse royale. Je l'ai entendue demander la permission du conseil des élèves de libérer Josh pour tout l'après-midi. Pour une affaire qui concerne le conseil, apparemment.

Je fixe mon yaourt. Je ne sais pas quelles affaires exactement Sydney peut bien avoir en tête, mais je suis sûre que Josh est paré, maintenant, avec ses caleçons flambant neufs.

Kellan m'adresse un sourire malicieux, se penche vers moi et me glisse à l'oreille :

– Elle va être drôlement impressionnée en le voyant dégainer son portefeuille et sortir son vieux préservatif tout fripé.

45://Josh

– Bombes larguées !

Un sandwich dégringole du ciel et atterrit lourdement à mes pieds. Tyson me fonce dessus. Je ramasse le sandwich et le lui lance par une cuillère. Il l'attrape comme un ballon de football américain, mime un demi-tour contact et se laisse tomber à côté de l'arbre de nos déjeuners.

– Alors, on fait des mystères ? me demande-t-il. Tu ne m'avais pas dit que Sydney Mills t'avait ramené en voiture hier.

Comment l'a-t-il su ? Ça m'étonnerait qu'Emma lui ait raconté quelque chose.

– Quand même, Sydney Mills ! ajoute-t-il.

– Je t'aurais appelé pour te le raconter, dis-je, mais les choses se sont un peu emballées hier soir.

Tyson en reste bouche bée. Pour l'effet comique, il se remonte le menton puis lève le bras pour me taper dans la main.

– Avec Sydney ?

– Pas exactement, dis-je.

Tyson baisse le bras et déballe son sandwich.

Si *Sydney* m'avait embrassé, je lui aurais tapé dans la main. Mais c'était Emma. À l'instant où nos lèvres se sont touchées, je me suis retrouvé exactement là où j'en étais six mois plus tôt. C'était le baiser que je voulais en novembre. Comme si tout ce qui s'était passé cette semaine nous avait finalement rapprochés. Comme si quelque chose allait pouvoir commencer entre nous.

Et puis j'ai compris. Elle ne m'embrassait pas pour moi. Elle aurait pu le faire à l'automne dernier. Elle cherchait simplement à provoquer de grosses répercussions sur l'avenir, et peu lui importaient les conséquences éventuelles sur ma vie future. Surtout, elle se fichait de savoir ce que ça pouvait me faire à *moi*.

– On m'a interrogé toute la matinée à propos de Sydney et toi, dit Tyson. Mec, comment tu as pu me cacher un truc pareil ?

Il arrache une grosse bouchée à son sandwich.

– Tout le monde est au courant ?

– Sa décapotable est difficile à rater. Sérieusement, qu'est-ce que tu fabriquais à côté d'elle ?

Voilà sans doute à quoi ça doit ressembler, de vivre dans l'orbite de Sydney. Les gens vous remarquent partout puis répètent aux autres ce qu'ils ont vu. Même si c'est à moi que ça arrive, ce n'est pas de moi qu'il est question. Je ne suis qu'un satellite insignifiant attiré par la force gravitationnelle de Sydney.

Je regarde le terrain de foot désert qui nous sépare du lycée. Si Emma avait l'intention de nous rejoindre, elle serait déjà là.

*

Après le déjeuner, j'ai mon cours d'initiation en informatique avec M. Elliott. La classe comporte trois longues tables sur lesquelles s'alignent des ordinateurs de bureau. J'enfonce le bouton *On* du mien et je m'adosse à ma chaise pendant qu'il s'allume.

Deux scénarios se déroulent dans ma tête. Dans le premier, Emma n'est pas venue déjeuner avec nous parce qu'elle est trop furieuse ou trop gênée. Dans le deuxième, elle a quitté le lycée pour rentrer chez elle et consulter tranquillement Facebook.

Mais comme Kellan n'est pas venue non plus, je suppose qu'elles sont ensemble. Et même si Emma est en colère, je l'imagine mal entraîner Kellan là-dedans.

M. Elliott vient vers moi et pose un papier bleu sur mon clavier.

– Vous êtes convoqué à la vie scolaire.

Encore ? Mais pourquoi ? Le papier comporte mon nom, au-dessus de la signature de la secrétaire. Tous les cours de l'après-midi sont entourés à l'encre noire.

Une vague de paranoïa s'empare de moi. Et si M. Elliott était entré dans l'ordinateur d'Emma et avait découvert ce que nous faisons ? Un pro de l'informatique est capable de ce genre de truc. C'est peut-être pour ça que nous n'avons pas vu Emma au déjeuner. Parce qu'elle s'est fait pincer, mais qu'elle n'a pas voulu dire où je me trouvais !

Le plus calmement possible, je demande :

– Est-ce que vous savez pourquoi ?

– Tout ce que je sais, répond M. Elliott en se grattant la tempe, c'est que vous pouvez emporter vos affaires parce qu'on ne vous reverra pas.

*

Je vois d'ici mes parents – sourcils froncés, bras croisés – en train de m'attendre dans le bureau du proviseur. Le psychologue scolaire sera là, avec un prof de physique ou d'histoire, peut-être, pour faire part de ses lumières. Emma et sa mère seront assises devant le bureau, ainsi que Martin, qui préférerait sans doute être ailleurs.

« Jouer avec le futur, nous dira le proviseur en secouant la tête d'un air désapprobateur. Savez-vous seulement à quel point cela peut être dangereux ? »

Les professeurs nous expliqueront en long et en large les répercussions potentielles, non seulement pour nous, mais pour l'avenir de l'humanité.

– Ah, te voilà !

Sydney m'attend devant la vie scolaire avec un sourire excité. Elle porte un chemisier rose pâle, un jean et des sandales. Elle se dresse sur la pointe des pieds et m'adresse un petit signe désinvolte.

Je ne peux m'empêcher de lui rendre son sourire.

– Qu'est-ce que tu fais là ?

Sydney indique le papier bleu que je tiens à la main.

– Tu aimes ta carte « Vous êtes libéré de prison » ?

– Quoi, c'était toi ?

Elle me fait un clin d'œil.

– Pas de quoi, me dit-elle.

Puis elle me prend le papier des mains et pénètre dans le bureau.

Derrière le comptoir, Mme Bender, la secrétaire, lève la tête.

– Il me faut juste vos autorisations et vous pouvez y aller.

Quand Sydney se penche par-dessus le comptoir, son jean se tend autour de ses courbes parfaites.

– Les voilà, madame Bender.

Puis elle se retourne vers moi, passe son bras sous le mien et m'entraîne dans le couloir.

– Tu as pris tes affaires ? me demande-t-elle. Parce qu'on ne reviendra pas avant la fin des cours.

J'éprouve quelques difficultés à me concentrer, avec son corps aussi près du mien. En plus, les deux premiers boutons de son chemisier sont défaits.

– Où on va ? dis-je.

– Faire des courses !

J'ai dans mon sac les manuels dont j'aurai besoin ce soir pour mes devoirs. Cet après-midi, on nous donnera sans doute de la lecture, mais je n'aurai qu'à appeler des copains pour avoir le détail. Comme je ne sais toujours pas pourquoi on nous autorise à partir, je préfère m'en aller au plus vite avant que quelqu'un se rende compte qu'il s'agit d'un malentendu.

En quittant le bâtiment principal, Sydney m'explique notre mission. En tant que présidente du conseil des élèves, elle doit rassembler un certain nombre de choses en vue des fêtes de fin d'année. Le vice-président devait l'accompagner, mais il s'est foulé la cheville en cours de gymnastique. Pour le remplacer, Sydney m'a donc choisi, moi !

– Je ne savais pas que le conseil des élèves avait autant d'influence, dis-je. Tu peux sécher les cours quand tu veux ?

– Il ne faut pas en abuser. Mais si le lycée considère qu'il s'agit d'une expérience instructive, il donne son accord. Nous avons pas mal de choses à récupérer aujourd'hui, alors j'ai sorti l'artillerie lourde.

Elle tapote le pare-chocs arrière d'un 4x4 Jeep Cherokee noir.

– Elle est à toi ?

La décapotable d'hier me paraissait plus dans son style.

– À ma sœur, répond-elle. On a échangé nos voitures pour la journée. Elle habite avec son fiancé dans la même rue que moi, alors c'est facile. On fait ça tout le temps.

Je contourne le 4x4 et j'embarque côté passager. Sur le siège du milieu, il y a une tablette à pince avec une liste de choses à faire.

– Boucle ta ceinture, me dit-elle en mettant le contact. Pour les trois prochaines heures, tes muscles m'appartiennent.

*

Je ramasse une carte de visite argent et noir dans le porte-gobelet.

– Electra Design ?

– C'est une des sociétés de mon père, m'explique Sydney. Un cabinet de graphisme.

Electra Design.

– Il est toujours en train de créer des nouvelles boîtes, continue Sydney. Ma mère dit qu'il est accro au travail et qu'il devrait embaucher plus de gens pour l'aider.

Il finira par m'embaucher *moi*. Un jour, je travaillerai à Electra Design… pour son père.

Nous pénétrons dans le centre commercial où se trouve *GoodTimez Pizza* mais nous roulons complètement à l'autre bout. Sydney se gare devant le *Trophy Town* puis coupe le contact. Nous descendons, et je l'aide à ouvrir le hayon. Quand elle se penche pour lisser la bâche bleue étalée à l'arrière, je ne peux m'empêcher de jeter un coup d'œil dans son décolleté. Elle porte un soutien-gorge rose pâle, quasiment de la même couleur que son chemisier. Et Tyson serait ravi de savoir que ses seins m'ont l'air tout ce qu'il y a de plus réels. À vous en donner le vertige.

– Mardi prochain, il y aura le banquet des sports, m'explique Sydney en m'entraînant dans la boutique de trophées. On est là pour chercher les récompenses. Le plus drôle, c'est que je sais déjà que je vais recevoir un trophée pour le tennis. Mais je le rangerai dans mon armoire avec les autres. Ça fait tellement prétentieux de les exposer dans sa chambre.

J'évite de lui dire que j'ai conservé mes trophées de T-ball et de foot dans ma chambre longtemps après avoir arrêté de jouer.

Au milieu de la boutique se dresse une grande vitrine pleine de trophées, rangés en colonnes de différentes couleurs, de toutes les tailles et de toutes les formes. Chaque trophée est surmonté d'une statuette dorée de sportif : il y en a pour le base-ball, le basket, le bowling, et même les fléchettes.

Sydney, sa planchette à pince à la main, parcourt sa liste avec un crayon.

– Et toi, tu pratiques un sport ?

– J'ai fait du base-ball et du foot quand j'étais plus petit. À l'école, j'ai commencé à me mettre sérieusement au skate. Et toi ? À part le tennis, bien sûr.

– Je joue au foot en automne.

– Et tu es bonne ?

Mais je sais qu'elle l'est. Plusieurs fois par saison, elle se retrouve en photo dans la page des sports du *Lake Forest Tribune*. En train soit de dribbler, soit de tirer au but, soit de courir avec les mains en l'air.

– Pas mauvaise, reconnaît-elle. Mais je ne suis pas une acharnée, comme mes sœurs.

Un petit homme à lunettes et au front dégarni nous demande si nous venons du lycée. Sydney appose sa signature au bas d'une facture, et il nous aide à transporter trois cartons de plaques et de coupes à l'arrière du 4x4. Puis nous partons commander des arrangements floraux.

– Mes sœurs jouaient au tennis au lycée, me raconte Sydney. Pendant un moment, elles ont été classées première et deuxième du comté.

– En même temps ?

– Elles ont la compétition dans le sang, dit Sydney en ralentissant à l'approche d'un feu rouge. Elles ont beau être jumelles, elles n'arrêtent pas de se disputer.

Des jumelles ?

– Le plus dingue, continue-t-elle, c'est qu'elles sont toutes les deux fiancées à des étudiants en droit, et qu'elles ont toutes les deux programmé leur mariage pour l'été prochain.

Au premier aperçu que j'ai eu de mon futur, j'avais un fils et deux jumelles. Les gamines étaient le portrait craché de Sydney. Plus tard, nous avions deux jumeaux qui me ressemblaient comme deux gouttes d'eau.

– On a beaucoup de jumeaux dans ma famille, dit Sydney. Ma mère aussi a un frère jumeau.

Je ne réponds rien. Que pourrais-je dire ? *Tu sais quoi ? On avait deux jumelles, mais on les a perdues. Pourquoi ? Parce que Emma n'était pas satisfaite de son mari, et apparemment, on ne peut rien modifier dans le futur sans bouleverser tout le reste en même temps. Mais ne t'inquiète pas, on a deux jumeaux, maintenant. En tout cas, on les avait hier.*

– Tu es bien silencieux, observe Sydney.

Elle a raison. Je devrais entretenir la conversation. Si je veux qu'il se passe quelque chose entre nous, je ne peux pas rester assis à ruminer sur le futur. Je dois me focaliser sur le présent. Même si nous sommes appelés à nous marier un jour, je ne sais pratiquement rien sur elle. Je ne sais pas quel est son film préféré, ni où elle aime sortir. Je ne sais même pas ce qui la fait rire.

Je lui demande :

– Est-ce que tu comptes avoir des enfants, un jour ?

Si Tyson était assis derrière nous, il me flanquerait une taloche.

Sydney sourit en mettant son clignotant.

– C'est une drôle de question pour un premier rencard.

Je sais bien qu'elle plaisante en parlant d'un premier rencard, mais le simple fait que le mot lui soit venu à l'esprit montre qu'à ses yeux, cet après-midi marque le commencement d'une vraie relation. Si elle savait !

Nous traversons plusieurs pâtés de maisons en silence, puis je repars à la charge :

– Qu'est-ce que tu fais ce week-end ?

– Samedi, on va jouer au tennis avec ma mère et mes sœurs. Et dimanche, on ira donner un coup de main au pique-nique de la prison. Avec toute la famille.

Il y a une prison entre Lake Forest et Pittsburgh, mais je n'y suis jamais allé.

– Ils organisent un pique-nique ?

– Tous les Memorial Day, répond Sydney. C'est du bénévolat. La dernière fois, j'ai commis l'erreur d'emmener Jeremy avec moi. Jeremy Watts, tu le connais ?

– Je ne crois pas.

– Il a eu son diplôme l'année dernière. Un garçon gentil, mais pas toujours très sensible. Il a passé tout le pique-nique à faire comme s'il était un détenu et à me murmurer des trucs comme « Tu peux me servir de la salade de macaronis ? Je le ferais moi-même si je n'avais pas ces fichues menottes. »

Je regarde par la vitre pour ne pas montrer que je me retiens de sourire.

– Ils n'étaient même pas menottés, ajoute-t-elle.

J'imagine Emma et moi dans la même situation. Si j'avais fait cette blague à propos des menottes, elle m'aurait donné un coup de poing dans le bras et recommandé de la boucler, mais ses yeux l'auraient trahie. Elle aussi se serait retenue de pouffer.

J'indique le *Sunshine Donuts* sur le chemin.

– On fait un crochet ? C'est moi qui régale.

Sydney fronce le nez.

– Peut-être au retour.

Nous passons devant la boutique, et je vois l'enseigne aux couleurs vives rapetisser dans le rétroviseur.

46://Emma

J'ai vingt minutes à tuer avant de me rendre au stade, alors j'en profite pour réviser à la bibliothèque. Il n'y a pratiquement personne à cette heure, à part deux garçons de première année devant un ordinateur et Mlle Nesbit en train de ranger des livres en silence.

J'ai l'impression que tout se dégrade dans ma vie en ce moment. Sauf Cody. Nous nous sommes souri deux fois dans les couloirs aujourd'hui, et je n'arrêtais pas de penser : *Il sera toujours célibataire dans quinze ans*. Célibataire, sexy et architecte dans un cabinet de Denver. Ce n'est pas exactement au bord de la mer, mais je pourrais apprendre à aimer la montagne.

– Comment ça s'est passé pour tes annuaires ? me demande Mlle Nesbit en s'approchant de ma table. Tu les as trouvés à la bibliothèque municipale ?

– Oui, merci.

J'aurais préféré continuer à rêvasser de Denver quelques minutes encore.

– C'est impressionnant, hein ?

– Quoi donc ?

– Les ressources dont on dispose aujourd'hui, me répond-elle. Tu es en secondaire, pas vrai ? Donc j'imagine que tu t'es renseignée sur les universités, mais dans une bibliothèque tu peux aussi chercher des emplois saisonniers, des camps d'été ou même des stages en internat. Tu peux planifier tout ton avenir !

Je souris faiblement. Oui, ça doit être super de planifier son avenir quand on peut croire que les choses vont bien tourner.

Mais quand on vous démontre encore et encore que vous n'avez aucun contrôle sur rien ? J'ai beau tout essayer, mon futur reste toujours aussi déprimant.

Tandis que Mlle Nesbit retourne à ses livres, les deux première année gloussent devant l'ordinateur et je me dis que je me suis mal servie de Facebook. L'important n'est pas d'avoir le contrôle ; mais plutôt de le prendre avec les ressources à notre disposition.

*

En arrivant au stade, j'explique au coach que j'ai raté les deux derniers entraînements à cause de soucis féminins. Ce n'est pas complètement un mensonge. J'étais mariée à un crétin dont je devais me débarrasser, et j'avais découvert que Kellan était sur le point de tomber enceinte.

Nous commençons par une séance d'étirements avec toute l'équipe. Les mains sur les hanches, je me penche en arrière et je tiens la pose cinq secondes. À côté de moi, Ruby Jenkins est pliée en avant, le front sur les genoux. Elle me raconte qu'elle a l'intention de sécher les cours demain, même si elle n'est pas en dernière année. Je ne l'écoute qu'à moitié, parce que, en face de moi, Cody me sourit.

Après les étirements, nous nous dirigeons vers la piste et Cody me rejoint en petites foulées.

– Je ne t'ai pas vue à l'entraînement hier, me dit-il.

Il me cherchait ?

– Je suis allée faire un tour avec quelqu'un, dis-je, en restant suffisamment vague pour qu'il se demande si le quelqu'un en question ne serait pas un garçon.

Je baisse les yeux, et constate à quel point nos jambes sont parfaitement synchronisées.

À présent, Emma Nelson, il est temps d'utiliser les ressources dont tu disposes.

– On a roulé jusqu'à Pittsburgh pour voir quelques bâtiments, dis-je. L'architecture me fascine.

– J'envisage de m'inscrire en architecture à Duke l'année prochaine, me confie-t-il.

Avant de pouvoir m'en empêcher, je bredouille :

– Je m'intéresse beaucoup aux énergies éolienne et solaire, et à leur rapport avec l'architecture.

À l'instant où je dis ça, je sens que je suis allée trop loin. Mais Cody regarde le soleil en plissant les paupières et dit :

– Je n'avais jamais pensé à ça.

Je respire.

– Tu devrais. C'est l'avenir.

Cody s'arrête et met la main dans la poche de son short.

– J'ai trouvé quelque chose près de la fontaine des vestiaires. C'est à toi, non ?

Quand il ouvre les doigts, il tient mon pendentif en or avec le petit E. Je porte la main à mon cou. Je n'ai pas enlevé ce collier une seule fois en huit ans. Je n'arrive pas à croire qu'il soit tombé sans que je m'en aperçoive.

Cody dépose le collier au creux de ma main. Pendant que je le regarde s'éloigner au petit trot, je me rappelle ce que m'a dit Josh hier, concernant mon empressement à me jeter sur Cody, aussitôt après avoir plaqué Graham. Ce qu'il ne comprend pas, c'est que Cody n'est pas un garçon que je viens de remarquer brusquement. Je craque pour lui depuis longtemps. Je serais folle de l'ignorer alors qu'il fait enfin attention à moi.

*

En roulant vers la maison, je repense à ce qui s'est passé hier sur Facebook. En jurant de ne jamais vivre dans l'Ohio, j'ai déplacé mon futur à Londres. Une simple décision a suffi à tout changer.

À l'évidence, je ne suis pas heureuse avec Kevin. Mais au lieu de le chercher dans l'annuaire, comme j'ai fait pour Jordan, je ferais peut-être mieux de me promettre de ne pas l'épouser quand je l'aurai rencontré.

Je m'arrête à un feu rouge et je jette un coup d'œil autour de moi pour m'assurer que personne ne me regarde.

– Un jour, dis-je à voix basse, je vais rencontrer Kevin Storm. Mais je ne l'épouserai pas.

Le feu passe au vert, et j'appuie sur l'accélérateur.

Et je me répète ma promesse, plus fort, en ajoutant cette fois :

– Quoi qu'il arrive !

47://Josh

Nous sommes sur le parking du *Sam's Club*, un grand magasin discount à une quinzaine de kilomètres hors de la ville. J'ouvre le hayon de la Jeep Cherokee de Sydney et je me hisse à l'arrière. Le coffre commence à être bien rempli, et je dois me baisser pour ne pas me cogner la tête.

– Prêt ? me demande-t-elle.

Je tends les mains, et elle sort du chariot un gros sac de Cheetos. Elle me le jette. Suivent encore deux sacs de bretzels, puis des Doritos. Pendant qu'elle pose les sodas au bord du coffre, je range le reste des provisions pour gagner un peu de place.

– C'est en l'honneur de quoi, ce banquet, exactement ? dis-je.

Sydney soulève un pack de douze Mountain Dew et me le tend.

– Oh, ça ce n'est pas pour le lycée.

Je glisse les sodas au fond du coffre. Elle me passe un autre pack de douze que je glisse contre le premier, avant de lisser un coin de la bâche qui a formé un pli par dessous.

– D'habitude, les courses pour le conseil des élèves me prennent plus longtemps, explique-t-elle, mais là, on a fait tellement vite que je me suis dit qu'on avait le temps pour un petit détour.

J'ai passé l'après-midi à pousser des chariots, soulever des cartons et charger l'arrière de la Cherokee. Et c'est cool, je ne vais pas me plaindre de passer du temps avec Sydney Mills. Et ça ne me dérange pas non plus de lui donner un coup de main pour ses courses personnelles, mais j'aurais apprécié qu'elle m'en parle quand nous avons changé de mission.

Je saute sur le bitume.

– C'est pour ta fête à la prison ?

– Mon pique-nique, corrige-t-elle en refermant le hayon. Non, en fait c'est pour le feu de joie de demain soir, chez un ami.

Je m'essuie le front d'un revers de main et je grimpe sur mon siège. Quand elle met le contact, je baisse ma vitre à moitié.

– On ne peut pas organiser une soirée rien qu'avec de l'alcool, m'explique Sydney, sinon les gens se mettent minables. Il faut leur proposer quelque chose à grignoter.

Décidément, on ne parle plus que de ce feu de joie depuis le début de la semaine. Même Tyson va emprunter le pick-up de son père pour aider des skateurs de dernière année à ramasser du bois au bord du lac.

– Et puis, si les flics débarquent, il vaut mieux avoir du soda sous la main, continue Sydney. Planquer la bière, et sortir le coca !

Je n'ai pas trop pensé à cette soirée jusque-là, parce que j'avais d'autres choses en tête. Sydney Mills, principalement.

– Rick m'a laissé un message sur mon portable tout à l'heure, dit-elle, pour me demander si je pouvais lui rapporter deux ou trois courses. Je l'aurais fait demain, mais puisqu'on avait du temps, je me suis dit, pourquoi pas ? En plus, j'ai la Cherokee aujourd'hui.

Nous écumons la ville depuis trois heures. Au début, je n'arrivais pas à croire qu'elle me l'ait proposé à moi. Chaque fois que nos coudes se frôlaient, ou que nos doigts se touchaient, ça me faisait comme une décharge d'électricité dans tout le corps. Et puis les choses se sont un peu calmées. Peut-être que j'espérais une connexion immédiate. Même si nous nous marions un jour, nous nous connaissons à peine. Je suis juste le type qui a pris sa défense en classe contre son ex.

– Ça ne t'ennuie pas, me demande Sydney, qu'on lui dépose les courses pour son feu de joie avant que je te ramène ? C'est sur le chemin.

– Non, c'est bon.

– Tu es déjà allé chez Rick ?

– Rick qui ? (Et puis, je réalise de qui nous sommes en train de parler.) *Rick Rolland ?*

– Il a une très belle maison. Juste à côté du lac.

– Tu parles de ce guignol au cours de Vie collective ?

– C'est ça ! Ses parents sont partis pour un week-end prolongé, et il en profite pour… oh… c'est vrai. (Sydney se tourne vers moi avec une grimace d'excuse.) Rick et moi on est sortis ensemble, mais c'est complètement fini.

– C'est… bah… pas de problème.

– Je sais qu'il lui arrive de se comporter comme un idiot, mais au fond, c'est un bon copain.

Alors que Sydney s'engage sur la grande route, je baisse ma vitre pour le reste du trajet.

*

Sydney prend la sortie du lac Crown puis tourne à gauche dans un chemin de terre. Pendant que nous faisons le tour du lac, je cherche du regard la maison dans laquelle nous habiterons un jour, elle et moi, mais je ne vois rien qui ressemble aux photos sur Facebook. Peut-être qu'elle n'est pas encore construite.

Elle s'avance dans l'allée gravillonnée de Rick et s'arrête devant une maison en briques rouges, bâtie devant une forêt de pins. Elle klaxonne une fois, deux fois, puis coupe le contact.

– On va l'attendre ici, dit-elle.

Voyant que Rick ne sort pas, Sydney attrape son portable et compose un numéro.

J'espère que Rick et sa famille auront déménagé quand Sydney et moi achèterons notre maison.

– Aucune réponse, dit Sydney. (Elle pose son téléphone sur le tableau de bord.) Je reviens.

Elle remonte le sentier pavé et entre dans la maison. La porte se referme sur elle.

Je ne me vois pas entrer de manière aussi désinvolte chez quelqu'un avec qui je sortais. J'imagine la tête de Rebecca Alvarez si je poussais tranquillement sa porte sans frapper. Je suppose que les gens qui vivent dans l'orbite de Sydney fonctionnent différemment. Pour eux, il est sans doute naturel de sortir avec quelqu'un, de rompre avec lui puis de l'aider à organiser une fête.

Sydney ressort la première, en laissant la porte ouverte derrière elle. Rick émerge un instant plus tard et regarde tout de suite dans ma direction. Il porte un T-shirt gris avec un short, et même d'ici, je constate que ses mollets sont trois fois plus épais que les miens. Il m'adresse un hochement de tête sans la moindre trace de jalousie ou de supériorité. Je ne sais même pas s'il me reconnaît.

J'ouvre ma portière et je descends. Debout dans l'allée, auprès de Sydney et de Rick, je me sens dans la peau du petit frère qui s'est invité à la fête.

– Syd m'a dit que tu l'avais aidée pour les courses au *Sam's Club*, dit Rick. C'est cool.

Il l'appelle Syd.

– Pas de problème.

Rick se détourne, et je sais ce qu'il pense. *Ce type n'est pas une menace.* Enfin, je suis peut-être injuste. Peut-être qu'il ne se sent pas menacé parce qu'il n'y a plus rien entre Sydney et lui.

J'attrape deux packs de douze cannettes de soda et je les porte dans la maison. Je les pose dans l'entrée, à côté de cinq tonnelets de bière. Sydney apporte les chips, et Rick suit avec six caisses de soda, comme si elles ne pesaient rien. Quand nous revenons à la Cherokee, il me serre la main pendant que Sydney referme le hayon.

– Je reviens dans cinq minutes, me dit Sydney. Le temps que Rick retrouve son portefeuille.

Ils s'éloignent côte à côte. Je retourne dans le 4x4 et je referme la portière. Pendant les prochaines minutes, je vais m'efforcer de ne pas penser à Sydney à l'intérieur avec Rick. Je sais bien qu'ils ne sont pas en train de s'embrasser. J'en suis sûr ! Mais j'ai du mal à m'habituer à leur monde et à ses règles.

Je touche le portable de Sydney sur le tableau de bord. Je ne me suis encore jamais servi d'un portable, mais j'aimerais bien pouvoir appeler mon frère. *Dis-moi ce qu'il faut que je fasse, parce que je n'en ai aucune idée.*

Sydney me rejoint dans la voiture avec un grand sourire.

– Rick est cool, me dit-elle en attrapant une paire de lunettes de soleil. Je suis contente qu'on soit réconciliés.

Avec ses lunettes et ses cheveux qui flottent sur ses épaules, elle a l'air pleinement satisfaite de la vie, effectivement. Tout le contraire de ce que je ressens. Je sais qu'un jour, nous posséderons une belle maison dans le coin, et nous partirons en vacances dans des lieux exotiques. Mais il doit se produire quelque chose d'incroyable entre maintenant et cet avenir, parce que pour l'instant, je n'ai pas l'impression que nous soyons faits l'un pour l'autre. Si nous nous mettions ensemble maintenant, je nous imagine mal durer jusqu'à la fin de l'été.

48://Emma

Je ferme la porte de ma chambre et je compose le numéro de Papa.

« Vous êtes bien chez les Nelson, dit la voix de Cynthia. Nous ne sommes pas disponibles pour le moment mais laissez-nous un message et nous vous rappellerons. »

Suit un bourdonnement sourd, puis deux bips.

– Salut Papa, c'est Emma. (Je ferme les yeux. *Il faut que tu le fasses.*) Peut-être que tu es occupé avec le bébé, mais je voulais que tu saches que je suis désolée pour ce que je t'ai dit hier. Et aussi pour ne pas t'avoir remercié plus tôt. L'ordinateur est super. C'est juste que…

Non, je ne peux quand même pas me contenter d'un message sur son répondeur. Ce serait trop facile. Je dois lui parler de vive voix.

– Tu veux bien me rappeler, s'il te plaît ?

Je raccroche et j'essaie d'imaginer qui écoutera ce message en premier. J'espère que ce ne sera pas Cynthia. Elle a toujours été gentille avec moi, mais il y a certaines choses que j'aimerais autant garder entre Papa et moi.

Je la vois d'ici, en train de bercer le bébé contre son épaule, disant : « Dale ? Ta fille t'a laissé un message. »

Ou peut-être qu'elle dirait « ton *autre* fille ». J'espère que non. J'espère qu'elle m'appelle simplement Emma.

*

La première chose que je vérifie sur Facebook, c'est ma situation sentimentale. Je ne suis plus mariée à Kevin Storm mais à un certain Isaac Rawlings. Je travaille à l'université de Caroline du Sud. Mon travail exact n'est pas précisé, mais il y a un lien vers un truc intitulé Services maritimes et littoraux. Sur la photo, on me voit me frotter le visage contre un golden retriever. J'ai les cheveux longs et bouclés.

Puis je lis mon premier commentaire :

> **Emma Nelson**
> C'est officiel. À partir d'aujourd'hui, on oublie le Rawlings. Isaac a peut-être gardé le mobilier du salon, mais je récupère le canapé et mon nom de jeune fille. Ne me reste plus qu'à trouver une maison pour le poser (je parle du canapé, bien sûr).
> J'aime • Commenter • Il y a 4 heures

Je baisse la tête et me frotte les yeux. Il y a moins d'une semaine que Josh m'a refilé ce CD-Rom, et qu'en ai-je fait de bien ? Il a peut-être raison : je n'aurais pas dû me débarrasser aussi vite de Jordan Jones. Ou j'aurais peut-être dû rester avec Kevin. Tout n'était pas rose, mais quel couple n'a pas ses petites difficultés ? À présent, me voilà mariée à Isaac Rawlings et nous sommes déjà en plein divorce.

Même si je pouvais revenir en arrière, je ne sais pas quelle vie je voudrais retrouver. Et j'ai causé tellement de répercussions que je ne pourrais jamais recréer aucun de mes avenirs à l'identique. Si j'allais à Tampa State, par exemple, où j'étais supposée rencontrer Jordan, je ne serais jamais à l'aise avec lui, sachant comment les choses ont tourné la première fois.

Je ne veux même pas savoir comment j'ai fait la connaissance d'Isaac Rawlings. Quand je me serai promis de ne pas l'épouser, je me retrouverai encore engluée dans un mauvais mariage.

Je jette un coup d'œil à mes *Amis*. Cette fois, je n'en ai plus que cent quatorze. Je les fais défiler jusqu'aux J – toujours pas de Josh.

Alors que je remonte dans la liste, je m'arrête sur le nom de Cody Grainger. Mon cœur s'emballe. Quelque chose a bel et bien changé entre nous aujourd'hui ! Sur la photo, il porte une veste décontractée, une cravate, et une raie sur le côté. Je clique sur son nom et...

Cody Grainger
Se prépare à donner sa conférence à Zurich.
Le vol m'a paru long depuis Tucson.
J'aime • Commenter • Il y a 2 heures

Je parcours ses derniers commentaires. Cody vit désormais en Arizona. Il est professeur d'architecture, spécialisé dans les énergies éolienne et solaire. Il donne des conférences dans le monde entier. Il y a deux semaines, il était en visite à la Maison Blanche et s'est exprimé devant le Congrès. Et surtout, il est toujours célibataire.

La dernière fois que j'ai regardé, Cody se contentait de travailler dans cette branche. Voilà qu'il est devenu un expert international. Et tout ça grâce à moi ! Notre discussion d'aujourd'hui a donné un sacré coup de fouet à sa carrière. C'est tellement bizarre que je ne veux même pas y réfléchir.

Cody n'a pas d'autres photos, mais sur sa page d'informations il énumère différentes choses qu'il aime :

Les plats mexicains épicés, le cercle des anciens élèves de Duke, les drive-in, la guitare, le vin rouge et les citations de *Wayne's World.*

Je me demande si je ne devrais pas rajouter Duke à mes choix possibles en matière d'université. Ce serait cool.

Je n'en reviens pas que Cody soit tellement fan de *Wayne's World*. Je suis allée le voir avec Josh et Tyson il y a quelques années. Tyson a hurlé de rire pendant toute la séance, en s'étranglant avec ses pastilles de menthe et en criant des insanités à l'écran. Josh et moi étions consternés par la débilité profonde du film. Ce qu'il y avait de plus drôle, c'était encore de regarder Tyson.

Mais puisque ce sera encore une référence pour Cody dans quinze ans, et si j'ai envie de m'entendre avec lui, j'ai intérêt à revoir ce film, et vite !

*

– *Wayne's World* ? me demande l'employée de la boutique vidéo. On me l'a rapporté il y a moins de dix minutes.

Elle m'indique le rayon des comédies. Je trouve le film, je retourne au comptoir et je tends ma carte de location à l'employée.

– Un jour elle sera mienne, dit-elle avec un sourire, en tapant mon nom dans son ordinateur. Oh oui, un jour elle sera mienne.

Je ne comprends rien à ce qu'elle me raconte.

– Pardon ? dis-je.

Elle incline la tête sur le côté.

– Quoi, vous n'avez jamais vu *Wayne's World* ?

– Si, au cinéma, mais... (Et puis, je comprends.) Vous citiez le film ! C'était Wayne ou Garth ?

– Wayne, je crois. Mon copain n'arrête pas de dire ça.

– Ah bon ? Donc, c'est une tirade culte ?

Elle me regarde comme si j'étais folle.
– Vous pouvez le garder deux jours.
Je la remercie et je m'empresse de quitter la boutique.

49://Josh

Le père de Tyson me rejoint dans la petite salle de repos des employés, avec deux tranches de pizza aux pepperonis dans des assiettes en carton.

– Je sais que tu m'as dit que tu n'avais pas faim, dit-il en posant une assiette à côté de mon manuel d'histoire, mais on a toujours une petite place pour une part de pizza.

J'aime bien le père de Tyson. C'est peut-être parce qu'il a élevé Tyson tout seul, mais je le trouve plus abordable que la plupart des pères. Quand je me suis pointé il y a une heure, à la recherche d'un endroit pour réviser, il ne m'a posé aucune question. Pourtant, on ne vient pas au *GoodTimez* pour le calme et la tranquillité. Il a simplement débarrassé les journaux qui s'empilaient sur la table basse et m'a demandé si je voulais grignoter quelque chose.

– Je peux mettre la télé ? demande-t-il, en s'asseyant sur une chaise pliante face à moi.

– Bien sûr, pas de problème.

Je tourne une page de mon manuel en prenant une bouchée de pizza.

Le père de Tyson allume la télé. Deux chroniqueurs apparaissent sur CNN, en plein débat sur le président Clinton et le sexe.

– Ils ne bloquaient pas déjà là-dessus la dernière fois ? s'étonne le père de Tyson.

Je souris.

– Je suis sûr qu'ils vont bientôt passer à autre chose.

Après m'être fait raccompagner par Sydney, j'ai essayé de réviser dans le salon pour garder un œil sur la maison d'Emma.

On ne va pas se faire la gueule indéfiniment. C'est injuste, pour elle comme pour moi. Il faut qu'on parle.

Mais quand Emma est arrivée, je suis resté figé sur mon canapé pendant qu'elle rentrait chez elle. Elle est ressortie peu de temps après, est remontée dans sa voiture et repartie. Alors j'ai attrapé mon sac à dos et mon skate, et j'ai mis le cap sur le *GoodTimez*.

– Qu'est-ce que tu étudies ? me demande le père de Tyson.

– Le Vietnam. (Je prends une autre bouchée de pizza puis je m'essuie les doigts sur une serviette en papier.) On doit faire une dissertation sur la théorie des dominos, pour l'examen de fin d'année.

– Je me souviens de la théorie des dominos, dit-il. (Il regarde distraitement les deux hommes se disputer à l'écran.) Quand un truc menace de mal tourner, soit on l'arrête à temps, soit il risque de dégénérer jusqu'à ce qu'il soit trop tard pour faire quoi que ce soit.

– Je crois que c'est à peu près ça.

– Même avec le recul, dit-il, c'est difficile de savoir avec certitude ce qu'on a gagné et ce qu'on a perdu dans cette guerre. Mais c'est comme ça. L'histoire ne fait pas de cadeaux à ceux qui se retrouvent embarqués dedans.

Tyson entre et pose son skate contre le mur.

– Quoi de neuf, m'sieu Mills ? me demande-t-il en me saluant. Papa, c'est moi ou tu as dit « l'histoire ne fait pas de cadeaux » ?

– On parlait de la dissertation de Josh, explique son père. Et à propos de devoirs, je peux savoir où tu étais ?

Tyson lui adresse un sourire malicieux.

– Chez un copain. Depuis quand je dois te faire un rapport chaque fois que je mets les pieds dehors ?

Le père de Tyson froisse une serviette et la lui jette à la figure.

– Dépêche-toi de faire tes devoirs, T-bone. Après, j'aurai besoin de toi. Tu n'auras qu'à l'aider, Josh – il faut bien gagner un peu ta croûte.

*

Le *GoodTimez Pizza* se partage entre boxes jaune vif et tables orange d'un côté, et une salle de jeux électroniques de l'autre. Mais c'est surtout son attraction centrale qui explique pourquoi tous les gamins de Lake Forest veulent venir y fêter leur anniversaire : un grand bassin arc-en-ciel rempli de balles en plastique et desservi par des toboggans – un rouge, un bleu et un vert.

Toutes les trois semaines, après la fermeture du restaurant, on vide le bassin pour désinfecter les balles. Ce soir, je reste donc donner un coup de main. Tyson se faufile dans le bassin par une fente dans le filet de protection et s'enfonce dans les balles jusqu'aux genoux. Il en remplit un seau, qu'il vide dans un grand sac poubelle que je tiens à l'extérieur.

– Donc, il ne s'est rien passé aujourd'hui entre Sydney et toi ? résume Tyson en remplissant de nouveau son seau. Tu devrais peut-être l'inviter à déjeuner avec nous demain. Je tâcherai de t'aider à débloquer la situation.

Les employés nettoient les tables, passent l'aspirateur ou récupèrent les jetons dans les jeux vidéo. La musique passe trop fort pour qu'ils nous entendent, mais je ne me sens pas très à l'aise malgré tout.

– C'est trop tôt, dis-je à voix basse. On se connaît à peine.

Tyson vide le seau dans le sac.

– Mec, elle est passée te prendre après les cours. Je crois qu'elle a *envie* de te connaître.

– Peut-être. (Je pose de côté le sac plein de balles.) Mais je ne suis peut-être pas prêt.

Tyson entrouvre le filet pour me jeter une balle verte à la tête.

– Alors, prépare-toi ! On parle de Sydney Mills. J'ai toujours *rêvé* d'être le copain du gars qui sort avec elle.

Je secoue un deuxième sac-poubelle pour l'ouvrir.

– Tu ne préférerais pas être le gars en question ?

Tyson réfléchit.

– Non. Je n'aime pas être au centre de l'attention.

Je ramasse la balle verte qui a roulé par terre et je la lâche dans le sac.

– Au passage, j'ai comme l'impression que vous allez vous remettre ensemble, Kellan et toi, non ?

Tyson ne répond pas.

– T'en fais pas. Je vais laisser Kellan l'annoncer à Emma, si c'est pas déjà fait. Mais tu peux être sûr qu'Emma va insister pour te prévenir de...

– De ne pas faire souffrir Kellan, je sais.

Tyson s'adosse au rebord rembourré du bassin. Le niveau des balles a baissé ; ses genoux émergent comme deux îlots.

– Je n'ai jamais *voulu* qu'elle souffre. La dernière fois, c'était trop tôt, c'est tout.

– On ne peut pas reprocher à Emma de s'inquiéter, dis-je. Quand vous avez rompu, Kellan a complètement flippé.

Tyson ramasse une balle rouge et la lance dans le toboggan bleu. Elle roule presque jusqu'au sommet avant de retomber dans le bassin.

– On s'aime bien, finit-il par dire. Et on a pas mal réfléchi tous les deux cette année. Je ne sais pas quoi te dire d'autre.

Il n'y a rien d'autre à dire. Tyson hésite à retomber amoureux d'une personne qu'il a déjà aimée. Ma situation est différente.

Je suis censé tomber amoureux de Sydney, et apparemment, les événements semblent se conjuguer pour que ça se produise. Mais au fond de moi, je ne suis pas certain d'en avoir envie.

*

La lumière du porche est allumée quand je rentre à la maison. J'appuie mon skate contre la porte et je fouille dans ma poche à la recherche de la clé. Mes parents discutent à l'intérieur. Je doute qu'ils me fassent un sermon, mais Papa jettera sans doute un coup d'œil appuyé à sa montre.

La maison d'Emma est plongée dans le noir. Pas de lumière sous le porche, ni à l'étage, seulement une lueur bleuâtre dans le salon.

Je traverse la pelouse qui sépare nos deux maisons en écoutant tinter le carillon sous le porche d'Emma. Quand Martin l'a accroché, Emma a râlé en disant qu'il l'envahissait avec ses bruits.

Je m'approche doucement de la fenêtre du salon. Au centre de la pièce, Emma dort sur le canapé, la tête sur l'accoudoir. La télé est allumée, mais elle est placée de telle sorte que je ne peux pas voir ce qu'elle regardait.

Emma me manque. Même si on ne devait pas échanger un mot, même si elle devait rester endormie, je voudrais vraiment être assis avec elle sur ce canapé en ce moment.

VENDREDI

50://Emma

Maman m'appelle d'en bas :

– Emma ?

Je jette un coup d'œil à mon radio-réveil. Il allait sonner dans une dizaine de minutes.

– Emma !

Je grogne et je me cache la tête sous les couvertures. Je me suis endormie sur le canapé hier soir, avant de regagner ma chambre au radar à deux heures du matin. En montant, j'ai vu qu'il y avait de la lumière dans la salle de bains de Josh. Il prend une douche au milieu de la nuit quand il n'arrive pas à dormir. J'ai failli faire clignoter la lumière de ma chambre. S'il m'avait répondu de la même manière, j'aurais collé un message à ma fenêtre, comme quand nous étions gosses. Mais j'ai préféré le laisser tranquille. Josh ne veut plus entendre parler de moi. Il a passé l'après-midi avec Sydney, à faire les premiers pas vers leur avenir commun.

J'entends claquer les sandales de Maman dans l'escalier et je fouille dans mon cerveau fatigué, à la recherche de ce que j'ai bien pu faire pour la mettre en colère. Je ne l'ai pas vue hier soir. Martin et elle étaient partis à Pittsburgh acheter du mobilier de salle de bains. Après dîner, j'ai rangé mon assiette et mon verre dans le lave-vaisselle. J'ai même passé un coup d'éponge sur le plan de travail avant de regarder *Wayne's World*.

Maman porte une robe jaune et un serre-tête assorti. Elle brandit une cassette vidéo noire en fronçant les sourcils.

– *Wayne's World*, Emma ?

Je me frotte l'épaule sur laquelle j'ai dormi.

– C'est pour ça que tu me réveilles ?

– Non. (Elle me montre la deuxième cassette qu'elle tient dans l'autre main.) C'est pour ça.

J'attrape un chouchou sur ma table de nuit et je ramène mes cheveux en queue-de-cheval.

– C'est-à-dire ?

– Tu as éjecté notre cassette vierge pour regarder *Wayne's World*, dit Maman en pinçant les lèvres.

Je hausse les épaules. C'est peut-être vrai. Je ne m'en souviens plus.

– On voulait enregistrer *Seinfeld*, continue Maman. On l'avait programmé.

– Désolée.

– On l'enregistre tous les jeudis, Emma. Tu le sais pourtant. (Elle regarde le poster marin au-dessus de mon lit, puis se retourne vers moi.) Martin et moi, on commence à trouver que tu fais preuve d'un certain manque de respect envers la vie de cette maison.

Je me redresse.

– Un manque de respect ? De quoi est-ce que tu parles ?

Elle indique la moquette au pied de mon lit.

– Martin a remarqué la tache, juste là. Emma, on vient à peine de changer la moquette. Et tu as déjà réussi à renverser quelque chose dessus ?

Je n'ai pas envie de parler de ça. Renverser l'eau du vase était une bêtise, mais ce n'est pas ce que j'ai commis de plus bête cet après-midi-là.

– J'ai essayé de nettoyer.

– Tu aurais dû nous demander. On a des produits pour détacher ce genre de...

Hé là, une minute !

– Qu'est-ce que Martin faisait dans ma chambre ?

Maman soupire.

– Il ne faisait que prendre des mesures.

Je bondis hors de mon lit et je ramène ma chemise de nuit sur mes hanches. Je ne suis pas d'humeur à me disputer avec Maman, surtout après l'avoir déjà fait avec Josh et Papa, mais je ne peux pas laisser passer ça.

– C'est pour son bureau, ajoute Maman. Quand tu auras obtenu ton diplôme.

– Quoi ? dis-je, le cœur battant. (Je place mes mains comme des œillères.) C'est ma chambre depuis seize ans, et pour l'instant ça l'est toujours. Martin en fera peut-être son bureau un jour, mais ça ne veut pas dire qu'il peut y rentrer quand ça lui chante.

Ma mère pose les deux cassettes sur ma commode.

– Je suis désolée pour *Seinfeld*, dis-je en ouvrant un tiroir pour en sortir un T-shirt vert et un short en jean. Je vais demander autour de moi si quelqu'un l'a enregistré. Mais il faut que tu dises à Martin de garder ses projets pour plus tard.

Le regard de Maman se perd dans le vague, comme si elle refoulait ses larmes.

– Ça demande un effort d'adaptation de la part de tout le monde, murmure-t-elle.

J'hésite à répliquer qu'elle m'a déjà demandé ce genre d'effort lors de son divorce avec Papa, ou de son bref mariage avec Erik. J'en ai par-dessus la tête de ses efforts d'adaptation.

– Dis-lui simplement de ne plus venir dans ma chambre, conclus-je.

*

Situation amoureuse : compliquée

Voilà comment se présente mon avenir ce matin. Ça ne dit pas si je suis mariée. Ça ne dit pas non plus si je suis célibataire. Je suis désormais diplômée de l'université de San Diego et je vis à Oakland, Californie.

Mon dernier commentaire publié remonte à mercredi.

Emma Nelson
Espère qu'il ne va pas pleuvoir ce week-end.
J'aime • Commenter • Il y a 3 heures

Ma photo est en noir et blanc, on dirait presque une ombre chinoise. Elle me montre en train de jouer du saxo devant une fenêtre ouverte. J'ai les cheveux aux épaules.

Je fais défiler ma liste d'amis. Cody est là. Il porte une cravate différente, mais pour le reste il n'a pas changé depuis hier. Je descends jusqu'aux J, mais Josh brille toujours par son absence.

Je reviens sur ma page principale. Je viens de poster un message il y a douze secondes !

Emma Nelson
Je crois que je vais procéder à un grand ménage émotionnelet me débarrasser de quelques vieilleries encombrantes. À commencer par mon mot de passe. Ça fait quinze ans que je n'en ai pas changé. J'attends juste qu'un nouveau me vienne à l'esprit.
J'aime • Commenter • Il y a 12 secondes

Je vais me débarrasser de *Millicent* ?

Clarence et Millicent représentent ce qu'il y a de meilleur dans notre amitié à Josh et moi. Et voilà que j'ai l'intention de renoncer à ça ? Ai-je définitivement tout gâché entre nous parce que je l'ai embrassé ? Ou parce que je n'ai pas su quoi lui répondre quand il m'a demandé *pourquoi* je l'avais fait ?

Une minute ! Je ne peux pas changer mon mot de passe. C'est mon seul moyen d'accès à Facebook. J'ai *besoin* de pouvoir accéder à Facebook. Ma vie sentimentale est déjà compliquée, apparemment, et je ne parle pas de ma carrière. Même si je ne dévoile pas grand-chose, j'imagine que je recommencerai tôt ou tard à donner des indications précieuses. Mais si je n'ai plus accès aux détails de ma vie future, comment espérer réparer les choses ?

– Emma ! appelle Maman, en me faisant sursauter. Martin a besoin de passer un coup de fil pour son travail. Tu veux bien te déconnecter ?

– Non, je...

– Tu vois ? C'est ça dont je te parlais, me prévient-elle. On va bientôt faire installer une nouvelle ligne, exprès pour Internet. Mais en attendant, déconnecte-toi.

En quittant ma page écran, je repense à cette photo de Kellan, Tyson, Josh et moi que j'ai déchirée l'autre jour. Je me jette sur ma corbeille à papier en espérant que Martin n'a pas profité de son passage pour la vider. Mais les morceaux sont toujours là, sous plusieurs Kleenex froissés. Je les récupère un à un et les rapproche au creux de ma main.

Josh et moi ne serons peut-être plus amis dans le futur, mais je ne peux pas jeter comme ça tous mes souvenirs. J'ouvre le tiroir de ma commode, je glisse les morceaux de la photo dans mon journal et je referme le tiroir.

51://Josh

C'est le Senior Skip Day. Avec un quart des élèves en moins, les couloirs du lycée paraissent désagréablement déserts. Ils sont plus silencieux aussi, et il devient un peu trop facile de s'y perdre dans ses pensées.

Je me rends à mon troisième cours de la matinée en longeant les casiers et en réfléchissant au temps qui passe. Si c'était possible, je remonterais six mois en arrière, à la nuit où j'ai essayé d'embrasser Emma, et je ne le ferais pas. Elle continuerait à me tenir le bras pour se réchauffer, dans le cimetière, mais à notre retour à la voiture avec Tyson et Kellan il n'y aurait aucun malaise entre nous. Ou sinon, je remonterais au jour où elle a installé son nouvel ordinateur et où je lui ai donné ce CD-Rom sous le porche. Comme ça, elle ne découvrirait jamais Facebook. Nous ne serions peut-être pas aussi proches qu'avant, mais au moins, nous nous parlerions encore.

Je poursuis mon chemin quand une voix s'exclame derrière moi :

– Ah, tu es là !

Je prends mon souffle, et je me retourne.

– C'est dingue, non ? dit Sydney en indiquant le couloir désert. On a l'impression qu'il n'y a plus personne aujourd'hui.

Elle est vraiment très belle, avec ses cheveux châtain clair et ses yeux d'ambre. Elle pourrait poser dans l'un de ces magazines qu'Emma et Kellan feuillettent pour les tests.

– Pas trop fatigué après notre journée d'hier ? me demande Sydney. (Elle tend la main et me serre le biceps. Heureusement que j'ai augmenté mon quota de pompes quotidiennes.) Je t'ai fait travailler dur.

– Pas de problème, dis-je, même si c'est vrai que j'ai encore des courbatures. Et toi ?

Sydney se tient les bras.

– J'étais crevée quand je suis rentrée.

La sonnerie annonce la reprise dans deux minutes, et je me réjouis de cette diversion.

– Tu déjeunes où ? demande Sydney, en jetant un coup d'œil à son téléphone.

J'ai l'intention de déjeuner sous le chêne comme d'habitude, mais je ne suis pas sûr de vouloir l'inviter. Tyson me l'a suggéré, mais si Emma vient aussi, la situation risque de devenir embarrassante.

– Si tu as d'autres plans, dit Sydney, on n'aura qu'à déjeuner ensemble une autre fois.

Elle mérite une explication.

– Je n'ai pas vraiment de plans, dis-je, mais c'est un peu tendu en ce moment avec une amie, et j'espère pouvoir lui parler pour éclaircir les choses.

Sydney détourne brièvement les yeux. J'aurais peut-être pu trouver mieux.

– C'est cool, dit-elle. Je veux dire, c'est gentil de ta part.

Sydney et moi avons l'air heureux sur Facebook. Nous sommes très différents pour l'instant, mais j'imagine que nous allons devenir plus proches avec le temps. Peut-être qu'Emma a raison, je veux aller trop vite.

– Ça va te paraître bizarre, reprend Sydney en baissant les yeux. Hier soir, j'ai raconté notre journée à ma sœur, en lui disant à quel point j'avais passé un bon moment avec toi.

– Merci. J'ai passé une bonne journée moi aussi.

Elle soupire, puis me regarde avec un mince sourire.

– Mais ensuite, quand je lui ai dit que je t'avais emmené chez Rick, elle m'a traitée de folle. Si je t'ai placé dans une situation inconfortable, j'en suis désolée.

Je hausse les épaules sans rien dire. Je m'attendais à tout sauf à des excuses.

Sydney m'adresse un sourire timide.

– Ma sœur me traiterait de tous les noms pour t'avoir demandé ça, mais est-ce que tu veux venir au feu de joie avec moi ?

– Chez Rick ?

– Ce ne sera pas tout à fait chez lui, en fait. Plutôt au bord du lac.

Shana Roy fait irruption entre nous.

– Hé, Syd ! (Elle me lance un bref regard, puis présente sa paume à Sydney.) Il me faut un chewing-gum ou des pastilles à la menthe. Tu as ça ?

Pendant que Sydney fouille dans son sac, je réfléchis à ce que je devrais lui répondre. À supposer que nous ne soyons pas censés nous mettre ensemble aussi vite et que je dise oui, est-ce que je ne risque pas de tout gâcher ? Mais si je freine des quatre fers, l'occasion se représentera-t-elle ?

Heureusement, il existe un moyen de le savoir. Quelle que soit ma réponse, je n'aurai qu'à consulter Facebook après les cours pour en connaître les répercussions. Je pourrais utiliser la clé de secours d'Emma et allumer son ordinateur pendant qu'elle sera au stade. Je connais son adresse mail et son mot de passe. Il me suffira de jeter un coup d'œil à ma page pour vérifier si...

Non ! Il y a deux minutes à peine, je regrettais d'avoir découvert Facebook. Je ne peux pas l'utiliser seulement quand ça m'arrange. C'est décidé, je ferai comme si ce site n'avait jamais existé. Et puisque Sydney Mills m'invite à un feu de joie, je serais bien bête de refuser.

Shana se fourre une tablette de chewing-gum dans la bouche et nous salue de la main. Après son départ, Sydney me sourit.

– Alors ?

– D'accord, compte sur moi, dis-je.

*

Je déballe mon deuxième sandwich. Emma pose une tranche de fromage sur un morceau de pomme. Elle est arrivée au chêne avec Kellan, mais elle n'a pratiquement pas lâché un mot depuis.

Kellan lance une frite à Tyson et l'atteint au menton.

Il la ramasse sur ses genoux et l'avale.

– Continue, mais essaie de mieux viser.

Kellan plisse les paupières, et Tyson ouvre grand la bouche. La frite s'envole vers son visage, et…

– En plein dans le mille ! s'exclame Kellan en jetant les mains en l'air.

Tyson s'étrangle sur sa frite et lève les deux pouces.

Emma déballe une autre tranche de fromage sous cellophane et me l'offre.

– Si ça te tente…

Je ne suis pas très amateur de fromage, mais je l'accepte quand même.

– Waouh ! (Tyson nous dévisage, Emma et moi.) C'est une impression, ou vous venez de vous parler et d'échanger un morceau de fromage ? Il faut immortaliser ce moment. Quelqu'un a un appareil photo ?

Kellan lui jette une frite à la figure.

– Fiche-leur la paix.

– Mais c'est peut-être le début d'une grande histoire ! proteste Tyson en trempant sa frite dans le ketchup de Kellan. Dans une minute, il va lui offrir une bouchée de son sandwich. Et s'ils ne font pas gaffe…

– Tyson ! dit Kellan. La ferme.

Tyson écarte les bras.

– Quoi ? Ils n'ont pas échangé un mot depuis…

Cette fois, quand la frite l'atteint au front, elle est pleine de ketchup. Elle reste collée un moment avant de glisser dans l'herbe.

Kellan se couvre la bouche avec la main.

– Je n'ai pas fait exprès.

Tyson rit.

– De me la lancer, ou de la tremper dans le ketchup d'abord ?

Kellan ramène son sac sur ses genoux.

– Je dois avoir une serviette en papier quelque part.

– Oublie ta serviette, femme, déclare Tyson en se levant. Je vais m'essuyer sur ton chemisier.

Kellan pousse un petit cri, puis pique un sprint en direction du terrain de foot. Tyson la poursuit.

– Emma, dis-je aussitôt, je suis désolé pour ce que je t'ai dit l'autre jour. Je sais bien que tu ne voulais pas t'amuser avec moi.

Emma passe la main dans l'herbe.

– Mettons que ç'a été une drôle de semaine pour tout le monde et n'en parlons plus.

Sur le terrain, Tyson rattrape Kellan, qui se débat en glapissant. Il approche son front barbouillé de ketchup de sa poitrine mais elle réussit à se dérober et repart en courant.

Oui, ç'a été une drôle de semaine, mais nous devons en parler.

– C'est juste que je ne savais pas quoi faire après que...

– Je sais. (Emma balaye le sujet d'un revers de main et se penche vers moi.) Écoute, tu vas encore m'en vouloir mais j'ai regardé Facebook sans toi, et ce matin, ça disait...

– Promets-moi simplement qu'on va arrêter de se faire la gueule. Je me fiche du reste.

Emma prend une grande respiration, comme si elle était au bord des larmes. Je ramasse un brin d'herbe, je le coince entre mes pouces et je souffle dessus. Emma se bouche les oreilles, mais au moins, elle sourit.

– Je suis de nouveau mignon et adorable ? dis-je quand elle baisse les mains. Ou toujours insupportable ?

– Je ne t'ai jamais trouvé insupportable. Disons modérément agaçant, c'est tout.

– Et maintenant ?

Elle se penche et me pince la joue.

– Mignon et adorable.

Tyson et Kellan nous rejoignent tranquillement. Tyson s'est essuyé sur la manche de son T-shirt.

– Alors, on s'embrasse ou quoi ? demande Tyson.

Je rougis jusqu'aux oreilles.

Kellan tape dans ses mains.

– Question suivante. Qui va au feu de joie ? Tyson a promis d'apporter du bois, et moi j'ai très envie d'y aller.

Emma me regarde avec un optimisme prudent.

– Le truc, dis-je avec une grimace, c'est que j'ai déjà promis à Sydney d'y aller avec elle.

– Oh, fait Kellan.

Emma referme le couvercle de son Tupperware.

– Je serais bien venue, dit-elle, mais je me suis disputée avec ma mère ce matin, et je crois que je ferais mieux de rester à la maison.

– Tu es sûre ? insiste Kellan. Ça pourrait être sympa.

– J'ai une idée, propose Tyson. Et si on invitait Sydney à venir avec nous ? La voiture de Kellan est assez grande pour cinq. Je rendrai le pick-up de mon père quand j'aurai livré le bois, et on n'aura qu'à y aller tous ensemble.

Emma prend le Sprite de Kellan et en boit une gorgée.

– Non, Josh doit y aller avec Sydney. Et moi, je vais rester chez moi.

Elle range son Tupperware dans son sac. Je sens Kellan me fusiller du regard.

52://Emma

J'ai une grosse boule dans la gorge depuis le déjeuner, quand Josh nous a appris qu'il allait au feu de joie avec Sydney. Il avait l'air un peu gêné de l'avouer devant moi. Et encore, il ne sait pas à quel point mon avenir tourne mal ! Aux dernières nouvelles, je vivais à Londres avec Kevin Storm, mais depuis, j'ai divorcé d'Isaac Rawlings et maintenant j'ai une situation amoureuse compliquée en Californie.

Le pire, c'est qu'il ignore que notre amitié ne guérira jamais.

J'arrive au stade, mais je préférerais de loin être assise devant mon ordinateur, à vérifier si j'ai déjà modifié mon mot de passe. Si ce n'est pas le cas, je lirais tout ce que je peux avant de perdre définitivement Facebook.

– Eh, Emma !

C'est Cody qui m'appelle. Il me rejoint en petites foulées à travers le parking, son sac de gym sur l'épaule. Ses cheveux sont poissés de sueur et son T-shirt est plaqué sur son torse.

– J'ai l'impression qu'on est en retard tous les deux.

– J'ai accompagné une copine au labo de chimie, dis-je.

Cody règle son pas sur le mien.

– Moi, je me suis retrouvé coincé dans un bouchon en revenant du Senior Skip Day.

– Comment c'était ?

Il hausse les épaules.

– Ennuyeux à mourir. Tout ça me paraît tellement gamin, maintenant. Je compte les jours qui me séparent de Duke. C'est la fac où j'irai l'année prochaine.

– Oh, dis-je comme si je l'ignorais.

J'en sais plus que Cody sur son propre avenir. Un jour, il vivra à Denver et visitera la Maison Blanche. Et dans quinze ans, il sera toujours célibataire. Mais pour l'instant, il adore un film que je viens de regarder.

– Ça me fait penser à une réplique marrante. (Je m'essuie les paumes sur mon short et j'essaie de prendre la voix de Wayne.) « Toute une année, j'ai cru que j'avais la mononucléose mais en fait c'était seulement de l'ennui profond. »

– C'est presque ça, me complimente Cody avec un sourire. Je ne savais pas que tu aimais *Wayne's World*.

La vérité, c'est que j'ai encore plus détesté ce film en le revoyant.

– Tu l'as vu ? dis-je.

– Plusieurs fois. Donc, Emma Nelson aime Green Day et *Wayne's World*. Je suis impressionné.

Cody me prend par l'épaule. Nos hanches se frôlent. Je sens son corps musclé contre le mien, et je respire son after-shave.

Ça paraît incroyable, mais ça va peut-être coller.

*

Le coach nous annonce nos temps de passage. Tous les quatre cents mètres, je bats mon record personnel.

Le coach McLeod m'encourage d'un coup de sifflet.

– Je ne sais pas ce qui t'arrive, Emma, mais ça te réussit. Continue comme ça !

Je poursuis mon effort malgré mes jambes en feu. Je fais ça pour impressionner Cody mais aussi pour m'éclaircir les idées. Pour l'instant, je me suis fâchée avec Josh, mon père et maintenant ma mère. Il ne me reste plus que Kellan, et encore, j'ai comme l'impression que je pourrais la perdre encore une fois au profit de Tyson.

– Souffle un peu, Emma, me dit le coach après mon dernier quatre cents.

Je boucle mon tour de piste en soufflant, la main sur le côté, quand Cody me rattrape. Il me tend un Kleenex ouvert.

– Si tu vomis, vomis là-dedans, me dit-il.

Je le dévisage.

– Merci, je crois que ça devrait aller.

– C'est une tirade de *Wayne's World*.

Je me force à rire.

– Oh, c'est vrai.

– Dis donc, tu veux que je te ramène ? Je dois faire un crochet par la bijouterie pour récupérer ma chevalière, mais j'ai la cassette de cet enregistrement pirate dans ma voiture, et...

– Quel enregistrement pirate ?

Je gagne du temps pour réfléchir à ma réponse. Ma voiture est au parking des élèves, et j'avais promis à Kellan de passer la prendre au labo pour la raccompagner chez elle.

– Dave Matthews, répond-il. Mais je dois d'abord discuter avec McLeod à propos des épreuves de demain. Alors si tu veux, retrouve-moi sur le parking dans dix minutes. C'est la Toyota gris argent.

Comme si je ne le savais pas.

*

– On peut savoir pourquoi tu es tout essoufflée ? me demande Kellan en posant un ballon à essai sur un trépied métallique.

Elle porte des lunettes de protection et a disposé devant elle tout un assortiment de produits chimiques. Elle a décroché son UV de chimie l'année dernière, mais elle continue de passer au labo pour donner un coup de main au professeur.

Mlle Monroe est au premier rang avec quelques élèves. Je me rapproche de Kellan pour qu'on ne nous entende pas.

– Je suis venue en courant depuis le stade, dis-je. Cody m'a proposé d'aller récupérer sa chevalière avec lui, et ensuite, il me raccompagnera chez moi.

– Pourquoi ?

Kellan verse une cuillerée de poudre jaune dans son ballon à essai, d'où se dégage aussitôt un gaz nauséabond.

Je recule en me pinçant le nez.

– C'est pas dangereux, au moins ?

– Je n'ai pas l'intention de le boire, réplique Kellan en repoussant ses lunettes sur son front. Et ne change pas de sujet. Pourquoi est-ce que Cody a proposé de te raccompagner ?

Je ne peux m'empêcher de sourire.

– On a parlé un peu ces derniers temps. En fait, on a plein de choses en commun.

Alors que Kellan griffonne un truc sur un formulaire, j'en profite pour la dévisager. Je n'ai vu qu'une seule photo de sa fille, mais Lindsay est vraiment son portrait craché.

– Laisse-moi deviner, dit Kellan. Tu vas me demander de ramener ta voiture.

Je sors mes clés et je les pose à côté du bec Bunsen.

– On ne devrait pas en avoir pour très longtemps. Tu n'auras qu'à m'attendre chez moi, et je te ramènerai. Ou prends mon vélo dans le garage si tu n'as pas envie d'attendre.

Kellan ne dit rien. J'insiste :

– Je t'en prie. Tu me rendrais un gros service.

– Un *énorme* service, corrige-t-elle en raflant mon trousseau de clés. Il y a une étape du Tour de France entre ta maison et la mienne. Et fais bien attention avec Cody. On sait, toi et moi, ce qu'il attend des filles.

– On va juste chercher sa chevalière, dis-je. C'est tout. Et je te ramène dès que je rentre.

– Oh, je vais peut-être appeler Tyson pour qu'il vienne me chercher.

– Dis donc, vous en êtes où exactement, tous les deux ?

Kellan tourne son attention vers un autre ballon à essai.

– Kellan Steiner ! dis-je. Dois-je te rappeler qu'il t'a déjà brisé le cœur une fois ? Tu veux vraiment revivre ça ?

– Je sais qu'on a eu des hauts et des bas, lui et moi, reconnaît Kellan en me regardant droit dans les yeux. D'ailleurs, j'ai appelé ma psy hier pour prendre rendez-vous. Je tiens à faire le point sur mes émotions.

– Alors c'est officiel ? Tyson et toi allez vous remettre ensemble ?

– Je n'ai pas dit ça. (Kellan s'empare de pincettes mais les repose aussitôt.) Et puisqu'on parle de hauts et de bas, je peux savoir ce qui se passe entre Josh et toi ? Dis-moi la vérité.

Je fais la grimace.

– Il n'y a rien.

– Hier, tu ne voulais pas sortir déjeuner parce qu'il était là. Et aujourd'hui, tu as failli fondre en larmes quand il a parlé de Sydney.

Je jette mon sac sur mes épaules.

– Parfois, les gens s'éloignent, dis-je. C'est comme ça, on n'y peut rien.

Je tourne les talons et je sors du labo.

53://Josh

Je mets mes mains en porte-voix et je crie :

– Plie les genoux !

Figé au sommet du half-pipe, notre ami le défoncé est sur le point de s'élancer dans le vide pour la première fois. J'ai essayé de l'en dissuader, mais il est bien décidé à impressionner sa copine. Elle se tient au bout de la rampe, les bras croisés, secouant la tête. Le pied sur la queue de son skate, les roulettes arrière bloquées au bord de la rampe, il lève prudemment l'autre pied et le pose à l'avant.

Tyson et moi observons la scène d'en bas, assis sur nos planches.

Tyson roule négligemment de gauche à droite.

– Je n'ai encore jamais vu quelqu'un se tuer dans un half-pipe.

– Alors regarde bien, dis-je. (Puis je crie de nouveau.) Plie les genoux !

Le défoncé hoche la tête, comme s'il m'avait entendu. Quand son skate s'engage dans la pente, il pousse un cri venu du fond des âges. Il dévale la rampe sans plier les genoux. Son skate fuse sous lui, ses jambes décollent et il atterrit brutalement sur le dos.

Sa copine descend à l'autre bout, puis saute de sa planche et se précipite vers lui. Elle l'aide à se relever.

Tyson applaudit.

– Il n'est pas mort. Quelque part, c'est une réussite.

J'enfile mon sac à dos.

– Allez, je rentre.

Tyson rit.

– Tu ne veux pas rester ? Il va peut-être réessayer.

Je secoue la tête. Je suis trop stressé par le feu de joie de ce soir pour profiter du spectacle. Je m'inquiète peut-être pour rien. C'est peut-être ce soir que le déclic se fera entre Sydney et moi. À moins que je ne fasse tout foirer.

Je tape dans la main de Tyson.

– On se voit tout à l'heure au lac.

*

J'ouvre la porte de mon placard. Sur l'étagère du haut, au-dessus de mes T-shirts, je range tout ce que je n'arrive pas à jeter. Mes magazines de skate. Un vieux plâtre pour ma jambe, signé par tous mes potes. Un carton à chaussures rempli des cassettes de punk que David m'a données. J'en extrais une boîte de fusains et un grand cahier à dessin, que je n'ai plus touché depuis l'année dernière.

C'est agréable de tenir de nouveau ce cahier dans les mains. Il y a quelques années, j'ai écrit « TEMPLETON » en grosses lettres sur la page de garde. Je voulais devenir artiste, à l'époque.

Je soulève la couverture et je pouffe devant mon premier chef-d'œuvre : *Vingt et un Titi*. Vingt et un canaris croqués au crayon, dont trois seulement sont coloriés en jaune. J'ai oublié la signification particulière de ces trois oiseaux, mais je me souviens qu'il y en avait une.

La page suivante réunit deux autres personnages de dessins animés, Taz, le diable de Tasmanie, et Porky Pig. Ils s'enguirlandent avec un téléphone en boîtes de conserve, furieux de ne pas se comprendre. Des postillons volent dans tous les sens. Sérieusement, je me demande ce que je fumais.

Quelques pages plus loin, je penche le cahier sur le côté.

En première année de lycée, Emma et moi révisions dans sa chambre quand je lui ai demandé si je pouvais la dessiner. Elle a posé son livre et s'est assise sagement pour me servir de modèle. Je n'ai pas trouvé le résultat très convaincant. Ça lui ressemblait peut-être, mais ça n'était pas elle.

Emma, pour sa part, avait adoré le dessin. Elle a insisté pour que je le montre à nos amis. Mais je n'ai plus jamais réessayé de dessiner d'après un modèle vivant. S'il y a bien un portrait auquel je n'aurais jamais dû m'attaquer, c'est celui d'Emma.

Je fais défiler plusieurs autres pages de Looney Tunes, avant d'arriver enfin à une page blanche. Je l'arrache et je la pose sur mon cahier, que je cale contre ma hanche. Avec un morceau de fusain, je trace une sorte de paraphe au centre de la page et j'esquisse une zone sombre sur la droite. Je l'examine un moment, puis j'ajoute un horizon courbe tout en bas. Ça commence à ressembler à quelque chose. Mais à quoi ?

54://Emma

L'intérieur de la voiture de Cody ne ressemble pas à ce que j'imaginais. Les housses de sièges sont élimées et les plastiques éraflés par endroits.

– C'est mon frère qui me l'a donnée avant de partir à l'université, s'excuse-t-il en quittant le parking. Je sais, c'est un tas de boue.

C'est mignon qu'il soit gêné par l'état de sa voiture. Il me dévoile son côté vulnérable. J'ai presque envie de vendre la mèche et de lui promettre qu'un jour, il pourra s'offrir la voiture de ses rêves.

– Où est-ce que ton frère fait ses études ? dis-je.

– À l'université du Vermont. Il est passionné par la défense de l'environnement.

Comme toi un de ces jours !

Cody prend à gauche sur Finch Road, en direction de la grande route. Il se penche au-dessus de mes genoux pour ouvrir la boîte à gants, qui est pleine de cassettes soigneusement alignées.

– Tu veux bien attraper celle où c'est écrit *Dave Matthews* ? C'est la bande pirate dont je te parlais. Il a joué avec son groupe près de la fac de mon frère, et il les a enregistrés.

Je sors la cassette et je l'enfonce dans le lecteur. Les haut-parleurs se mettent à grésiller. En attendant la musique, je jette un coup d'œil à Cody. Il conduit avec une belle assurance, confortablement calé dans son siège, une main négligemment posée sur le volant.

Il s'engage sur la grande route et l'enregistrement démarre. Les murmures de conversation couvrent les musiciens. Je crois reconnaître les accords de « *What Would You Say* ».

– C'est pénible, ces types qui parlent, se lamente Cody en indiquant le lecteur de cassettes. Si c'est pour se soûler et bavarder pendant le concert, ils feraient aussi bien d'aller dans un bar.

– Mon père joue dans un groupe. Il dit la même chose.

Cody monte le son.

– Dave Matthews est tellement sous-estimé comme guitariste. Tu entends ce passage ?

J'essaie d'écouter, mais la qualité de l'enregistrement est vraiment médiocre.

– C'est hallucinant.

Cody enfonce l'accélérateur et double deux voitures. Nous roulons en direction du centre commercial de Lake Forest. J'y vais plusieurs fois par an avec Kellan, mais d'une manière générale nous préférons garder notre argent pour faire du shopping à Pittsburgh.

– Qu'est-ce qu'elle avait, ta chevalière ? dis-je.

Je la vois d'ici. En argent massif, avec une pierre orange – la couleur officielle des Cheetahs.

– Oh, je voulais y faire graver la date du championnat d'État, m'explique-t-il. Je sais que ça peut paraître bizarre, vu qu'il n'a pas encore eu lieu, mais c'est pour me porter chance.

Cody s'est classé premier au cent mètres dans le championnat régional il y a quinze jours. Dans une semaine, il participera au championnat d'État pour essayer de devenir l'homme le plus rapide de Pennsylvanie.

– Je devrais peut-être leur montrer mon collier, dis-je en fouillant dans la petite poche de mon sac à dos. Je me demande s'ils pourraient réparer le fermoir.

– Je suis désolé… le son est vraiment horrible.

Cody éteint le lecteur cassette. Pendant qu'il se penche, un cycliste surgit devant nous.

Je hurle :

– Attention !

Cody braque brusquement vers la gauche. Une autre voiture klaxonne dans un crissement de freins, et je me couvre les yeux.

– Nom de… ! s'exclame Cody, en jetant un coup d'œil dans son rétroviseur.

Dans le rétroviseur latéral, je vois le cycliste s'arrêter sur le bord de la route. Il ôte son casque et brandit son majeur à l'intention de Cody.

– Non mais tu as vu ça ? s'indigne Cody. Il a failli provoquer un accident, et il me fait un doigt d'honneur ?

J'ai le cœur qui bat à cent à l'heure et les mains qui tremblent.

– Et la prochaine fois, essaie de rester calme, d'accord ? me dit Cody. Parce que ça n'aide pas.

Cody se gare sur le parking du centre commercial et coupe le contact. Il descend de la voiture et je le suis en laissant mon sac à l'intérieur. Dans la bijouterie, Cody ne fait aucune allusion à mon collier. Je n'en parle pas non plus.

*

De retour dans la voiture, l'atmosphère se réchauffe sensiblement. La gravure sur la chevalière de Cody est parfaite, et le bijoutier lui a fait signer un article découpé dans le journal qui montre sa photo et annonce qu'il va concourir au championnat d'État. J'ai fait semblant d'être surprise, mais en réalité, le même article est caché dans le tiroir de mon bureau.

En reprenant la grande route, Cody fouille dans la boîte à gants à la recherche d'une autre cassette. Cette fois, sa main me frôle les genoux.

– Tu sais, dit-il, mon oncle et ma tante habitent juste un peu plus loin, et ils ont une sono d'enfer. Tu veux qu'on y fasse un saut, voir si mon enregistrement est meilleur chez eux ?

J'en frémis d'excitation.

– Ne t'en fais pas, ajoute-t-il. Ils sont chirurgiens dentistes et ils ont des horaires de folie. Ils ne seront pas là.

– Tu es sûr que ça ne les dérangera pas ?

– Non, c'est cool. Mon oncle m'a donné un double des clés.

Cody tourne à gauche et remonte une rue bordée de McMansions et d'arbres fraîchement plantés. Il se gare devant une immense maison blanche, avec fontaine sur l'avant et porche à colonnade de style romain.

– La classe, hein ? me demande Cody en attrapant sa cassette.

Si Josh était là avec moi, nous fouillerions dans nos poches à la recherche de pièces à jeter dans la fontaine. Mais pas question de faire ça avec Cody devant la maison de son oncle et de sa tante.

Je regarde les autres maisons du quartier, immenses et silencieuses. Même si la rue est déserte, je me sens obligée de chuchoter :

– Tu es sûr qu'ils ne vont pas rentrer ?

Cody secoue la tête.

– Je viens souvent ici.

Il tape un code de sécurité puis tourne la clé dans la serrure. En poussant la porte, il me sourit. Mon estomac fait un double salto.

55://Josh

Je dispose mes dessins au fusain en demi-cercle autour de moi, puis je me lève et je recule d'un pas. Certains ont des lignes anguleuses, d'autres des courbes indistinctes, quelques-uns sont très dépouillés. Chacun dégage une atmosphère propre, et pourtant, ils vont bien ensemble.

Par la fenêtre de ma salle de bains, j'entends Emma se garer dans son allée. Je dévale l'escalier et je me rue dehors.

La portière du conducteur s'ouvre et c'est Kellan qui en descend.

– Tu espérais quelqu'un d'autre ? me demande-t-elle.

– Où est Emma ? Toujours au stade ?

Kellan me dévisage avec un mélange d'inquiétude et de pitié.

– Je ne crois pas. Elle m'a demandé de ramener sa voiture, mais je n'ai pas l'intention de l'attendre.

– Vous vous êtes disputées, ou quoi ? dis-je.

Kellan s'éloignait déjà vers le garage d'Emma. Elle pivote brusquement face à moi.

– Tu me demandes si Emma et moi on s'est disputées ? C'est *vous* qui ne vous parlez plus !

– On s'est parlé au déjeuner.

– Ben tiens. (Kellan contourne le garage et secoue la poignée de la porte latérale, mais celle-ci est fermée à clé.) Josh, est-ce que tu sais dans quelle voiture elle se trouve en ce moment ?

Je retourne une pierre du bout de ma chaussure et je récupère le porte-clés Scoubidou. Ma main tremble un peu quand j'essaie de glisser la clé dans la serrure. Kellan me l'arrache des doigts et ouvre le garage.

– Dans celle de Cody, dit Kellan. Ce connard égocentrique. Et c'est ta faute !

– Ma faute ?

Pour ce que j'en sais, Emma et Cody ont échangé deux mots dans le couloir, et basta. Il ne figurait même pas parmi ses amis sur Facebook.

Kellan s'empare du casque accroché au guidon du vélo d'Emma.

– Il y a une espèce de compétition malsaine entre vous deux, et je n'aime pas ça du tout.

Elle relève la béquille d'un coup de pied et pousse le vélo vers la porte.

– De quoi est-ce que tu parles ?

– Tu crois vraiment qu'Emma perdrait son temps avec Cody Grainger si tu venais au feu de joie avec nous ? Mais non, il faut que tu y ailles avec Sydney Mills.

Je n'ai pas envie de me représenter Emma dans la voiture de Cody.

Je suis Kellan sur le trottoir. Je ne sais pas quel véhicule conduit Cody, mais en voyant un vieux minibus tourner le coin, je prie pour que ce soit le sien.

Quand je me retourne, Kellan s'est radoucie.

– Je sais que Sydney est très belle, reconnaît-elle. Mais je t'ai observé ce midi. Quand tu nous as dit qu'elle t'emmenait au feu de joie, tu n'avais pas l'air que tu aurais dû avoir.

– Et de quoi j'aurais dû avoir l'air ?

Kellan soupire et boucle son casque sous le menton.

– Heureux.

Je ne sais pas quoi répondre.

– Est-ce que tu accompagnes Sydney au feu de joie uniquement parce que l'occasion se présente ? Parce que c'est Sydney Mills ? me demande Kellan. Si tu me réponds oui, je vais être horriblement déçue.

– Ce n'est pas ce que j'allais dire.

– Aucune fille, si jolie soit-elle, ne mérite de se faire traiter comme ça, insiste Kellan. Si Sydney ne t'intéresse pas vraiment, il faut que tu lui dises. Ce soir.

Elle enfourche le vélo et s'en va.

Je rentre chez moi en traînant les pieds. Arrivé devant la porte, j'entends un léger crissement de freins. Kellan ne sait pas que je regarde, mais je la vois s'arrêter devant la voiture d'Emma et se pencher sur l'essuie-glace. Elle coince un papier plié dessous, puis fait demi-tour et s'éloigne.

*

J'attrape le téléphone sans fil dans la chambre de mes parents et je ressors de la maison. En allant vers les balançoires, je compose le numéro de David. Son répondeur s'enclenche après deux sonneries.

« Salut, c'est David. Je suis peut-être en train de filtrer les appels, alors laissez-moi votre nom après le bip sonore et on verra bien si je décroche. »

– Salut, c'est Josh, dis-je en me faufilant entre les balançoires. Tu es sûrement en cours, mais rappelle-moi quand…

Il y a un déclic au bout de la ligne.

– T'es toujours là ?

– Je suis là.

– J'ai roupillé tout l'après-midi, avoue-t-il. Pas un mot à Papa et Maman, hein ?

Avant d'avoir jeté un œil sur le futur de David, j'aurais trouvé ça drôle. Mais aujourd'hui, je me demande combien d'autres choses il cache à nos parents – ou à moi. Tôt ou tard, il nous annoncera qu'il est gay, puisqu'il amènera Phillip chez moi au bord du lac. En fait, viendra un jour où il publiera sur Internet qu'il est en couple avec un homme.

De ma main libre, j'empoigne la chaîne d'une balançoire.

– Tu as une minute pour discuter ?

Je l'entends qui se laisse tomber sur son pouf.

– Bien sûr. Qu'est-ce qui t'arrive ?

Je ne sais pas ce qui m'a pris d'appeler mon frère. Il ne peut rien pour moi, sauf si je lui raconte tout à propos de Sydney et moi, et de notre avenir commun. Si je ne lui parle pas de Facebook, ça aura l'air pathétique. Qui hésiterait à se rendre à un feu de joie en compagnie de Sydney Mills ?

– Josh, dit David, tu es sûr de comprendre le principe du téléphone ? Quand on appelle quelqu'un, on est censé parler dans le combiné.

– Désolé. J'ai un peu la tête à l'envers en ce moment. C'est à cause d'une fille.

– Emma ?

– Non. Elle s'appelle Sydney Mills. C'est elle dont je t'ai parlé l'autre soir.

– Attends, c'est la petite sœur des jumelles Mills ? demande David. Elles étaient super mignonnes !

Je m'assieds sur la balançoire et je m'entortille vers la gauche. Pourquoi me dit-il ça ? Est-ce que lui les trouvait mignonnes, ou est-ce simplement l'avis de ses copains de l'époque ? S'il essaie de me donner le change, je n'aurais pas dû l'appeler. J'ai besoin de pouvoir discuter en toute franchise.

– Si ta Sydney ressemble à ses frangines… (David siffle doucement entre ses dents.) Bon, j'imagine que ça veut dire que tu m'as écouté. Que tu as vu ta chance, et que tu l'as saisie.

– Elle m'a invité à un feu de joie ce soir.

– Eh, c'est génial ! Alors où est le problème ?

– C'est difficile à expliquer, dis-je. Elle est canon. Et tous les gars du lycée rêveraient de sortir avec elle… mais pas moi. Et pourtant, je sais que je devrais.

– Est-ce qu'elle est gentille ?

– Un peu égoïste. Mais oui, elle est gentille.

David réfléchit un moment.

– Est-ce que tu as peur qu'elle ait plus d'expérience que toi ? Parce que si tu veux, je peux t'expliquer…

– Non ! dis-je. C'est pas ça.

Je ne l'ai pas appelé parce que je paniquerais à propos de ma première expérience sexuelle. C'est ma vie entière qui me fait paniquer.

– Je sais quel est ton problème, déclare David.

– Ah bon ?

– Tu es du genre à te laisser porter par le courant. Tu as toujours été comme ça. Et la plupart du temps, c'est super, parce que ça t'évite toutes sortes de décisions difficiles. Mais parfois il faut savoir ce qu'on veut, Josh. Et si ça veut dire nager à contre-courant pour l'obtenir, au moins, tu sais que tu nages vers quelque chose qui en vaut la peine.

Je laisse la balançoire tournoyer dans l'autre sens.

– Où est-ce que tu comptes faire tes études ? me demande David. Je sais que tu as encore l'année prochaine pour y réfléchir, mais tu aimerais aller où ?

Je rigole. Il pense que je vais répondre Hemlock State, où Papa et Maman sont profs. Mais j'ai vu Facebook. Je sais où j'irai, et il se trompe. Je réponds :

– À l'université de Washington.

– Au même endroit que ton grand frère, quoi, commente David. Tu parles de nager à contre-courant.

– C'est une bonne fac.

– Je sais, dit-il. Mais tu dois choisir celle où t'as envie d'aller.

Un bip sur la ligne me signale qu'il reçoit un double appel.

– Écoute, résume David. Pour ce soir, va à ce feu de joie avec Sydney puisque tu lui as promis. Mais ensuite, je voudrais que tu réfléchisses à un truc.

Sa ligne émet un deuxième bip.

– Si ça colle pas avec elle, c'est peut-être parce que tu préférerais être avec une autre. Et si c'est ça, pourquoi ne pas te jeter à l'eau et demander à cette autre de sortir avec toi ?

Parce que je n'ai pas envie de m'infliger ça une deuxième fois.

56://Emma

– Mmh, c'est bon, grogne Cody en faisant rouler sa tête d'une épaule à l'autre.

Je lui masse les épaules depuis un moment maintenant. Un aquarium de poissons tropicaux bouillonne doucement, et la table basse croule sous les livres d'art moderne. Je suis assise sur un canapé en cuir noir et Cody est assis par terre devant moi, adossé à mes genoux. Il a pris deux petites bouteilles d'eau glacée dans le réfrigérateur. Nous avons écouté quelques chansons de Dave Matthews, et puis il a glissé dans la platine un CD de Paul Simon.

Cette maison est incroyable.

Cody est incroyable.

Je me regarde dans le miroir accroché au-dessus de la cheminée. Avec son cadre en bronze, je suis sûre qu'il pèse plus lourd que mon armoire. Si j'avais su ce qui m'arriverait quand je me suis levée ce matin, j'aurais mis autre chose que mon T-shirt vert olive et mon short en jean. Enfin, ça aurait pu être pire. Je masse Cody au niveau de la clavicule, en glissant les doigts dans le col de sa chemise. Il gémit de plaisir en fermant les yeux.

J'ai l'impression que mon avenir commence à prendre une meilleure tournure.

– Mmh, j'en avais besoin, dit Cody en se retournant vers moi avec un grand sourire. La séance de musculation d'hier m'a tué les épaules.

Je lui rends son sourire et je détends mes doigts endoloris. Ce massage a duré longtemps.

– Tu veux que je te masse, moi aussi ? propose Cody.

– D'accord, pourquoi pas ?

Je repense à la première fois où nous nous sommes parlé, quand j'ai appuyé la tête contre son épaule pendant le retour en bus après notre compétition. Je l'avais toujours admiré de loin, et voilà que tout à coup, ce garçon idéal faisait attention à moi. Il m'a fallu encore un an, et quelques renseignements sur son futur, mais enfin nous y sommes.

– Prête ? demande Cody.

Il se relève et vient s'asseoir à côté de moi sur le canapé. Je me tourne vers l'aquarium, et il commence à me masser les épaules.

Son massage est très différent du mien. Il me caresse doucement les bras, en remontant, puis fait redescendre ses mains jusqu'à mes hanches. Je ferme les yeux et je frissonne de tout mon corps quand ses lèvres se posent sur ma nuque.

– Tu es si jolie, Emma Nelson, murmure-t-il en déposant une succession de baisers entre ma clavicule et mon oreille. Je te préfère comme ça plutôt qu'en train de crier dans ma voiture.

Il me prend par la taille et j'essaie de me détendre. Je veux être une fille cool, pas la fille stressée qui s'est mise à hurler.

En principe, je devrais me retourner et lui rendre ses baisers. Au lieu de ça, je me regarde dans le miroir, et j'ai l'impression de contempler le visage d'une étrangère.

– Tu as dit que tu venais souvent ici ?

– Ça m'arrive, répond Cody en m'embrassant l'autre épaule.

Je revois cette fille à laquelle il a donné son numéro au stade.

– Avec d'autres filles ?

– C'est une question plutôt intime.

– La situation est plutôt intime, dis-je.

– Relax ! On passe juste un bon moment.

Cody continue à me pétrir les épaules. Pendant ce temps, je me remémore nos discussions de ces derniers jours. Il m'a parlé de Duke, je sais qu'il s'entraîne à la guitare et je lui ai même récité des tirades de *Wayne's World*. Mais il ne m'a pas posé une seule question sur moi. Parce qu'il se fiche complètement de savoir qui je suis. La seule chose qui l'intéresse chez moi, c'est que je suis folle de lui.

Je me lève.

Cody me regarde avec curiosité.

– Qu'est-ce qu'il y a ?

– Je vais rentrer, dis-je.

– On vient à peine d'arriver, dit-il en s'adossant au canapé. (Il croise les mains derrière la nuque.) Détends-toi un peu.

Ça fait deux fois qu'il me dit de me détendre. Trois, en comptant l'incident dans la voiture.

Kellan se trompe avec sa théorie. Quand Cody a sursauté au volant, et qu'il m'a reproché d'avoir perdu mon calme, je n'ai pas vu mon futur mari. Celui que j'ai vu à côté de moi dans la voiture, c'était un garçon très différent de ce que j'espérais.

– J'y vais, dis-je.

Cody fait la gueule. Il est furieux. Il ne doit pas être habitué à ce qu'on lui résiste.

– C'est bon, je te ramène.

Remonter en voiture avec lui ? Et puis quoi encore ?

– Je préfère marcher, dis-je.

– Il y a presque cinq kilomètres jusque chez toi.

Je me dirige vers la porte.

– Je sais.

Cody me suit et fait mine de me prendre la main.

– Je t'ai dit que je te ramenais.

– Non !

Je me dégage et j'ouvre la porte. Il m'empoigne par les épaules et me fait pivoter.

– Tu réalises que tu te comportes comme une gamine ?

Je le repousse.

– Et toi, t'es vraiment trop con !

*

Je marche le long de la route face à la circulation. L'accotement reste assez large pendant un kilomètre puis rétrécit progressivement. Quand ça devient trop dangereux, je coupe à travers champs. Plus loin, de l'autre côté de la voie ferrée, je reconnais le terrain vague où une fête foraine venait s'installer tous les étés.

Je lève les pieds bien haut dans l'herbe pour éviter les plantes urticantes. Arrivée à la voie ferrée, je me penche pour détacher des chardons dans mes chaussettes. Quand Josh et moi étions plus jeunes, nous sommes venus là en vélo, une fois, avec des pièces de monnaie que nous comptions aplatir sous un train. Mais le train n'est jamais arrivé, et nous avons fini par explorer le terrain vague à la recherche de trésors perdus.

Je traverse l'endroit où se dressait la grande roue, à côté d'un manège Tilt-A-Whirl brinquebalant. Là, il y avait le marchand de bonbons et un stand où on tirait avec des pistolets à eau dans la bouche de têtes de clowns en plastique.

Je repense à tout ce que j'ai modifié depuis que nous avons découvert Facebook. Jordan Jones allait me tromper ? J'ai tiré un trait sur lui. Kevin Storm allait bousiller ma carrière ? Je me suis promis de ne jamais mettre les pieds dans l'Ohio. Chaque fois, j'ai obtenu un futur différent mais tout aussi malheureux que le précédent.

Voilà cinq jours que j'essaie de comprendre les raisons de ce fiasco et le moyen d'y remédier. Mais je commence à me demander si le problème tient vraiment à mon avenir. Si ça se trouve, tout ça est en rapport avec ce qui m'arrive en ce moment.

Je contourne une longue planche complètement pourrie.

À l'exception de Cody, la plupart des garçons avec lesquels je suis sortie étaient gentils. Graham était peut-être obsédé, mais jamais méchant. Et Dylan est l'une des personnes les plus adorables que je connaisse. L'autre jour, c'était mignon de le voir emprunter à la bibliothèque les mêmes livres que doit lire sa copine…

Oh, mon Dieu.

Dylan s'intéresse aux lectures de sa copine parce qu'il est *amoureux* d'elle. S'il n'en a jamais fait autant avec moi, c'est que je ne lui en ai pas donné l'occasion. Je ne lui ai jamais raconté ce que je lisais, ni quels films me faisaient pleurer. J'ai toujours gardé mes distances, pour m'éviter de souffrir.

J'ai toujours pris soin de me protéger, avec les garçons. C'est peut-être ça, mon problème. En refusant de prendre des risques, je me condamne à l'échec. Comme mes futurs maris ne me verront jamais sous mon vrai visage, je ne leur laisserai pas la moindre chance de me rendre heureuse. Ou alors, j'épouserai un abruti fini du genre de Cody, et ce n'est pas lui non plus qui me fera connaître l'amour.

Au bout du terrain vague, je retrouve un trottoir fendillé. Des brins d'herbe poussent entre les fissures pour tendre vers le soleil. Il me reste encore pas mal de chemin, mais je finirai bien par arriver chez moi.

*

La première chose que je remarque en entrant dans la cuisine, c'est le petit mot sur le plan de travail.

Emma,

ta mère et moi sortons dîner avec des amis, mais j'aimerais t'emmener prendre une glace demain. Je suis désolé de t'avoir mise en colère en entrant dans ta chambre. Je tâcherai de respecter ton espace privé à partir de maintenant.

Martin

P.S. : Ton père t'a laissé un message sur le répondeur.

Je le plie en deux et je passe dans la salle de bains. Elle ressemble à une zone de guerre, avec le carrelage arraché et les tuyaux à nu le long des murs. Sur le sol, il y a une rangée de carreaux bleu pâle, sans doute ceux que Maman et Martin ont choisis.

Il faudra que je pense à leur dire qu'ils me plaisent.

De retour dans la cuisine, je me sers un verre d'eau glacée puis j'appuie sur le bouton du répondeur.

« Bonjour Emma, dit la voix de Papa. Désolé d'avoir mis si longtemps à te rappeler. C'est un peu l'angoisse à la maison en ce moment. On n'arrête pas d'emmener Rachel à l'hôpital. Les médecins lui font des tests, et… »

Papa marque une pause, et je grimace. J'ai envoyé un chiot en peluche à la naissance de Rachel, mais depuis, on ne peut pas dire que j'ai beaucoup pensé à ma petite sœur. Je voudrais pouvoir la serrer dans mes bras, lui dire que je l'aime et qu'elle a intérêt à se rétablir très vite.

« Rappelle-moi, d'accord ? continue mon père. Ça nous ferait plaisir de te voir cet été, Cynthia et moi. Tu nous manques à tous les deux. Je t'embrasse. »

*

Facebook est toujours là, dans mes Favoris.

Pitié, faites que j'aie gardé le même mot de passe, me dis-je. *Même si c'est seulement pour aujourd'hui.*

Je tape *EmmaNelson4Ever@aol.com*, puis *Millicent*, et j'appuie sur Entrée.

Je respire. Mon mot de passe fonctionne toujours.

Emma Nelson

Décision difficile, mais j'envisage de résilier mon compte Facebook. Je vais essayer de passer plus de temps dans le monde réel. Ceux qui auront besoin de me joindre savent où me trouver.

J'aime • Commenter • Il y a 2 heures

Je ne vérifie pas ma situation amoureuse ni l'endroit où j'habite. À la place, j'ouvre ma liste d'amis et je la fais défiler jusqu'aux *R*. Elle est bien là.

Rachel Nelson

Sur la photo minuscule, ma petite sœur a une quinzaine d'années, avec des yeux bruns et des cheveux châtains qui bouclent comme les miens. Je la regarde un moment, puis je m'adosse à ma chaise et je pleure un bon coup.

Deux ou trois minutes plus tard, j'essuie mes larmes et je fais défiler la page jusqu'aux *J*. Josh et moi sommes redevenus amis. Il se tient devant une chaîne de montagnes, un sac à dos bleu sur les épaules. Ses cheveux sont plus hirsutes que d'habitude et il regarde l'objectif avec un grand sourire. Je place la flèche à côté de la photo, mais je décide de ne pas cliquer. Je n'ai pas envie d'en lire davantage. Si Josh a l'air heureux, je devrais être heureuse pour lui.

Avant de refermer Facebook, je vérifie une dernière chose. Je clique sur mes *Photos*. En bas, comme avant, je trouve un dossier intitulé *Souvenirs du lycée*. Il se charge lentement. Après quelques minutes, je retrouve la photo de moi le jour où j'ai décroché mon permis. Et celle de Tyson et de Josh en train de ferrailler avec leurs skates. Celle de mes fesses en bikini : *Le bon vieux temps*. Et là, en dernière position, la photo de Kellan, Tyson, Josh et moi dans le bassin de balles au *GoodTimez*. Je me penche sur l'écran. La qualité n'est pas parfaite, mais je vois un réseau de craquelures aux endroits où j'avais déchiré la photo, et des ombres légères qui doivent correspondre à des morceaux de Scotch.

*

Je rebranche le cordon sur le téléphone et j'appelle mon père. Au bout de deux sonneries, c'est Cynthia qui répond.

– Bonjour, c'est Emma.

– Bonjour ma chérie. (Elle a une voix fatiguée.) Ton père va être content. Mais il donne le biberon en ce moment. Est-ce qu'il peut te rappeler ?

– Bien sûr. Par contre, il a parlé de Rachel dans son message. Elle va bien ?

Cynthia pousse un gros soupir.

– Les médecins ne comprennent pas pourquoi elle ne prend pas plus de poids. On est un peu inquiets.

J'aimerais pouvoir affirmer à Cynthia que j'ai vu Rachel sur Facebook, qu'elle va grandir et devenir une jeune fille ravissante. Mais tout ce que je peux lui dire, c'est :

– Tout va bien aller pour elle. J'en suis sûre.

– Merci, dit Cynthia. (Sa voix se fissure.) J'avais besoin d'entendre ça.

Nous discutons encore quelques minutes, puis elle m'invite à venir les voir cet été, comme l'a déjà fait mon père. Je lui promets d'y penser sérieusement.

Après avoir raccroché, j'enfile mes tongs et je sors prendre un peu l'air. Une brise légère fait claquer un petit papier coincé sur mon pare-brise.

Je soulève l'essuie-glace et je déplie le papier. Je reconnais tout de suite l'écriture de Kellan.

Emma,

Tu te rappelles que tu as une dette envers moi, ton amie sur le point de pédaler péniblement jusque chez elle ? Eh bien, c'est l'heure de passer à la caisse ! Je veux que tu viennes avec moi à ce feu de joie. Passe me prendre à 8 heures.

Bisous,

Kellan

Je replie le papier et je rentre chez moi.

57://Josh

– Ce n'est pas un rencard, dis-je en trempant ma cuillère dans ma soupe.

– Elle t'a invité au feu de joie, non ? fait valoir Papa. Et elle doit passer te chercher ?

– Ça ne veut rien dire.

– Ce que je ne comprends pas, dit Maman, c'est pourquoi tu n'as jamais invité cette fille à la maison.

Je me retiens de hurler : *Parce que c'est Sydney Mills ! Elle a un an de plus que moi, et elle vit dans une autre galaxie !*

Au lieu de ça, je réponds simplement :

– C'est compliqué.

– Si tu as l'intention de sortir avec cette fille, continue Maman, je crois que nous devrions établir quelques règles de base.

Je garde la tête baissée sur mon assiette.

– Je n'ai jamais dit que ça allait aboutir à quoi que ce soit.

– Tu es rentré tard hier soir, fait remarquer Papa. Je sais que tu es resté donner un coup de main à Tyson à la pizzéria, mais est-ce que tu veux que je te prête ma montre pour ce soir ?

Il fait mine de retirer son énorme montre-bracelet en or et argent, mais je l'arrête d'un geste.

– Pas la peine, dis-je. Sydney a l'heure sur son téléphone portable.

– Un téléphone portable ? répète Papa. Bon, je suppose que ça nous évitera les histoires de pneu crevé loin d'une cabine téléphonique.

Je proteste :

– C'était David, ça.

Il s'est servi deux fois de cette excuse en rentrant d'un rendez-vous avec Jessica... ou allez savoir qui.

Maman souffle doucement sur sa soupe.

– Comme il s'agit d'un week-end de trois jours, m'annonce-t-elle, ton père et moi avons décidé de prolonger ton couvre-feu d'une heure.

Je suis sûr que c'est à cause de ce que je leur ai dit à propos de David, qu'il était parti à Seattle pour être loin d'eux.

– Je ne crois pas que j'en aurai besoin. Je suis plutôt fatigué, en fait.

– Eh bien, si tu changes d'avis, dit Maman, tu n'auras qu'à nous appeler avec le téléphone de ton amie.

Je repousse ma chaise.

– Il faut que j'aille me préparer.

*

Sydney m'a appelé pour me prévenir qu'elle serait un peu en retard. Le fiancé d'une de ses sœurs a dû lui emprunter sa voiture pour faire une course. Il vient seulement de la lui ramener.

Un jour, je les rencontrerai peut-être, ces fiancés. Je me demande à quel point nous nous ressemblerons. David dirait probablement que ce sont des garçons qui se laissent porter par le courant. Il a peut-être eu raison de me dire que j'étais comme ça, mais j'ai envie de changer. De suivre des études qui me correspondent vraiment, dans une école d'arts graphiques, par exemple. Et Waikiki et Acapulco, c'est sans doute très sympa, mais mes vacances de rêve seraient plutôt une randonnée en montagne ou un voyage en train à travers l'Europe.

On sonne à la porte pendant que je suis en train de me brosser les dents. J'ai eu beau leur demander de s'abstenir, mes parents vont ouvrir.

Je dévale l'escalier en remontant la fermeture Éclair de mon sweat noir. Dans le hall, je découvre Sydney dans une robe fourreau bleu ciel qui s'arrête au-dessus des genoux. Ses cheveux lui tombent en cascade dans le dos. Elle sourit et discute avec mes parents pendant que Papa s'extasie devant son téléphone portable.

– Te voilà, mon chéri, dit Maman en me voyant descendre. Tu ne te vantais pas quand tu nous as dit que Sydney était très jolie.

Sydney incline la tête.

– Merci, madame Templeton. C'est très gentil.

Je prends le portable des mains de Papa pour le rendre à Sydney.

– On y va ? dis-je.

– J'ai été ravie de vous rencontrer, dit Sydney.

Je passe le seuil, et Sydney glisse son bras sous le mien. Alors que nous marchons vers sa voiture, Papa se racle la gorge.

– Josh ? me lance-t-il. À quelle heure crois-tu que votre petite fête va se terminer ?

Je me retourne. Je croyais que nous avions déjà réglé la question ?

– C'est un week-end de trois jours. Vous n'aviez pas dit que… ?

– Tu es déjà rentré tard hier soir, me rappelle Maman. Je crois qu'on va s'en tenir au couvre-feu habituel ce soir. Ça devrait te laisser tout le temps de t'amuser avec tes amis.

58://Emma

Le trajet jusque chez Rick n'en finit pas. Je ralentis en arrivant sur le chemin de terre, d'abord pour éviter les nids-de-poule mais aussi parce que je ne suis pas plus enthousiaste que ça à propos de cette fête. Je sais que Kellan a une idée derrière la tête. Elle m'a raconté qu'elle était tombée sur Josh en ramenant ma voiture, mais elle n'a pas voulu me dire de quoi ils avaient parlé.

J'aurais dû la supplier de choisir autre chose pour se faire rembourser sa dette. Elle aurait parfaitement pu venir à cette fête dans le pick-up de Tyson, ou avec la voiture qu'elle et sa mère se partagent. Mais elle a insisté pour que je l'accompagne. Sachant qu'elle risque de tomber enceinte très bientôt, je préfère la tenir à l'œil ce soir.

– Je ne sais pas si ce sont les endorphines dues au vélo, dit Kellan en agitant les pieds, mais je me sens comme neuve !

Nous approchons d'un terrain gravillonné aménagé en parking.

– Juste une heure, hein ? dis-je.

– Une heure, confirme Kellan. On dit bonjour, on s'assied un moment, et si tu t'ennuies, on rentre chez toi et on se regarde un film.

Je me retiens de rire et d'avouer à Kellan que j'ai loué *Wayne's World*. Pas question de lui raconter que j'ai fait ça pour impressionner Cody.

Je longe une rangée de voitures. Quelques personnes traînent en buvant des bières, mais la plupart des gens s'éloignent sur un sentier entre les pins.

Kellan m'indique une place sur la droite.

– Gare-toi là.

Nous réalisons au même instant que ça nous mettra à deux places seulement de la décapotable de Sydney. Puis un pick-up fait crisser le gravier derrière nous, et nous jetons un coup d'œil dans le rétroviseur.

– C'est Tyson ! dit Kellan. Va plutôt te garer à côté de lui.

Je fais demi-tour et je m'arrête à côté de Tyson. Il y a un type de dernière année sur le siège passager et un autre à l'arrière, sur le plateau, qui garde une main sur le tas de bois.

– Kel' ! s'exclameTyson en sautant du pick-up. Eh, Em', tu es venue ?

Kellan ouvre la portière et sort de la voiture.

– On a des noms, bougonne-t-elle. Avec deux syllabes chacun.

Les dernière année donnent une tape dans le dos à Tyson puis s'éloignent en direction des pins, emportant l'un et l'autre une brassée de bûches. Tyson passe à l'arrière de sa camionnette et rassemble du bois lui aussi.

– Vous me donnez un coup de main ? nous demande-t-il. C'est pas très loin.

Kellan croise les bras sur sa poitrine.

– J'ai l'air bâtie pour le travail de force ?

J'attrape deux bûches.

– Merci, Emma, dit Tyson en secouant la tête à l'intention de Kellan. Toi au moins, tu sais te rendre utile.

Kellan relève le hayon du pick-up.

– Regarde, je me rends utile.

Elle s'éloigne le long du sentier, suivie de près par Tyson. Je cale solidement les bûches au creux de mes bras, je prends une grande respiration et leur emboîte le pas.

*

Le ciel est d'un violet profond, avec une mince ligne dorée au-dessus des arbres. L'éclairage est assuré par six grands feux, répartis sur le sable. La plage publique se trouve de l'autre côté du lac. Je distingue à peine les silhouettes obscures de la billetterie et du pavillon de surveillance.

– Quelqu'un veut une bière ? demande un garçon.

C'est un élève de dernière année. Scott Quelque-chose, je crois. Il sort un pack de six et l'agite devant nous.

– Non merci, dis-je.

Kellan lui montre son Sprite. Si Scott lui avait passé une cannette, je la lui aurais fait sauter des mains pour l'empêcher de boire.

Tyson lorgne la bière d'un œil envieux, mais Kellan lui pose la main sur le crâne et l'oblige à secouer la tête.

– N'y pense même pas, dit-elle. Tu conduis.

– Tu as raison, reconnaît Tyson. Mon père me tuerait.

– Et je coulerais le corps dans le béton, ajoute Kellan.

Scott hausse les épaules et s'éloigne le long de la plage.

Nous nous approchons d'un des feux. Tyson prélève une bûche sur la pile et la jette dans les flammes. Elle fume une bonne minute avant de prendre feu.

Je passe les doigts dans le sable frais. Il y a des dizaines de personnes autour de chaque feu mais je n'ai encore aperçu ni Josh ni Sydney. Même si nous ne sommes pas là depuis bien longtemps, j'ai déjà vu plusieurs couples se détacher des groupes et s'enfoncer entre les arbres. J'ai comme un nœud à l'estomac quand j'imagine Josh là-dedans en compagnie de Sydney.

Je regarde la plage publique, plongée dans le noir, sur la rive opposée. L'autre jour, avec Kellan, j'ai repéré la future maison de Josh et Sydney de ce côté-ci du lac. Elle ne doit pas être loin. Il y a une ironie un peu triste à ce que la fête se déroule ici. Ce soir, Josh va disparaître dans un avenir où lui et moi ne serons plus amis que sur Internet.

Je remarque Graham assis devant le feu voisin, en train de griller deux marshmallows au bout d'une baguette. Quand il les retire du feu, il croise mon regard. Il m'adresse un petit signe, que je lui retourne.

– Tiens, il est là ! s'exclame Tyson en pointant la plage.

Je suis la direction de son doigt. Deux feux plus loin, Josh est assis sur un rondin avec Sydney et les amis de Sydney. Il fixe les flammes, les mains enfoncées dans les poches de son sweat.

– Josh ! crie Tyson.

Je ramène mes genoux contre ma poitrine et je murmure :

– Non, laisse-le.

– Quoi, tu as peur qu'on le dérange ? proteste Tyson. Sérieusement, si on n'est plus assez bien pour lui, il va falloir que je lui botte le cul.

Kellan me pose une main dans le dos et me masse par petits gestes circulaires.

– Josh ! crie encore Tyson.

Josh lève la tête, mais pour regarder de l'autre côté du lac. Sydney parle à l'une de ses amies. Je crois reconnaître Shana Roy, mais je n'en suis pas sûre car elle est de dos.

– Il est trop loin, dit Kellan. Il ne t'entend même pas.

Je tire Tyson par la manche.

– Laisse-le tranquille, d'accord ?

– Attends, tu vas voir, annonce Tyson.

Il met ses mains en porte-voix autour de la bouche et crie :
– *Hé ho, ducon !*
Avec un temps de retard, Josh se tourne enfin vers nous.

59://Josh

J'attends le prochain gloussement de Shana. J'en profiterai pour m'immiscer dans sa conversation avec Sydney. L'étudiant bourré assis à côté d'elle se penche, lui glisse un mot à l'oreille... et c'est parti !

– Sydney ? dis-je.

Elle se tourne vers moi, avec une petite moue.

– Je te laisse une minute, je vais juste dire bonsoir à mes amis.

Elle regarde au loin sur la plage l'endroit où Tyson, Kellan et Emma sont assis sur le sable autour d'un feu.

– C'est lui qui t'a crié « hé ho, ducon » ?

– Tyson, dis-je. Venant de lui, c'est affectueux.

– Je t'accompagne, dit-elle.

Elle se lève et remonte un peu sa robe. Elle est vraiment à tomber, ce soir.

Alors que nous marchons le long de la plage, elle se serre contre moi.

– Je crois que je n'ai plus parlé à Kellan ou Emma depuis le collège.

– Ça va aller, dis-je.

Je ne sais pas qui je cherche à rassurer, de Sydney ou de moi. Je sais qu'Emma saura se tenir, mais j'en suis moins sûr pour Kellan. L'autre jour, elle a quand même traité Sydney de sale garce pourrie de fric.

Nous passons devant le feu principal, qui rassemble une vingtaine ou une trentaine d'élèves du lycée. La plupart boivent de la bière, quelques-uns ont une cigarette aux lèvres. Plusieurs filles font un petit signe à Sydney, puis échangent des messes basses en gloussant.

Quand nous approchons du feu suivant, Emma a le menton sur les genoux. Je me demande ce qui l'a décidée à venir, finalement. Elle m'adresse un petit hochement de tête, puis son regard se perd dans les flammes. Assise à côté d'elle, Kellan lui masse le dos. Tyson lorgne la poitrine de Sydney avant de ramener son attention sur moi.

– Hé, salut, me dit-il. Je ne savais pas que vous étiez déjà là.

– Tu veux dire que le « ducon » s'adressait à quelqu'un d'autre ?

Tyson sourit et me tape dans la main.

– Merci de m'avoir laissé emprunter Josh pour la soirée, dit Sydney. Je sais que vous êtes inséparables d'habitude. Vous êtes venus ensemble ?

Emma et Kellan ne répondent pas, mais Tyson hausse les épaules.

– J'ai pris mon pick-up. J'ai aidé deux dernière année à ramener du bois.

– Alors, c'est en partie à toi qu'on doit d'avoir chaud, dit Sydney en s'appuyant contre mon bras.

Son geste n'a pas échappé à Emma, qui lance un regard vers nous.

– C'est le pick-up de ton *père*, rappelle Kellan à Tyson. (Elle se lève et brosse le sable collé à son jean.) Alors, Josh, c'est qui les amis avec qui vous êtes ?

J'ai l'impression qu'elle me jette un défi. Pourtant, je ne fais rien de mal.

– Des amis de Sydney.

– Uniquement Shana, corrige Sydney. Les autres, je ne les connais pas. Ils vont à Hemlock State.

Tyson rajoute une bûche sur le feu. Kellan nous dévisage, Sydney et moi, et un silence gêné s'installe. Je n'aurais pas dû venir.

Finalement, Sydney sourit à Kellan.

– La dernière fois qu'on s'est vues, c'était à ta fête d'anniversaire, tu te souviens ?

Kellan rejette la tête en arrière.

– Tu t'en rappelles ?

Sydney hoche la tête.

– On était dans la même équipe pour le lancer de ballons d'eau.

Tyson attise le feu avec un bâton.

Emma reste plongée dans la contemplation des flammes, en balançant doucement le menton entre ses genoux.

– On a perdu, continue Sydney, mais c'était ma faute. J'étais une très mauvaise lanceuse.

Kellan sourit.

– Il y a prescription.

Tyson s'assied et tapote le sable à côté de lui.

– Et si vous vous posiez cinq minutes ?

Emma se lève.

– Je vais chercher un truc à boire. Quelqu'un veut quelque chose ?

Elle s'éloigne sans attendre la réponse.

60://Emma

Kellan me rejoint devant les glacières.

– Ça va ?

– J'ai envie de partir. Ça va bientôt faire une heure, non ?

Kellan plonge la main dans une glacière et en ramène quelques glaçons.

– Je suis désolée. Je n'aurais pas dû t'obliger à venir. J'espérais que les choses tourneraient autrement.

– Eh bien, c'est raté.

En réalité, les choses ne seront plus jamais comme avant.

Kellan lance un glaçon dans le lac.

Je jette un coup d'œil vers notre feu. Josh et Sydney sont repartis. Tyson rigole devant des types qui s'amusent à cracher de la bière dans les flammes.

– C'était idiot de ma part, continue Kellan, mais je me disais que Josh et toi, vous pourriez…

– Josh est avec Sydney maintenant, dis-je d'un ton définitif. Tu les as vus, non ? J'ai peut-être eu ma chance avec lui, mais je l'ai laissée passer. Enfin, non. Je lui ai carrément claqué la porte au nez.

Kellan me regarde en silence. Que pourrait-elle répondre ?

– S'il te plaît, dis-je. J'ai juste envie de rentrer.

– Qui parle de rentrer ? intervient Tyson, en venant nous serrer toutes les deux contre lui. Personne ne va rentrer. On vient à peine d'arriver.

Le regard de Kellan passe de Tyson à moi.

– Tu devrais rester, dis-je. Je peux rentrer toute seule.

– Pas question, déclare Kellan en me prenant la main avec ses doigts glacés. (Elle se tourne vers Tyson.) On va y aller, peut-être passer chez Emma pour regarder un film.

– Pourquoi ? proteste Tyson. On n'est pas bien ici ?

– Je ne suis pas d'humeur à...

Je surprends un regard entre Kellan et Tyson. Elle n'a aucune envie de partir, mais c'est une trop bonne amie pour me l'avouer.

– Je suis fatiguée, dis-je. Je n'ai pas envie de voir un film. Je crois que je vais me mettre au lit directement.

Kellan me dévisage avec attention.

– Je t'accompagne, si tu veux.

– Non, vraiment, reste. Sinon je vais m'en vouloir.

Tyson sourit à Kellan.

– Je te ramènerai, lui promet-il.

À l'arrière du pick-up de Tyson, j'ai remarqué deux sacs de couchage. Et si Tyson et Kellan décidaient de faire un crochet sur le chemin du retour et de s'arrêter au milieu de nulle part ? Et s'ils déroulaient les sacs de couchage sous le ciel étoilé ?

Et *ta-dam* ! La petite Lindsay qui débarque dans le tableau.

– Ça va ? s'inquiète Kellan. Tu fais une drôle de tête.

Je pointe le doigt sur Kellan puis sur Tyson.

– Ne bougez pas d'ici. Sérieusement. Je reviens dans une minute.

Je pique un sprint en direction de la plage.

*

Je ralentis en approchant du groupe de Sydney.

Derrière le rondin sur lequel Josh et Sydney sont assis, les pins projettent des ombres immenses. Je m'avance à la faveur de l'obscurité et je touche Josh à l'épaule. Il se retourne. Quand il réalise que c'est moi, il sourit.

Sydney se retourne, elle aussi.

– Ça va, Emma ?

– Salut Sydney, dis-je. Désolée de vous embêter, mais je…

Tout le groupe a les yeux braqués sur moi maintenant.

Josh me fait une place sur le rondin.

– Tu veux t'asseoir ?

– Non, je… dis-je. Je me demandais juste… si ça ne t'ennuie pas… je peux t'emprunter ton sweat ?

Pendant qu'il ouvre la fermeture Éclair, je me penche et lui glisse à l'oreille :

– Et ton portefeuille aussi. Je te le rends tout de suite, je te promets.

Josh a dû se rendre compte que tout le monde nous regardait parce qu'il pose son sweat sur le rondin avant de glisser son portefeuille à l'intérieur et de me tendre le tout.

– Je reviens, dis-je.

Je disparais dans l'ombre. Le sweat de Josh sur le bras, j'ouvre son portefeuille avec précaution. Je glisse un doigt dans le pli, derrière sa carte de lycéen, et… bingo !

Je sors le préservatif dans son emballage, froissé mais encore intact, et je le cache dans la poche du sweat. Puis je reviens dans le dos de Josh. Je lui glisse son portefeuille au creux de la main et il l'empoche discrètement.

*

– Je n'ai pas bougé, me dit Kellan en me voyant revenir. Mais Tyson est allé cracher de la Mountain Dew dans le feu avec les autres. Ce garçon est insortable.

Elle fait mine de s'agacer des pitreries de Tyson, mais je sais qu'elle en raffole.

– Alors, pourquoi tu voulais qu'on t'attende ?

Je regarde le sweat de Josh entre mes mains. Je me sens stupide, mais je ne sais pas quoi faire d'autre. Je lui tends le vêtement.

– Il commence à faire froid, dis-je.

Kellan regarde le sweat, puis moi. J'explique :

– J'ai pensé que... tu pourrais en avoir besoin.

Elle me dévisage comme si j'étais devenue folle. Voyant que je ne bouge pas, elle prend le sweat et l'enfile. Si Kellan et Tyson ont l'intention de faire l'amour ce soir, je tiens à ce qu'elle puisse se protéger. Bien sûr, il est possible qu'elle ne trouve pas le préservatif. Ou qu'elle le trouve mais refuse de s'en servir parce qu'il a l'air tout froissé. Seulement, à moins de lui raconter qu'elle va tomber enceinte, c'est le mieux que je puisse faire.

– Ce n'est pas le sweat de Josh ? demande-t-elle. (Elle renifle le col.) Tu as remarqué comme ce garçon sent bon les aiguilles de sapin ?

Ma gorge se noue. Je prends Kellan dans mes bras et je lui dis :

– C'est un super-sweat. Tu devrais mettre tes mains dans les poches. Elles sont *trop* chaudes.

Puis je lui souhaite bonne nuit et je m'éloigne entre les arbres.

61://Josh

Je reste assis, les pieds nus enfouis dans le sable, mes tennis à côté de moi. En gardant les genoux face au feu et les épaules enveloppées dans une grosse couverture, j'ai suffisamment chaud. Je ne sais pas trop à qui appartient la couverture, mais c'est Shana qui l'avait avant moi. Quand elle est partie avec un type, je me la suis appropriée.

Sydney est retournée au parking. On l'a appelée il y a quelques minutes pour lui dire qu'il y avait des boissons chaudes. Quelques-uns de ses amis sont restés sur le rondin, de l'autre côté du feu. Ils sont dans la même classe qu'elle, mais je ne connais pas leurs noms.

Le feu autour duquel se trouvaient Emma, Tyson et Kellan est presque éteint. Il n'en reste plus que des braises. J'ai aperçu plusieurs fois Tyson et Kellan sur la plage, mais ça fait déjà un moment. Et je n'ai pas revu Emma depuis qu'elle m'a rapporté mon portefeuille.

Je me tourne vers l'eau. Le ciel étoilé et les arbres se fondent en douceur. Le lac est presque noir; seuls quelques reflets de lune soulignent les vaguelettes qui viennent mourir sur la plage.

– Tu as une petite place pour moi ? me demande Sydney.

Elle se tient devant moi, les doigts serrés autour d'un gobelet en polystyrène.

Je prends le gobelet le temps qu'elle s'installe. Une odeur de chocolat chaud s'échappe de l'ouverture du couvercle en plastique.

– Je partage avec toi, propose-t-elle, si tu partages ta couverture avec moi.

Je soulève un coin de couverture et elle vient se blottir contre moi. Les voix autour du feu se réduisent à des murmures.

Sydney tend la main et je lui rends son chocolat. Elle en boit une gorgée.

– C'était mignon de ta part, de donner ton sweat à Emma. J'ai toujours su que tu étais un garçon gentil.

Je me tourne vers elle.

– Comment ça ?

Elle sourit et me passe le gobelet.

– Crois-moi, je connais un tas de garçons qui n'auraient jamais donné leur sweat comme ça, juste parce qu'une fille le leur aurait demandé.

Je sirote une gorgée de chocolat.

– Emma et moi, on est amis depuis longtemps.

Sydney pousse un long soupir, renverse la tête en arrière et contemple les étoiles.

– Si tu m'avais dit que tu avais froid, je te l'aurais proposé, tu sais.

Elle ramène ses genoux contre sa poitrine.

J'ajoute :

– Pour être franc, je crois que tu es une fille gentille toi aussi.

– Malheureusement, dit-elle, il ne suffit pas toujours d'être gentille pour avoir ce qu'on veut.

J'ai l'impression qu'elle parle de nous. Même si je n'ai pas envie d'une relation avec Sydney, ça me rend triste de l'entendre parler comme ça.

Je resserre la couverture autour de nous. Si Sydney avait envie de poser sa tête contre mon épaule, je ne dirais pas non. Mais elle n'en fait rien. Alors nous restons assis là, côte à côte, à partager notre chocolat chaud, jusqu'à la dernière goutte.

62://Emma

Je m'installe devant l'ordinateur sans allumer la lumière de ma chambre, ni même ma lampe de bureau, et je lance AOL.

« Bienvenue ! »

Je clique sur Facebook dans la liste de mes *Favoris*. La fenêtre blanche s'ouvre et je tape mon adresse mail et mon mot de passe. J'appuie sur Entrée, le moniteur grésille et émet un flash. Puis la lumière s'estompe, et l'écran AOL réapparaît.

« Bienvenue ! »

Quand je regarde dans mes *Favoris*, Facebook n'y figure plus. Je me détourne de l'ordinateur et je regarde ma chambre plongée dans le noir.

Quinze ans dans le futur, j'ai résilié mon compte, exactement comme je l'avais annoncé.

La fête est finie.

*

Je suis bien contente que Maman et Martin ne soient pas encore rentrés. Je vais dans leur salle de bains, je me brosse les dents et je m'attache les cheveux dans un chouchou. Ça me fait drôle de me voir sans mon *E* en pendentif.

De retour dans ma chambre, je récupère mon collier cassé dans mon sac et je le pose sur la commode à côté du vase bleu. Un jour, je me déciderai à le faire réparer.

Je me déshabille, j'enfile un long T-shirt et je me mets au lit.

Peut-être que l'Emma du futur avait vraiment besoin de se recentrer sur sa vie réelle. Peut-être que ça va l'aider à régler ses problèmes. Ou peut-être qu'elle a senti une connexion avec moi, et compris que j'avais besoin de me recentrer sur ma vie actuelle.

Je tends la main vers ma chaîne stéréo et je glisse *Kind of Blue* dans le lecteur. Mon père me jouait souvent du Miles Davis quand je n'arrivais pas à m'endormir.

Dehors, une voiture s'approche. Je me dis d'abord qu'il s'agit de Maman et de Martin, mais la voiture s'arrête devant chez Josh. La lueur des phares balaye le plafond de ma chambre.

Je n'ai pas besoin de regarder par la fenêtre pour savoir qu'il s'agit de la voiture de Sydney. Elle est probablement en train de se pencher pour embrasser Josh sur la joue. Si elle se penche une deuxième fois, il se tournera et pressera ses lèvres contre les siennes.

Je ne l'avais pas senti venir, mais tout à coup, j'éclate en sanglots.

Je pleure parce que Josh va épouser Sydney et qu'ils vont avoir une vie merveilleuse tous les deux. Et peut-être que ma vie à moi ne sera pas si mal, mais je ne rencontrerai jamais quelqu'un comme Josh. Josh est gentil, adorable, et il me connaît mieux que personne. Il sait qui je suis vraiment, et il m'aime comme je suis. Josh, c'est... Josh. Et je viens de le perdre.

J'enfouis mon visage dans l'oreiller. Voilà ce qu'on ressent quand on a le cœur brisé.

63://Josh

– Ne coupe pas le moteur avant d'arriver chez toi, dis-je. Pas sûr que tu puisses redémarrer.

Graham ôte sa main de la clé de contact.

– Tu as raison.

En partant du feu de joie, j'ai demandé à plusieurs personnes si elles pouvaient me ramener mais elles allaient toutes à d'autres fêtes. Et puis j'ai remarqué Graham Wilde, qui était en panne de batterie. Je l'ai aidé à brancher les câbles de démarrage sur une voiture voisine et il a proposé de m'emmener.

Quand j'ouvre la portière pour descendre, Graham me dit :

– Tu embrasseras Emma de ma part.

Il a sa vitre baissée. Je m'accoude à sa portière.

– Je peux te demander un truc ? Quand vous sortiez ensemble, est-ce que tu l'aimais vraiment ?

Voyant ses phares commencer à faiblir, il donne un coup d'accélérateur et ils s'illuminent de nouveau.

– Tu es son meilleur ami, pas vrai ?

– Oui, dis-je. C'est vrai.

– Je l'aimais bien, reconnaît-il. Mais ce n'était pas sérieux, pour aucun de nous deux. Juste une histoire comme ça, tu vois ?

Je détourne brièvement le regard. Je le revois encore peloter Emma dans la tranchée.

– Emma est une fille super, continue Graham. Si je voulais une relation à long terme, ce serait difficile de trouver mieux.

Ses phares se remettent à clignoter. Je m'écarte, Graham passe la marche arrière et recule dans la rue en me saluant par la portière.

Quand je pousse la porte, je trouve mes parents plongés dans des magazines, comme s'ils n'étaient pas en train de m'attendre.

– On n'aurait pas dit la voiture de Sydney, remarque Papa.

– C'était pas elle, dis-je, avant de monter dans ma chambre.

*

J'allume la radio tout bas et je m'assieds par terre, contre mon lit. Mes huit dessins au fusain de tout à l'heure sont étalés devant moi.

On sonne à la porte. J'entends mon père aller ouvrir, puis la voix de… Tyson ? Quelques secondes plus tard, deux paires de pieds montent l'escalier au pas de charge.

– Debout ! crie Tyson en ouvrant grand la porte de ma chambre.

Kellan est avec lui, mon sweat sur le dos.

– Tu as entendu le patron. Debout !

Je me lève maladroitement.

– Qu'est-ce que vous faites là ?

– On est venus s'assurer que toi et… (Kellan s'interrompt en remarquant mes dessins.) C'est toi qui as dessiné ça ?

– Concentration, femme ! dit Tyson à Kellan. En plus, ça ne ressemble à rien. Tu ferais mieux de te remettre aux Titi, jeune Picasso. Bref, on est venus vous kidnapper.

– Emma et toi, précise Kellan.

– Il est clair qu'aucun de vous deux ne s'est beaucoup amusé ce soir, dit Tyson.

– Pas seulement ce soir, corrige Kellan. Ils ont été comme ça toute la semaine !

– Ohé ! dis-je. Quelqu'un peut m'expliquer ce qui se passe ?

Tyson s'avance.

– Rien, sauf que la soirée n'est pas finie.

– Et qu'on va la continuer à quatre. (Kellan met les mains sur ses hanches.) Rien que nous quatre. On a négocié avec tes parents. Ils ont prolongé ton couvre-feu jusqu'à une heure du matin.

Je n'en crois pas mes oreilles.

– Sérieux ?

Tyson montre Kellan d'un coup de menton.

– Personne ne lui résiste.

– Et maintenant, on va chercher Emma, conclut Kellan.

Quand Graham m'a déposé, j'ai remarqué la voiture d'Emma dans l'allée. J'ai jeté un coup d'œil vers la fenêtre de sa chambre mais la lumière était éteinte.

– Elle s'est couchée de bonne heure, dis-je.

Kellan jette les mains en l'air.

– Je m'en fiche ! Elle a pas le choix.

– Et comment vous comptez la prévenir ? Vous n'allez tout de même pas appeler chez elle à cette heure.

Tyson sort une lampe électrique de sa poche arrière.

– Nous quatre, ça remonte à loin, me rappelle-t-il. Je sais que vous aviez une méthode pour communiquer, Emma et toi.

Kellan attrape mon cahier de croquis, ramasse un marqueur noir sur mon bureau et commence à rédiger un message.

Tyson passe dans la salle de bains, fait coulisser la fenêtre et crie :

– Emma ! Sors de ton lit et viens jeter un coup d'œil dehors !

Kellan s'esclaffe en arrachant la feuille à mon cahier.

– Oh, je suis sûre que sa mère n'aura rien entendu.

Je secoue la tête et je rejoins mes amis dans la salle de bains.

64://Emma

Je suis arrachée au sommeil par une voix qui m'appelle du dehors.

La dernière chose dont je me souviens, c'est de ma mère, passée voir si je dormais, sur le coup de onze heures. Je n'ai pas ouvert les yeux. Elle m'a embrassée sur la joue avant de se retirer en fermant la porte derrière elle.

Je tends le bras jusqu'à ma table de chevet et j'attrape mon radio-réveil. Il est 11 h 20.

La voix reprend, moins fort cette fois :

– Essaie encore.

On dirait... Tyson ?

Je repousse les couvertures et je marche jusqu'à la fenêtre. En regardant dehors, je me couvre la bouche pour ne pas éclater de rire. Tyson a le front collé à la fenêtre de la salle de bains de Josh. Il tient une feuille de papier contre le carreau. Quelqu'un d'autre braque une lampe torche sur la feuille. Heureusement, j'ai toujours mes jumelles roses dans le tiroir de mon bureau.

Ramène ton cul
en bas
dans 3 minutes.
C'est un
kidnapping !!!

Quand je baisse mes jumelles, Tyson me fait signe et enlève la feuille de la fenêtre.

– Et je ne plaisante pas ! me crie-t-il.

Kellan apparaît à la fenêtre, la lampe torche collée sous le menton.

– Moi non plus !

Tyson et Kellan reculent, et Josh apparaît. Il ne dit rien mais me sourit et hausse les épaules. Kellan le repousse, me montre son poignet et tapote ostensiblement sa montre.

Je lève les deux pouces en l'air, je m'habille vite fait et je descends sur la pointe des pieds.

*

Le pick-up est garé dans le virage. Tyson est au volant, Kellan se presse contre lui et Josh m'attend sur le trottoir en me tenant la portière.

Il m'adresse un sourire timide tandis que je grimpe à l'intérieur.

– On va être un peu serrés, prévient Tyson.

Josh monte derrière moi, mais impossible de fermer la portière.

– Collez-vous plus près, dit Kellan.

Je me serre autant que je peux contre Kellan, et Josh se plaque contre moi. Nos deux corps se touchent, de l'épaule jusqu'au genou. Il réussit enfin à claquer la portière, Tyson enclenche la marche avant et le pick-up s'ébranle dans un soubresaut. Josh tire sur la ceinture et me la passe. Je la boucle en travers de nous deux.

– Où va-t-on ? demande Josh.

Il n'est pas dans le coup ? Je jette un coup d'œil à Kellan, mais elle se contente de regarder la route avec un petit sourire.

– Je ne vois qu'une destination possible, répond Tyson.

Kellan et lui lèvent le poing et crient :
– Au *GoodTimez* !

*

C'est la première fois que je viens au *GoodTimez* après la fermeture, et l'endroit baigne dans un calme irréel. Tyson tape le code de sécurité et allume quelques lampes. Heureusement, il ne nous inflige pas la musique disco.

Quelques minutes plus tard, Tyson et Kellan se livrent à une compétition acharnée sur Pac-Man. Kellan agrippe le joystick en criant « Garez vos miches, les fantômes ! » chaque fois qu'elle gobe une bille de pouvoir. Elle porte le sweat de Josh, mais je ne vais pas lui demander si elle a trouvé quelque chose dans la poche. Je vais me dire que c'est bon signe qu'elle l'ait encore sur le dos.

Je m'éloigne des jeux pour aller m'asseoir dans l'un des boxes. Josh vient m'y rejoindre.

– On a des amis bizarres.

– C'est vrai, dis-je. Surtout le garçon.

– Je te l'accorde. Et pourtant, j'ai l'impression que ce kidnapping était une idée de la fille.

– Toi aussi, tu as dû t'échapper de chez toi ?

Josh secoue la tête.

– Ils ont convaincu mes parents de me laisser ressortir jusqu'à une heure.

– Pas possible !

Nous ne disons plus rien pendant un moment, mais ce silence n'a rien de gêné. C'est agréable de me retrouver ici, avec lui. Et même s'il sort avec Sydney, rien ne nous empêche d'être amis.

Josh jette un coup d'œil en direction des jeux d'arcade. C'est Tyson qui tient le joystick maintenant, et Kellan sautille autour de lui en criant :

– Taïaut, les fantômes ! Faites-lui la peau !

– Il y a un truc qu'il faut que je te dise, me murmure Josh en grattant machinalement une rayure dans la table.

– Oui ? Quoi ?

Il prend une grande inspiration, puis se vide les poumons. Je propose :

– Si tu veux, je commence. Parce que moi aussi j'ai un truc à te dire.

Il sourit.

– J'aimerais bien, oui.

– C'est fini, dis-je. (Je me tourne vers Tyson et Kellan, toujours absorbés par leur partie de Pac-Man.) On n'a plus accès à Facebook.

Josh se penche sur la table.

– Vraiment ? Comment c'est arrivé ?

– Ce soir, dans quinze ans, j'ai supprimé mon compte. Je devais juste modifier mon mot de passe mais au final le site a entièrement disparu, comme s'il n'avait jamais existé.

Josh se renverse en arrière, visiblement choqué par la nouvelle.

– À ton tour, maintenant, dis-je.

Il pose les deux mains sur la table. Il rougit jusqu'aux oreilles.

– Allez, crache le morceau.

– Je ne sais pas comment les choses vont évoluer à l'avenir, dit-il. On verra bien, je suppose. En tout cas, j'ai décidé de ne pas sortir avec Sydney.

Je ne sais pas comment réagir.

– Ça n'aurait pas été bien, continue-t-il en me regardant. Ce n'est pas avec elle que j'avais envie d'être.

Une balle en plastique bleue rebondit sur le crâne de Josh. Nous nous tournons vers le bassin des balles. Kellan s'y trouve déjà, et Tyson est en train de s'y glisser par la fente dans le filet.

Tyson plonge dans les balles et nous crie :

– Allez, amenez-vous ! Parlez moins, plongez plus !

Kellan lance en l'air une brassée de balles multicolores.

Josh se tourne vers moi et nous échangeons un sourire. Nous nous rapprochons du filet. Kellan et Tyson sont étendus de tout leur long, vautrés entre les toboggans. J'entre la première et je m'enfonce dans les balles jusqu'aux genoux. Josh me suit. Les balles s'élèvent, roulent autour de nous et nous recouvrent jusqu'au menton.

Kellan me lance une balle jaune, que j'attrape.

– Vous vous rappelez cette photo de nous quatre dans ce bassin ? dis-je. Quand est-ce qu'on l'avait prise ?

Je repense à mon exemplaire, dont les morceaux sont soigneusement rangés dans mon journal. Un jour, je les recollerai.

– L'année dernière, répond Tyson. Je l'ai toujours dans mon casier.

– Moi aussi, dit Josh.

Il jette une balle orange sur Tyson et l'atteint au torse.

Kellan me lance une autre balle jaune. Je l'attrape et je la lance à Tyson. Puis je laisse mon bras retomber parmi les balles. Dans le mouvement, mon petit doigt effleure la main de Josh. J'hésite à le retirer, et puis après réflexion, je laisse ma main où elle est.

Un instant plus tard, Josh pose son petit doigt sur le mien.

65://Josh

Toute la semaine, j'ai entraperçu des bribes de mon avenir et je me suis demandé en quoi mes décisions d'aujourd'hui allaient m'influencer dans quinze ans. Mais quand le petit doigt d'Emma a touché le mien, je n'ai plus songé qu'au présent.

Si j'avais retiré ma main, je sais qu'Emma aurait fait comme si de rien n'était. Mais ça ne s'est pas passé comme ça. Alors j'ai glissé mon doigt sur le sien. Et comme elle ne l'a pas retiré non plus, j'ai continué. Maintenant, c'est ma main entière qui est sur la sienne.

– Tu veux voir quelque chose ? (Kellan retourne la paume de Tyson et passe son doigt en travers jusqu'à son poignet.) Ça, c'est ta ligne de carrière.

– Ma ligne de carrière ? s'exclame Tyson. Où est ma ligne d'amour ? Montre-moi quelque chose de sexy, femme !

Kellan relâche sa main.

– Tu es désespérant.

Emma rit. En même temps, elle retourne sa main et glisse ses doigts entre les miens. Pour chaque terminaison nerveuse que je croyais avoir dans la main, je réalise qu'il en existe cent fois plus.

– Vous êtes bien silencieux, remarque Kellan en nous jetant un regard soupçonneux. Vous ne seriez pas en train de comploter une vengeance pour votre kidnapping, au moins ?

Au contraire.

– Attendez une minute ! s'exclame Tyson. (Il lève les deux bras en l'air.) Chut... Écoutez. Si l'un de vous sait déchiffrer le langage des estomacs, dites-moi ce que ça veut dire.

Nous attendons patiemment, jusqu'à ce que son estomac se mette à gronder.

– Laissez tomber, dit-il. C'est trop facile. J'ai *faim* !

Kellan empoigne le filet à deux mains et se hisse hors des balles.

– Il y a toute une cuisine, là-derrière, qui ne demande qu'à être pillée.

Emma se glisse sous les balles jusqu'au menton.

Kellan s'extirpe du bassin. Tyson la suit.

– Vous venez ? nous demande-t-il.

Emma me presse la main.

– Je n'ai pas faim, dis-je.

– Moi non plus, ajoute Emma.

– On n'en a pas pour longtemps, dit Kellan. On va juste grignoter quelques gousses d'ail.

– Prenez votre temps, dit Emma.

Quand j'entends claquer la porte de la cuisine, je me retourne enfin vers Emma. Elle me sourit. J'écarte les quelques balles qui me masquent en partie son visage.

– C'est mieux, dis-je.

Elle se penche en arrière et son sourire s'efface.

– Josh, il faut que je te dise un truc. Et c'est probablement le pire moment pour ça.

Je grimace.

– Ça n'a pas l'air très encourageant.

Elle se tourne sur le flanc et lève les yeux vers moi, sans me lâcher la main.

– Les cours vont finir dans quelques semaines, et j'ai comme l'impression qu'on risque de passer un été inoubliable, dit-elle. Mais mon père m'a invitée en Floride. J'ai vraiment très envie de le voir, et Cynthia aussi, et surtout Rachel, que je ne connais pas encore.

J'ai beau tenir la main d'Emma pour la première fois, elle me manque déjà. Ce serait merveilleux de passer l'été ensemble. Je voudrais tellement qu'elle reste. Et en même temps, je suis content pour elle.

– Je sais à quel point c'est important pour toi, dis-je.

– J'étais sûre que tu comprendrais.

– Mais je vais quand même essayer de te convaincre de ne pas partir tout l'été.

– Je ne partirai pas tout l'été, dit-elle. Probablement six semaines, maximum.

– Ou même quatre ?

Emma sourit.

– Cinq.

– Quatre et demie, et j'organise une grande fête pour ton retour.

Elle rit.

– On n'organise pas une grande fête pour le retour de quelqu'un qui ne part que quatre semaines et demie.

– Alors, que dirais-tu d'un rencard ? Rien que toi et moi ?

Je tends le bras et je trouve son autre main. Je perds l'équilibre et je m'enfonce un peu plus dans les balles.

– Quelque part, je ne suis pas fâchée de ne plus avoir Facebook, m'avoue Emma. Cette obsession de ce que je ne voulais pas dans mon avenir devenait pénible.

J'approuve :

– Mieux vaut se concentrer sur ce qu'on veut maintenant.

Ses lèvres s'écartent un peu.

– C'est ce que je commence à comprendre.

– Mais j'adorerais savoir, dis-je en me penchant sur elle, ce que *ça* va changer.

Je sens son souffle sur mes lèvres quand nous murmurons ensemble :

– Tout, j'espère.

Remerciements

Avec une immense gratitude, les auteurs souhaitent envoyer des *Demandes d'amis* aux personnes suivantes :

JoanMarie Asher

Jocelyn Davies

Ryan Hipp

Magda Lendzion

Penguin Young Readers

Jodi Reamer

Laura Rennert

Jonas Rideout

Society of Children's Book Writers and Illustrators

Ben Schrank

Mark Zuckerberg

Dans la même collection

extrait

1. Dante

Bonne chance pour aujourd'hui. J'espère que tous tes souhaits se réaliseront :-)

Le téléphone à la main, j'ai souri en lisant le texto que Colette, ma petite amie, venait de m'envoyer. Mais mon sourire n'a pas duré longtemps. J'étais trop stressé. Nous étions jeudi, le jour de mes résultats d'examen. Je ne m'attendais pas à être aussi nerveux. J'étais sûr et certain d'avoir réussi. Enfin, presque sûr. Mais ce « presque » faisait toute la différence. Entre le moment où j'avais rendu mes copies et le moment où les profs les avaient notées, il avait pu se passer cent mille choses. L'examinateur pouvait avoir abîmé sa voiture ou s'être disputé avec son ou sa petite amie – il pouvait s'être passé n'importe quoi ayant provoqué sa mauvaise humeur et l'ayant incité à me mettre une sale note. Bon sang ! Un rayon cosmique pouvait avoir touché mes copies et changé mes bonnes réponses en mauvaises !

J'ai essayé de me raisonner :

« Ne sois pas bête ! Tu sais que tu as réussi ! »

Je n'avais pas le choix. Je DEVAIS avoir réussi. Il n'y avait pas d'alternative. Il me fallait les meilleures notes. Ensuite, je pourrai aller à l'université. Loin d'ici. Et un an avant les autres.

Tu as réussi…

Pensée positive. J'ai tenté de battre le rappel de ma confiance en moi mais je me suis senti encore plus idiot et j'ai arrêté. Malgré moi, la voix de Papa résonnait dans ma tête : « Les occasions sont à chaque coin de rue, mais l'opportunité ne frappe qu'une fois à ta porte. »

extrait

Je savais trop bien que mes bonnes notes étaient l'opportunité qui me permettrait de ne plus courir mais de m'envoler. Mon père avait des tas de proverbes de ce genre. Il appelait ça des « leçons de vie ». Pour mon frère Adam et moi, c'était juste des sermons pénibles, entendus des milliers de fois. Mais quand nous essayions de le faire comprendre à Papa, il répondait : « J'ai gâché toutes les chances qui se sont présentées à moi. Je ne laisserai pas mes fils en faire autant. » Autrement dit : « C'est pas demain la veille que j'arrêterai de vous bassiner avec ça ! »

Dante, arrête de flipper. Tu as réussi.

L'université n'était qu'un moyen pour atteindre une fin. Bien sûr, j'avais hâte d'y être, de faire de nouvelles rencontres, d'apprendre de nouvelles choses, de vivre ailleurs et de devenir indépendant. Mais mes réels espoirs se situaient bien au-delà de ça. Dès que j'aurais un bon travail, tout serait différent. Du moins, dès que j'aurais remboursé mon prêt étudiant. Ma famille n'aurait plus à se mettre en quatre pour le moindre penny. Je ne me rappelais même plus la dernière fois où nous étions partis en vacances à l'étranger.

Mes cent pas m'avaient mené près de la fenêtre du salon. Écartant les rideaux en crochet grisâtres, j'ai regardé dans la rue. Ce matin d'août était magnifiquement ensoleillé. Peut-être était-ce un bon présage – enfin, si on croyait aux présages. Officiellement, je n'y croyais pas.

Où était ce fichu facteur ?

Il ne savait pas que mon avenir se trouvait dans son sac ? Bizarre de penser qu'une simple feuille de papier allait changer ma vie.

Il faut que j'aie réussi... il faut que j'aie réussi...

Les mots se cognaient contre les parois de mon crâne comme le refrain d'une chanson trop de fois entendue à la radio.

extrait

Jamais de toute ma vie je n'avais désiré quelque chose aussi fort. Sans doute parce que ces notes *étaient* ma vie. Mon avenir dépendait de ces résultats et il fallait qu'ils soient bons.

J'ai laissé retomber le rideau et essuyé mes mains poussiéreuses sur mon jean. Comment des rideaux pouvaient-ils être aussi sales et me laisser les doigts aussi collants ? Depuis quand n'avaient-ils pas vu de l'eau ou de la lessive ? En avaient-ils jamais vu d'ailleurs ? Je me rappelais avoir aidé Maman à les accrocher. Quand était-ce ? Il y a au moins neuf ans, je dirais. Quand c'était mon tour de ménage, je passais un coup d'aspirateur dessus, mais avec le temps, ils étaient devenus trop fragiles pour supporter un tel traitement. Papa promettait sans cesse de les laver ou d'en acheter des neufs, mais il oubliait toujours. J'ai jeté un coup d'œil autour de moi en me demandant comment passer le temps. Il fallait que je m'occupe l'esprit, que je me change les idées...

Soudain, la sonnette a retenti. Je me suis précipité à la porte et l'ai ouverte, le cœur battant.

Ce n'était pas le facteur.

C'était Mélanie.

Je l'ai regardée. Il m'a fallu quelques secondes pour remarquer qu'elle n'était pas seule. J'ai fixé le contenu de la poussette à côté d'elle.

– Salut Dante.

Je n'ai pas répondu. J'étais scotché sur le bébé.

– Je... je peux entrer ?

– Euh... oui, oui, bien sûr.

Je me suis écarté. Mélanie s'est avancée avec la poussette. Les sourcils froncés, j'ai refermé la porte derrière elle. Dans le couloir, elle se mordillait la lèvre inférieure en me regardant intensément. On aurait dit une actrice attendant que son partenaire lui donne la réplique. Pourtant, elle savait où était le salon. Elle était déjà venue.

– Je t'en prie, ai-je dit en lui indiquant la porte ouverte.

Je l'ai suivie. Mes pensées s'agitaient comme des abeilles en train de butiner. Que faisait-elle ici ? Je ne l'avais pas vue depuis... au moins un an et demi. Que voulait-elle ?

– Tu fais du baby-sitting ? lui ai-je demandé en désignant la poussette.

– Hmm, on peut dire ça, a-t-elle répondu en regardant les photos de famille que Papa avait posées sur le rebord de la fenêtre de chaque côté du vase en cristal préféré de Maman et partout dans la pièce. Certaines étaient des photos de moi, beaucoup étaient d'Adam et plus encore étaient de Maman. Mais aucune ne datait de l'année précédant sa mort. Papa avait voulu en prendre – il était toujours en train de prendre des photos – mais Maman avait refusé. Et depuis qu'elle était morte, Papa n'avait plus touché son appareil. Les yeux de Mel passaient de photo en photo. Elle étudiait chacune en détail avant de passer à la suivante. Franchement, je ne voyais pas ce qu'elle trouvait de si intéressant à ces clichés. Mais j'en ai profité pour l'observer. Elle n'avait pas changé. Peut-être juste un peu plus mince. Elle portait un jean noir et une veste bleu marine sur un T-shirt bleu pâle. Ses cheveux sombres étaient plus courts que la dernière fois où je l'avais vue. Elle les avait coiffés en pétard. Mais elle était toujours canon avec ses immenses yeux noisette ourlés des plus longs cils du monde. J'ai baissé les yeux vers le petit paquet dans la poussette. Il fixait avec fascination l'ampoule au plafond.

– Comment il s'appelle ?

– *Elle* s'appelle Emma.

Silence.

extrait

– Tu veux la prendre ?

– Non ! Enfin, je veux dire, non merci.

Les mots étaient sortis dans la panique. Mélanie était folle ou quoi ? Pourquoi j'aurais voulu porter un bébé ? Et elle n'avait toujours pas dit ce qu'elle faisait ici. Je ne dis pas que j'étais mécontent de la voir, ça faisait juste longtemps. Elle avait quitté le lycée un an et demi plus tôt et je ne l'avais pas revue depuis. À ma connaissance, personne ne l'avait revue.

Et voilà qu'elle était chez moi.

– Je suis allée vivre chez ma tante, a soudain lancé Mélanie comme si elle avait lu dans mes pensées. Je suis venue voir une copine et, en passant devant chez toi, j'ai eu envie de te dire bonjour. J'espère que je ne te dérange pas.

J'ai secoué la tête et me suis forcé à sourire. Bizarrement, je ne me sentais pas très à l'aise.

– Je repars aujourd'hui, a poursuivi Mélanie.

– Tu retournes chez ta tante ? ai-je supposé.

– Non. Je vais dans le nord. Chez des amis, pour quelque temps.

– Cool.

Silence.

– Tu veux boire quelque chose ? lui ai-je proposé au bout d'un moment.

– Euh... oui, je veux bien de l'eau.

Je suis allé dans la cuisine remplir un verre et le lui ai tendu en revenant au salon.

– Tiens.

Alors qu'elle portait le verre à sa bouche, sa main tremblait légèrement. Après avoir avalé une ou deux gorgées, elle l'a posé sur le rebord de la fenêtre. Elle a pris un paquet de cigarettes dans la poche de sa veste et en a sorti une.

extrait

– Ça ne te gêne pas si je fume ? a-t-elle demandé alors que la flamme de son briquet atteignait déjà l'extrémité de la cigarette.

– Euh... moi non mais ça va gêner mon père et Adam. Surtout Adam. C'est un véritable fasciste antitabac et ils ne vont pas tarder à arriver.

– Dans combien de temps ? a brusquement demandé Mélanie.

J'ai haussé les épaules.

– Une demi-heure, je pense.

Pourquoi cette urgence dans sa voix ? Pendant un instant, elle avait presque eu l'air paniqué.

– Oh, bon ! a-t-elle repris. L'odeur sera partie dans une demi-heure.

Et elle a allumé sa cigarette. Elle fumait comme si elle essayait d'aspirer un maximum de nicotine. Elle a fermé les yeux durant quelques secondes et un nuage de fumée s'est échappé de ses narines. Écœurant. Et l'odeur envahissait déjà le salon. J'ai soupiré intérieurement. Adam allait péter un câble. Mélanie a rouvert les yeux mais n'a rien dit. Elle a tiré une nouvelle bouffée comme si c'était une bouteille d'oxygène.

– Je ne savais pas que tu fumais, ai-je remarqué.

– J'ai commencé il y a un an. C'est un des derniers plaisirs qui me restent, a rétorqué Mélanie.

Nous avons échangé un regard. Le silence s'est pratiquement matérialisé entre nous. Qu'est-ce que je pouvais bien dire après ça ?

– Bon, euh... et sinon, comment tu vas ? Tu as fait quoi dernièrement ?

C'était pas terrible, mais j'avais pas mieux en magasin.

– Je me suis occupée d'Emma, a répondu Mélanie.

– Et à part ça ? ai-je insisté, un peu désespéré.

extrait

Mélanie a eu un sourire en coin. Elle a haussé les épaules sans répondre. Elle a tourné la tête et repris son observation systématique du salon.

Silence.

Le bébé a commencé à gazouiller.

Un peu de bruit. Merci pour ça.

– Et toi ? T'as fait quoi ? a demandé Mélanie en prenant le bébé avant de le caler sur sa hanche gauche tout en faisant passer sa cigarette sur le côté droit de sa bouche.

Elle ne me regardait pas. Elle avait les yeux posés sur le visage de la chose qu'elle tenait dans ses bras. La chose a gazouillé plus fort et s'est trémoussée pour se rapprocher d'elle.

– C'est quoi tes projets maintenant que tu as réussi tes examens ?

Pour la première fois depuis qu'elle était arrivée, elle me regardait sans détourner aussitôt les yeux. Et il y avait un truc qui… elle n'avait pas beaucoup changé, c'est vrai, mais son regard avait comme vieilli. Et on y lisait une espèce de tristesse. J'ai secoué la tête. Une nouvelle fois, mon imagination démarrait au quart de tour. Mélanie avait, comme moi, un an et demi de plus, c'est tout.

– En fait, j'attends mes résultats, ai-je lâché. En théorie, ils ne devraient pas tarder.

– Tu penses que tu t'es bien débrouillé ?

J'ai croisé les doigts.

– J'ai travaillé comme un malade, mais si tu racontes ça à qui que ce soit, je te tue !

– C'est vrai, a souri Mélanie. Quelle catastrophe si quelqu'un se doutait que tu as révisé. Mais ne t'inquiète pas : je ne trahirai pas ton secret.

– Si j'ai réussi, je pars en fac d'histoire.

extrait

– Et après ?

– Journalisme. Je veux devenir reporter. Je veux écrire des articles que tout le monde aura envie de lire.

– Tu veux travailler pour la presse *people* ? s'est étonnée Mélanie.

– Non ! Tu es folle ! Je veux devenir un reporter reconnu. Je n'ai aucune envie d'interviewer des crétins qui n'ont jamais rien fait d'autre de leur vie que d'être célèbre sans aucune raison !

Je me suis échauffé.

– Je veux couvrir des guerres. M'occuper de politique ! Des choses comme ça !

– Ah ! Ça ressemble plus au Dante que je connais. Pourquoi ?

La question m'a pris au dépourvu.

– Pardon ?

– Pourquoi tu as tellement envie de faire ça ?

J'ai haussé les épaules.

– J'aime la vérité, je crois. Il faut que certaines personnes s'assurent qu'elle soit dite.

– Et tu pourrais faire partie de ces personnes, c'est ça ?

Pour quel prétentieux j'avais réussi à passer ! Gêné, j'ai ajouté :

– Tu ne savais pas ? Dante Leon Bridgeman est le nom que je porte sur Terre. Sur ma planète, on m'appelle Dantel-Eon, combattant pour la justice et la vérité ! Et les jeux vidéo gratuits pour tous.

Mélanie a secoué la tête, une esquisse de sourire sur les lèvres.

– Je me rappelle maintenant pourquoi je t'aimais bien.

T'aimais bien ?

– Pourquoi au passé ?

Elle a baissé les yeux vers le bébé dans ses bras.

– J'ai d'autres choses à penser depuis que nous sommes séparés, Dante.

– Du genre ?

– Du genre Emma pour commencer.

– C'est qui ce bébé ? Une petite cousine ? Une nièce ?

À ce moment, le bébé s'est mis à pleurnicher. Bon sang ! ça avait l'air parti pour durer.

– Sa couche est sale, a dit Mélanie. Prends Emma une minute. Faut que je me débarrasse de ma cigarette.

Elle m'a tendu le bébé en me tournant déjà à moitié le dos. Je n'ai pas eu d'autre choix que de le prendre. Mélanie s'est dirigée vers la cuisine. Jeter sa cigarette n'allait pas servir à grand-chose. Le salon puait le tabac. Je tenais le bébé à bout de bras en reculant ma tête comme une tortue pour mettre un maximum de distance entre lui et moi. J'ai entendu Mélanie ouvrir le robinet et la poubelle s'ouvrir et se fermer. J'étais concentré sur chaque bruit en attendant qu'elle revienne et reprenne cette chose.

Une fois de retour, elle a ouvert d'une main experte l'énorme sac bleu marine accroché à la poussette et en a extirpé un petit matelas plastifié décoré de fleurs multicolores. Elle l'a étendu par terre, puis elle a posé à côté une couche jetable, un sac plastique orange et des lingettes. Avec une mine un peu triste, elle a récupéré le bébé que j'ai laissé aller sans résistance. Je n'ai pas pu m'empêcher de pousser un soupir de soulagement. C'est vrai quoi ! Je n'avais rien demandé, moi ! Mélanie s'est agenouillée sur la moquette et a allongé le bébé sur le petit matelas. Pendant que j'ouvrais la fenêtre, Mel a commencé à babiller comme une idiote.

– Qui va changer le bébé, hein ? Oui, on va le changer, ce bébé ! Oh oui, mon bébé !

Achevé d'imprimer en Italie par Canale
Dépôt légal : 4e trimestre 2012